Insolación

European Masterpieces
Cervantes & Co. Spanish Classics N° 54

General Editor: Tom Lathrop

EMILIA PARDO BAZÁN

Insolación

Edited and with notes by

JENNIFER SMITH
Southern Illinois University, Carbondale

Cervantes & Co.

NEWARK ⚗ DELAWARE

The publisher thanks Nick Wolters for his good editorial work on this volume.

Copyright © 2011 by European Masterpieces
An imprint of LinguaText, Ltd.
270 Indian Road
Newark, Delaware 19711-5204 USA
(302) 453-8695
Fax: (302) 453-8601

www.EuropeanMasterpieces.com

MANUFACTURED IN THE UNITED STATES OF AMERICA

ISBN: 978-1-58977-084-3

EUROPEAN
Masterpieces

Table of Contents

Introduction to Students

EMILIA PARDO BAZÁN'S LIFE AND WORKS

EMILIA PARDO BAZÁN IS one of the most important and prolific writers of the late nineteenth century. Best known for her novels *Los pazos de Ulloa* (1886), *La madre naturaleza* (1887) and *Insolación* (1889), Pardo Bazán published 20 novels, close to six hundred short stories, poetry, plays, essays, journalistic articles and even two cookbooks. And although critics associate her with the literary movements of Realism and Naturalism, she continually experimented with a variety of literary styles and genres. Her 1883 defense of Naturalism in *La cuestión palpitante* and her advocacy of women's rights, both shocking to the Spanish public at the time, have won her a place in Spanish history not only as a groundbreaking writer but also as one of Spain's earliest and most influential feminists.

Pardo Bazán was born on September 16, 1851 in A Coruña, Galicia. She was the only child of wealthy family. Her father, José Pardo Bazán, was a prominent political figure, initially serving in the *Cortes* for the Carlist (monarchical) party and later becoming a progressive in the Constitutional Assembly following the Revolution of 1868. Ahead of his day in his views on women, he would prove to be a pivotal figure in her life, encouraging her to study, in a time when women were prohibited from participating in most intellectual activities and were systematically denied access to an equal education. As a result Pardo Bazán spent much of her childhood reading, and rereading, books in her father's library. When Doña Emilia was young the family spent the winters in Madrid where she attended French school and was exposed to French literature. When the family began to spend the winters in A Coruña, she received instruction from private tutors.

On July 10th, 1868, shortly before turning 17, Doña Emilia married José Quiroga, a law student from the University of Santiago. A year after the marriage, her father was elected Deputy to the *Cortes* and she and her husband moved with her parents to Madrid where they were immersed in society life (1869-1870). A year later, when his progressive party was dissolved, don José decided to take the family abroad. During this time (1871-1872) the family traveled to France, Italy, Austria and Switzerland. In 1874 Doña Emilia and her husband returned to Paris and visited London. When she returned to Spain she became interested in the Krausist ideas popular at the time. Krausism, based on the ideas of the German philosopher Carl Christian Friedrich Kraus, attempted to reconcile rationalism and liberal ideas with idealism and religious sentiment, and had as its aims social progress and a universal brotherhood built on Christian morality. Pardo Bazán became good friends with Don Francisco Giner de los Ríos, one of the leaders of the Krausist movement in Spain. Don Francisco took an interest in her work and encouraged her to continue writing.

In 1876, Doña Emilia gave birth to her first child Jaime. During the next three years Pardo Bazán dedicated herself to her studies and published several scholarly essays. Then, in 1879, the same year her second child, Blanca, was born, she published her first novel *Pascual López: Autobiografía de un estudiante de medicina*. In 1880 Pardo Bazán came down with a liver ailment and travelled to Vichy to take advantage of the medicinal waters there. She spent her time in Vichy reading French Realist and Naturalist writers such as Honoré de Balzac, Gustave Flaubert and Émile Zola, and began work on her second novel *Un viaje de novios*, which was published in 1881, the same year her third child, Carmen, was born.

It was the publication of *La cuestión palpitante* in 1883, however, that drastically changed the direction of Doña Emilia's life and career. This work, which was a collection of articles that she had published in the newspaper *La Época* between November 1882 and April 1883, sought to explain, and partially defend, the literary movement of Naturalism to the Spanish public. While she approved of the Naturalist aim of presenting the world as we experience it, she objected to its determinism, which went against her Catholic belief in free will and the individual's ability to rise above his/her circumstances. Despite her objections to some of the more controversial aspects of Naturalism, the public was shocked that a woman took it upon herself to write about such a contentious topic and that she did not wholeheartedly oppose the movement. The scandal produced over the publication of *La cuestión* led her husband to insist that she abandon her writing career. Pardo Bazán was unwilling to accept this condition and the couple initiated a separation that would last for the rest of their lives.

The same year that *La cuestión* appeared, Pardo Bazán wrote and published her first Naturalist novel, *La tribuna*, about women who work in a cigarette factory in A Coruña. Shortly thereafter followed her most famous Realist and Naturalist works, which form a trilogy: *Los pazos de Ulloa* (1886), *La madre naturaleza* (1887) and *Insolación* (1889). In 1888, at the Exposition of Barcelona, Pardo Bazán had met José Lázaro Galdiano who invited Pardo Bazán to contribute to his new literary magazine, *La España Moderna*. Since Pardo Bazán had a brief affair with Galdiano—at the same time that she was already secretly involved with the contemporary Realist author Benito Pérez Galdós—and since Pardo Bazán dedicated *Insolación* to Galdiano, many critics have argued that the story is loosely based on their own love affair.

In 1889 Pardo Bazán published "La mujer española" which harshly condemned the lack of opportunities women were given to be educated and to enter the professions. She argued that if women were frivolous and childish it was because society encouraged them to be that way. She also pointed out that liberalism, for all its talk about equal rights, had done nothing to improve the status of women. She added that Spanish men and women actually had been more equal when neither could exercise political rights; the fact that men now had rights that women did not only served to convert women into second-class citizens. In 1892 Pardo Bazán took part in a pedagogical congress in which she gave a speech entitled: "La educación del hombre y de la mujer; sus relaciones y diferencias." Here she argued that education for men was based on the belief of the perfectibility of human beings and that it encouraged them to grow and develop themselves, whereas the education of women was based on a negative view of female nature and insisted that limits and restrictions needed to placed on women's development. Of course Pardo Bazán herself had to constantly fight these very prejudices against women. In her fiction Doña Emilia gave expression to her feminist ideas in novels such as *Insolación* (1889) and *Memorias de un solterón* (1896), and especially in her short stories.

The novels produced after *Insolación* (1889) and before *La quimera* (1904), are generally considered transitional and not her finest work. Nonetheless, during this time she pursued an active journalistic career and continued to write short fiction, earning herself the reputation of being one of Spain's best short story writers. With *La quimera* (1904) and the two novels to follow, *La sirena negra* (1907) and *Dulce dueño* (1911) Pardo Bazán started to experiment with the literary movements of Modernism and Decadence, creating works that combined Idealism and Realism and contained a strong spiritual element. These novels also dealt with the societal malaise characteristic of *fin-de-siècle* Europe.

The end of Pardo Bazán's life was characterized both by recognition and disillusionment. In 1906 she was named *Presidenta de la Sección de Literatura* at the *Ateneo*. She was the first woman ever to hold this position. In 1908, King Alfonso XIII granted her the title of Countess and in 1910 she was named *Consejera de Instrucción Pública*. In 1916 her statue was erected in A Coruña and she was appointed as a professor of Romance literatures at the *Universidad Central* in Madrid. She ceased giving lectures, however, when attendance dropped to zero; the students clearly resented the appointment of a woman to the faculty. Pardo Bazán became increasingly disheartened by Spanish society's indifference to the injustices suffered by women. It became clear that despite all her efforts, no real change would occur in her lifetime. Emilia Pardo Bazán died on May 12th 1921 from a cold that was made worse by complications from her diabetes. She left behind a son and two daughters and a literary opus that would secure her a place in the Spanish literary canon.

NINETEENTH-CENTURY SPAIN

Emilia Pardo Bazán was born in the middle of the nineteenth century, a time during which Spain was undergoing significant political changes as the more progressive elements of society were pushing to dismantle the monarchy and establish a liberal, constitutional government. Inspired by the political ideas of the Enlightenment, liberalism was a representational form of government that supported the individual rights of equality, liberty and private property. It was a system governed by a constitution that guaranteed the rights of its citizenry and determined how power would be distributed. In terms of economics it supported industrialization and a capitalist, laissez-faire style economy with limited government involvement.

Liberalism was brought to Spain for the first time when Napoleon Bonaparte invaded Spain and put his brother Joseph on the Spanish throne in 1808. While some Spaniards embraced the liberal form of government brought to Spain by Napoleon, many fervently objected to the foreign invaders and the liberal ideas they brought with them. This anger and resentment led the Spanish people to rise up, leading to a six-year War of Independence (1808-1814) in which they were ultimately victorious in expelling the foreign king. Subsequently, the first Spanish constitution and the first liberal government in Spain were put into place between 1812 and 1814. However, opposition to this government was great, especially by the nobility, the clergy and the peasants, which allowed for Fernando VII to return to the throne in 1814. Fernando VII abolished the Constitution of 1812 and all the rights it had granted and returned Spain to a traditional absolutist monarchy, even reinstating the Inquisition. Apart from three years of liberal government between 1820-1823, which was brought about after a successful popular uprising led by General Rafael del Riego, Fernando VII continued to rule with an iron fist until his death in 1833. During this time Spain was also fighting the independence movements in Latin America and by 1824, Spain had lost all of its American colonies except for Cuba and Puerto Rico.

When Fernando VII died there was a battle for the throne between Isabel II (Fernando's daughter) and Carlos (Fernando's brother). Those in favor of creating a liberal form of government supported Isabel while the monarchists supported Carlos. When Isabel was recog-

nized as queen of Spain and her mother, María Cristina, named regent
until Isabel came of age, the first Carlist War broke out (1833-1839).
The reigns of María Cristina and Isabel II (1833-1840 and 1843-1868
respectively—between 1840 and 1843, General Espartero, hero of the
Carlist war, led a progressive government) were characterized by con-
stant strife between liberals and monarchists and overall political in-
stability. There were two Carlist Wars (1833-1839 and 1847-1849), five
constitutions (1834, 1837, 1845, 1854, and 1856) and repeated military
interventions and uprisings against the government from both sides of
the political spectrum.

The lack of significant substantial political change, combined with
the political corruption and the economic crisis that characterized the
later years of Isabel's reign led to the rise of a strong anti-monarchical
movement. In 1868 the Glorious Revolution, led by General Prim,
toppled the government and forced the queen into exile. The Constitution of 1869 was the most radical Spain had seen. It divided up political power and promised freedom of the press, religion, association
and education. It also guaranteed individual rights, popular sovereign-
ty and, for the first time ever in Spain, universal male suffrage. In terms
of the economy, the new government supported free trade, opened up
Spanish markets to foreign investors, and established the *peseta* as the
sole currency in Spain. General Serrano was named regent of the pro-
visional monarchy and General Prim, head of the government. General Prim chose Amadeo I de Saboya, a member of the Italian royal
family, as Spain's new monarch. However, Prim was assassinated by
his enemies in 1870, before Amadeo's arrival in Spain. The new foreign
king found himself opposed on the left by those who supported the
Republic and from the right by the Carlists and those who wanted the
Bourbon dynasty restored. Moreover, Amadeo's foreign origin made
him unpopular with the Spanish people. In 1872 the Carlists rose up
again sparking off the third Carlist War (1872-1876) and in February
1873 Amadeo I abdicated the throne and returned to Italy.

The *Cortes* took advantage of this vacancy to declare the First
Spanish Republic. The Republic, however, was plagued with difficulties from the very beginning and less than a year later (January 1874)

it was ended by a military coup. The prominent Spanish politician Cánovas del Castillo convinced the military to restore the Bourbon monarchy and he organized the return of Alfonso XII, the son of Isabel II. The formal proclamation of Alfonso XII as the king of Spain marks the beginning of the historical period known as the Restoration, which would last for over 56 years, from 1876 to the proclamation of the Second Republic in 1931. The Constitution of 1876 established a constitutional monarchy in which the king shared power with the parliament. The constitution also put into place Cánovas del Castillo's concept of *el turno pacífico* in which the Conservative party, supported mainly by the aristocracy, the middle class and large rural landowners, and the Liberal party, whose base was the business class, the industrialized segments of society and those with socially progressive ways of thinking, would take turns holding power. This arrangement left more radical parties, such as those with Republican or socialist leanings, out of the political process altogether. Although *el turno pacífico* was characterized by considerable political corruption—powerful oligarchs frequently manipulated elections—it did bring a certain amount of stability to the county and lasted for 25 years.

When Alfonso XII died in 1885, at the age of 28, his second wife, María Cristina de Hapsburgo, became regent until the their only son, Alfonso XIII, became of age in 1902. The most significant historical event that occurred during the regency of María Cristina was the Spanish American War in 1898 in which Spain lost the last of its American colonies, Cuba and Puerto Rico, as well as Guam and the Philippines. This loss not only had severe economic consequences for Spain, but also led to national disillusionment and the rise of strong regionalist movements.

Throughout the nineteenth century the military played a pivotal role in Spanish political life as arbitrator. The military never attempted to create military dictatorships, but rather supported one or the other political party. During the reign of Isabel II alone there were four military uprisings (in 1843, 1854, 1856 and 1868). The military's power was strengthened by the fact that the political system was so weak and precarious at the time. Thus, the military, rather then an electoral process, came to be seen as representing the will of the people.

Although the traditional privileges of the nobility and the Church stood in the way of Spain's formation of a strong constitutional democracy, industrialized economy, and growing middle class, like those seen in other European nations, by the middle of the nineteenth century significant transformations in the culture and economy were clearly taking place. Most significantly Spain witnessed the rise of capitalism and, in certain regions, a new society of classes. While Spain remained primarily an agrarian economy, starting in 1860 the textile industry in Cataluña and the iron and steel industry in País Vasco enjoyed rapid growth and prosperity. Not surprisingly it was these regions that also saw the development of a banking infrastructure as well as the appearance of a rising bourgeoisie and a proletariat formed of factory laborers. In this environment the differences between the upper bourgeoisie and the aristocracy started to disappear. This period also saw the building of national railroad system. Trains permitted the safe, rapid, and inexpensive transport of products throughout the Iberian Peninsula, which resulted in the opening of new markets and the introduction into cities of perishable products such as foodstuffs. A growing middle class of government bureaucrats in Madrid, improved farming techniques and a rise in population from 10 million at the end of the eighteenth century to over 16 million by 1877 also served to stimulate the national economy and create a system of social classes. Nevertheless, it is important to remember that in comparison to other European nations, Spain's middle class was still comparatively small. At the end of the century, 5% percent of the Spanish population still held 80% of the nation's wealth.

Another important event that took place in the nineteenth century that would serve to both redistribute wealth and undermine the Catholic Church's influence was the process of *desamortización*, or distentailment of Church property. During her Regency, María Cristina appointed Juan Álvarez Mendizábal, a progressive politician, as head of the government. He initiated the process of *desamortización* in which Church lands, convents and monasteries were confiscated and put up for public auction. While this process failed in its objective of creating a stronger middle class since nobles and wealthy landowners purchased most of the property, it did lead to the transfer of wealth into secular hands. The process of *desamortización* was initiated again in 1855. Culturally the Church's influence was reduced by the rise of secular ideas, particularly the rise of science and Darwinism and of liberalism, which advocated the separation of church and state. Nevertheless, the vast majority of Spaniards remained practicing Catholics.

The status of women improved little, if at all. Women continued to receive an inferior education and were barred from practicing most professions. In general, only lower-class women without economic resources worked outside the home, and mainly in undesirable, low-paying jobs. And the question of female suffrage, even with the Constitution of 1869 and the granting of universal male suffrage was never seriously considered.

In terms of popular culture, Spaniards continued to embrace their traditional festivities and pastimes. The public celebrated the religious holidays indicated on the Catholic calendar and enjoyed bullfights, processions and popular festivals in honor of regional patron saints. The *tertulia* came into its own in the eighteenth and nineteenth centuries. It was generally a gathering of social and professional elites where the events of the day were discussed over a glass of wine or a cup of coffee. The latter part of the century also saw the rise in popularity of the zarzuela, a type of Spanish opera that included more narrated segments and generally treated lighter themes. In terms of consumption, wine, which had become a national product of great economic importance during the nineteenth century, was ever more present in gatherings and festivities.

Although *Insolación* is not a historical novel, this historical and cultural context is clearly present. There are passing references to the first two Carlist Wars, General Espartero, the reign of Amadeo I, Cánovas del Castillo, the Restoration, Alfonso XII, and other important political figures of the time. Moreover, descriptions of popular culture abound. For example, the protagonist attends a *tertulia* at the house of the Duchess of Sahagún and the fair of San Isidro, and there are references to Spanish sherry, popular dishes, bullfights, zarzuelas, flamenco and gypsy fortunetellers. The novel also directly engages important issues of the day such as scientific determinism, social class, regional differences and the subordinate status of women in society.

Pardo Bazán's own political views continue to confound critics today. Clearly progressive and ahead of her day in relation to certain intellectual matters (i.e., her embrace of new and foreign literary trends) and her championing of women's rights, she also revealed conservative political convictions when, for example, she wrote fondly of Don Carlos, the monarchist pretender to the Spanish throne, expressed skepticism about representational forms of government, and openly declared her strong Catholic faith. To complicate matters, Doña Emilia's opinions on social and political issues were not always consistent. Thus, it is difficult to easily label Pardo Bazán as progressive or traditional; she was both at different times of her life, and depending on the issue at hand.

REALISM AND NATURALISM

Realism was a literary movement that sought to portray life as we experience it rather than how we would like it to be. It contrasted with both Romanticism, the literary movement that preceded it, and idealistic literature in general, in that its focus was on the present, rather than on a glorious past, and on average people, rather than on heroes and exceptional individuals. In fact, often times the protagonist of the realist novel is something of an anti-hero who is treated ironically by the narrator. Realist writers took their subject matter from everyday life and saw themselves as objective observers of the world around them. Realist novels include a lot of description, psychological development and dialog, with characters always speaking in a manner appropriate to their social class. The novels also often deal with common concerns such as marital problems and financial difficulties.

Realism was revolutionary and shocking at the time because it did not necessarily present a moral vision of society; it presented people and society as they were, not how the reader would like them to be. In other words, society was not always just and people were not always moral. However, although Realist fiction is not necessarily didactic, there is often a strong moralizing tone in these novels. The Realist author was often attempting to raise awareness of the problems facing contemporary society.

The term "Realism" began to be used in 1850, but it was not until the 1870s that it became a literary movement in Spain, rising to greatest importance between the years 1880 and 1890. The French authors Honoré de Balzac and Gustave Flaubert exercised the greatest influence on Spanish Realism. The most prolific and influential Realist/Naturalist writers in Spain were Juan Valera (1824-1905), Benito Pérez Galdós (1843-1920), Leopoldo Alas "Clarín" (1852-1901), Emilia Pardo Bazán (1851-1921) and Vicente Blasco Ibáñez (1867-1928).

While Naturalism shared the Realist objective of portraying reality as it is lived and experienced, it differed in its direct application of the scientific method to the novel. The tenets of Naturalism were explicitly laid out by the French Naturalist writer Émile Zola in his *Le roman expérimental.* Influenced by the rise of Positivism, Darwinism, and the scientific method, the Naturalist author saw human beings exclusively as products of nature (biology) and society (environment). Naturalist authors sought to study the human subject through the scientific method by observing the effects of heredity and environment on their characters when placed in particular situations. Critics of Zola's concept of the novel as scientific experiment pointed to its determinism, which seemed to leave little to no room for the exercise of free will or a spiritual dimension to existence.

Doña Emilia shared these criticisms of Naturalism even though she wrote several novels in a Naturalist style. In *La cuestión palpitante*, she condemns scientific determinism as fatalistic and opposed to her Catholic belief in free will. She goes on to contrast Realism with Naturalism arguing that Realism is more inclusive because it admits the natural and the spiritual, the body and the soul, the interior and the exterior. She prefers Realism to Naturalism because she sees it as a compromise between idealized literature and Naturalism. Moreover, she argues that Realism has indigenous Spanish roots that can be traced back to Fernando de Rojas's *Celestina* (1499) and Miguel de Cervantes's *Don Quijote* (1605, 1615).

INSOLACIÓN

Emilia Pardo Bazán published *Insolación* (1889) after already having established a name for herself as a novelist with her previous two novels
Los Pazos de Ulloa (1886) and *La Madre Naturaleza* (1887). *Insolación*
caused a stir when it was released. Critics and the public alike were
shocked by the ending as well as by the representation of an unmarried
woman's sexual attraction to a charming Southerner with a reputation
of being something of a womanizer. Moreover, the dedication to José
Lázaro Galdiano, with whom Emilia Pardo Bazán was romantically involved for a short time, seemed to indicate that the novel was in some
way autobiographical.

The protagonist's story begins retrospectively in chapter two
where, at a gathering a the house of the Duchess of Sahagún, the 32-
year old widow Francisca de Asís Taboada, the Marchioness of Andrade, meets Diego Pacheco, a captivating and handsome, stereotypi-
cal, Andalusian ladies' man. Pacheco gets Asís to go with him to the
fair of San Isidro the next day, where she ends up intoxicated by liquor,
too much sun and the charms of her companion. Concerned that her
behavior might tarnish her reputation, the rest of the novel consists of
Asís struggling between her conscience and the strong sexual attraction she feels for Diego. There are two narrators in the novel: an omni-
scient third person narrator and a first person narrator, the protagonist
Asís Taboada herself, who tells her own story in chapters 2 through 8.
Neither narrator is completely objective. The protagonist is not always
forthcoming about her true feelings and the third person narrator often passes judgment on the protagonist.

Many critics have argued that *Insolación* is a Naturalist novel since
Asís seems to be a case study for the thesis the character Gabriel Pardo
de la Lage elaborates in chapter 2 in which he talks about how climate
influences human behavior. He argues that warm climates level the
social classes by producing instinctual, barbaric behavior in all people.
He goes on to mention how the fair of San Isidro, the fair Asís will
attend with Pacheco, often has this same effect. In addition, the novel also gives what could be seen as Naturalistic descriptions of Asís's
physical ailments and of the activities of working-class people on the

street. However, the pictorial descriptions of marginalized elements of society such as beggars and gypsies are perhaps more *costumbrista* than Naturalist. *Costumbrismo*, a literary style related to nineteenth-century Romanticism and Realism, sought to portray everyday life, mannerisms, and customs. The descriptions of common people and everyday life in *Insolación* are folkloric and romanticizing, as is the case in *costumbrista* literature. The novel also deviates from the Naturalist model in its attention to the psychological conflicts of the protagonist. The interior monologues in which Asís struggles with her own desires and conscience form an integral part of the novel and underscore the character's free will and capacity for choice, thereby undermining simple deterministic readings of the novel.

Another important aspect of the novel is the question of the double standard. Gabriel Pardo de la Lage explicitly articulates this theme in chapter 14. He points out that women who have an amorous relationship out of wedlock are only given three options: marriage, the convent, or a bad reputation and the social consequences that come with it. Men, on the other hand, are applauded for their conquests, and are actually looked down upon if they do not have any. While Asís listens, and even objects at times, to the seemingly radical ideas expressed by her companion, it is clear to the reader that Asís herself is directly confronting and struggling with these social pressures and ultimately recognizes the truth of her companions words.

LANGUAGE NOTES

Throughout the novel many characters speak in their regional dialects, which the author transcribes phonetically. However, a character's social class also affects his/her speech. For example, while the Duchess of Sahagún and Diego Pacheco are both from Cádiz, the Duchess speaks standard Spanish while Pacheco speaks with a regional dialect. Throughout the novel the author transcribes Pacheco's Andalusian accent phonetically by dropping the intervocalic consonant (*too* instead of *todo*, *despabilaa* instead of *despabilada*, and *toítas* instead of *toditas*), dropping final consonants (*verdá* instead of *verdad*) eliminating distinctions between the *ll* and the *y* (*cabayero* instead of *caballero*) and between the *s* and *z*, *c* (+ *e* or *i*) (*corasonada* instead of *corazonada*, *hase* instead of *hace*, *presiosas* instead of *preciosas*)—a linguistic phenomenon known as *seseo*—and by reducing diphthongs (*mu* instead of *muy*). Yet, while both narrators mention Pacheco's *ceceo*—in certain dialects of Southern Spain *z*, *s* and *c* (+*e* or *i*) are pronounced like the *th* in *think*—the author never actually transcribes this particular linguistic phenomenon in Pacheco's speech. Since Asís and Gabriel Pardo are also from the upper classes, their speech does not exhibit any Galician regionalisms, whereas that of the policeman from Galicia that Asís and Pacheco encounter in chapter 4 and that of Asís's maid, Ángela, do. The gypsies speak in their own dialect; and other lower-class characters from Madrid, such as the waitress, the flowerseller and the cigarette makers, use vulgar speech where grammatical errors abound. Characters of all social classes, however, employ colloquialisms. And while the third person narrator uses proper, standard Spanish, she is also occasionally informal.

ACKNOWLEDGMENTS

First and foremost I wish to thank Tom Lathrop for giving me the opportunity to create a student edition of *Insolación*, which I hope will facilitate the teaching of this novel to non-native speakers of Spanish. I also would like to the thank Linda Willem for suggesting that I do the volume and for introducing me to Tom. I wish to express my gratitude to my husband Shawn Smith, whose support and encouragement throughout the project kept me motivated and on track. For help with particular vocabulary words and colloquial expressions I am indebted to Lourdes Albuixech, Marcela Ángel, Marta Gutiérrez Gómez, and fellow translators at the WordReference forum (http://forum.wordreference.com) who provided invaluable cultural, historical and linguistic information. Below is a list of the sources consulted for the Introduction and footnotes. Ermitas Penas Varela's edition of the novel, in particular, was an invaluable source of information.

Bibliography

Bravo-Villasante, Carmen. *Vida y obra de Emilia Pardo Bazán*. Madrid: Revista de Occidente, 1962. Print.

Gómez-Ferrer, Guadalupe. Introducción. *La mujer española y otros escritos*. By Emilia Pardo Bazán. Madrid: Cátedra, 1999. 9-68. Print.

Mayoral, Marina. Introducción. *Insolación*. By Emilia Pardo Bazán. Madrid: Espasa Calpe, 1999. Print.

Muñoz, Pedro M. and Marcelino C. Marcos. *España Ayer y Hoy*. 2nd ed. Upper Saddle River, NJ: Pearson, 2010. Print.

Pardo Bazán, Emilia. *La cuestión palpitante*. Ed. and intro. José Manuel González Herrán. Barcelona: Anthropos, 1989. Print.

———. "La educación del hombre y de la mujer: Sus relaciones y diferencias. Memoria leída en el Congreso pedagógico el día 16 de Octubre de 1892." *Nuevo Teatro Crítico* 2 (1892): 14–82. Print.

———. *Insolación*. Ed. and intro. Ermitas Penas Varela. Madrid: Cátedra, 1999. Print.

———. *Midsummer Madness*. Trans. Amparo Loring. Boston: The C.M. Clark Publishing, 1907. Print.

———. "La mujer española." *La mujer española y otros escritos*. Ed. Guadalupe Gómez-Ferrer. Madrid: Cátedra, 1999. 9-68. Print.

Pattison, Walter. *Emilia Pardo Bazán*. New York: Twayne, 1971. Print.

Penas Varela, Ermitas. Introducción. *Insolación*. By Emilia Pardo Bazán. Madrid: Cátedra, 2001. 9-50. Print.

Roldán, J.M. *Historia de España*. Madrid: Edelsa, 1996. Print.

Shubert, Adrian. *A Social History of Modern Spain*. London: Routledge, 1992. Print.

Insolación°   sunstroke

EMILIA PARDO BAZÁN

A José Lázaro Galdiano¹
en prenda° de amistad   token
La Autora

I

LA PRIMERA SEÑAL POR donde Asís Taboada 'se hizo car-
go° de que había salido de los limbos del sueño, fue un dolor como si le barrenasen las sienes de parte a parte¹ con
un barreno° finísimo; luego le pareció que las raíces del pelo se
le convertían en millares de puntas de aguja° y se le clavaban en
el cráneo. También notó que la boca estaba pegajosita,° amarga y
seca; la lengua, hecha un pedazo de esparto°; las mejillas ardían;
latían desaforadamente° las arterias; y el cuerpo declaraba a gritos que, si era ya hora muy razonable de saltar de cama, no estaba
él para valentías tales.²

    Suspiró la señora; 'dio una vuelta,° convenciéndose de que
tenía molidísimos° los huesos; alcanzó el cordón de la campanilla,
y tiró 'con garbo.° Entró la doncella, pisando quedo, y entreabrió
las maderas° del cuarto-tocador.° Una flecha de luz se coló en la
alcoba, y Asís exclamó con voz ronca y debilitada: "Menos abierto... Muy poco... Así."

    "¿Cómo le va, señorita?" preguntó muy solícita la Ángela (por
mal nombre Diabla). "¿Se encuentra algo más aliviada ahora?"

    "Sí, hija..., pero se me abre la cabeza en dos."

    "¡Ay! ¿Tenemos la maldita de la jaquecota?°"

    "Clavada...° A ver si me traes una taza de tila...°"

    "¿Muy cargada,° señorita?"

    "Regular..."

    "'Voy volando.°"

    Un cuarto de hora duró el vuelo de la Diabla. Su ama, 'vuelta
de cara a° la pared, subía las sábanas hasta cubrirse la cara con
ellas, sin más objeto que sentir el fresco de la batista° en aquellas
mejillas y frente que 'estaban echando lumbre.°

    De tiempo en tiempo, se percibía un gemido sordo.

Margin glosses: realized / drill / needle / sticky / esparto grass / furiously / she turned over / extremely shattered / gracefully / shutters, powder room / migraine / splitting, lime blossom / tea; strong / I'll be right back / facing / batiste fabric / were burning

---

1   **Como si ...** *As if her temples were being drilled from one side to the other*

2   **No estaba...** *Her body was not up to such acts of bravery*

25

En la mollera° suya funcionaba, de seguro, toda la maquina- — head
ria° de la 'Casa de la Moneda,° pues no recordaba aturdimiento° — machinery, mint, bewil-
como el presente, sino el que había experimentado al visitar la — derment
fábrica de dinero y salir medio loca de las salas de acuñación.° — coining

5 Entonces, lo mismo que ahora, se le figuraba que una legión
de enemigos se divertía en pegarle tenazazos en los sesos y deva-
narle con argadillos candentes la masa encefálica.[3]

Además, notaba cierta trepidación° allá dentro, igual que si — shaking
la cama fuese una hamaca, y a cada balance se le amontonase el
10 estómago y le metiesen en prensa el corazón.[4]

La tila. Calentita, muy bien hecha. Asís se incorporó, sujetando la cabeza y apretándose las sienes con los dedos. Al acercar
la cucharilla a los labios, náuseas reales y efectivas.

"Hija... está hirviendo... Abrasa. ¡Ay! Sostenme un poco, por
15 los hombros. ¡Así!"

Era la Diabla una chica despabilada,° lista como una pimien- — quick
ta: una luguesa° que no le cedía el paso a la andaluza más ladina.° — person from Lugo, cun-
Miró a su ama guiñando un poco los ojos, y dijo compungidísi- — ning
ma al parecer: "Señorita... Vaya por Dios. ¿Se encuentra peor?
20 Lo que tiene no es sino eso que le dicen allá en nuestra tierra un
soleado...[5] Ayer se caían los pájaros de calor, y usted fuera todo el
santo día..."

"Eso será...," afirmó la dama.

"¿Quiere que vaya enseguidita° a avisar al señor de Sánchez — right away
25 del Abrojo?"

"No seas tonta... No es cosa para andar fastidiando al médico.
Un meneo° a la taza. Múdala a ese vaso..." — shaking

Con un par de trasegaduras de vaso a taza y viceversa,[6] quedó
potable la tila. Asís se la embocó, y al punto se volvió hacia la
30 pared.

"Quiero dormir... No almuerzo... Almorzad vosotros... Si vienen visitas, que he salido... Atenderás por si llamo.

---

3   **Se le...** *it seemed to her that a group of demons were amusing
themselves by pulling out her brains and winding them up on burning reels*
4   **Se le...** *her stomach would turn and her heart would become
constricted*
5   **Soleado** *sunstroke* (Galician expression)
6   **Con un...** *by pouring it back and forth from glass to cup a couple
of times*

Hablaba la dama sorda y opacamente, de mal talante,° como   disposition
aquel que no está para bromas y tiene igualmente desazonados° el   ill-suited
cuerpo y el espíritu.

5   Se retiró por fin la doncella, y al verse sola, Asís suspiró más
profundo y alzó otra vez las sábanas, quedándose acurrucada° en   curled up
una concha de tela. Se arregló los pliegues° del camisón,° procu-   folds, nightgown
rando que la cubriese hasta los pies; echó atrás la madeja de pelo
revuelto, empapado en sudor y áspero de polvo, y luego perma-
neció quietecita, con síntomas de alivio y aun de bienestar físico
10 producido por la infusión° calmante.   herbal tea

La jaqueca, que ya se sabe cómo es de caprichosa y maniática,
se había marchado 'por la posta° desde que llegara al estómago   rapidly
la taza de tila; la calentura cedía, y las bascas iban aplacándose...[7]
Sí, lo que es el cuerpo se encontraba mejor, infinitamente me-
15 jor; pero, ¿y el alma? ¿Qué procesión le andaba por dentro a la
señora?[8]

No cabe duda: si hay una hora del día en que la conciencia
goza todos sus fueros,° es la del despertar. Se distingue muy bien   powers
de colores después del descanso nocturno y el paréntesis del sue-
20 ño. Ambiciones y deseos, afectos y rencores se han desvanecido
entre una especie de niebla; faltan las excitaciones de la vida exterior; y así como después de un largo viaje parece que la ciudad
de donde salimos hace tiempo no existe realmente, al despertar
suele figurársenos que las fiebres y cuidados de la víspera° se han   day before
25 ido en humo y ya no volverán a acosarnos° nunca. Es la cama una   harass us
especie de celda donde se medita y hace examen de conciencia,
tanto mejor cuanto que se está muy a gusto, y ni la luz ni el ruido
distraen. Grandes dolores de corazón y propósitos de la enmienda[9] suelen quedarse entre las mantas.

30 'Unas miajas° de todo esto sentía la señora; sólo que a sus   a little bit
demás impresiones sobrepujaba° la del asombro. "¿Pero es de   exceeded
veras? ¿Pero me ha pasado eso? Señor Dios de los ejércitos, ¿lo
he soñado o no? Sácame de esta duda." Y aunque Dios no se tomaba el trabajo de responder negando o afirmando, aquello que
35 reside en algún rincón de nuestro ser moral y nos habla tan cate-

---

7   **Las bascas...** *the nausea was subsiding*
8   **¿Qué procesión...?** *what was really going on inside of her?*
9   **Propósitos de...** *intentions to change one's ways*

góricamente como pudiera hacerlo una voz divina, contestaba: "Grandísima hipócrita, bien sabes tú cómo fue: no me preguntes, que te diré algo que te escueza.°"   hurts

    "Tiene razón la Diabla: ayer atrapé un soleado, y para mí, el
5 sol... matarme. ¡Este chicharrero° de Madrid! ¡El veranito y su   hot place
alma! Bien empleado, por 'meterme en avisperos.° A estas horas   to get myself in a mess
debía yo andar por mi tierra..."

    Doña Francisca Taboada se quedó un poquitín más tranquila desde que pudo echarle la culpa al sol. A buen seguro que el astro-
10 rey dijese esta boca es mía protestando,[10] pues aunque está menos acostumbrado a las acusaciones de galeotismo[11] que la luna, es de presumir que las acoja con igual impasibilidad e indiferencia.

    "De todos modos," arguyó la voz inflexible, "confiesa, Asís, que si no hubieses tomado más que sol... Vamos, a mí no me ven-
15 gas tú con historias, que ya sabes que nos conocemos... ¡como que andamos juntos hace la friolera de treinta y dos abriles![12] Nada, aquí no valen subterfugios... Y tampoco sirve alegar que si fue inesperado, que si parece mentira, que 'si patatín, que si patatán...° Hija de mi corazón, lo que no sucede en un año sucede   and so on and so forth
20 en un día. No hay que darle vueltas. Tú has sido hasta la presente
una señora intachable;° bien: una perfecta viuda; conformes:° te   irreproachable, agreed
has llevado en peso[13] tus dos añitos de luto (cosa tanto más meri-
toria cuanto que, seamos francos, últimamente ya necesitabas alguna virtud para querer a tu tío, esposo y señor natural, el insigne
25 marqués de Andrade, con sus bigotes pintados y sus alifafes,° fís- illnesses
tulas o lo que fuesen); a pesar de tu genio animado y tu afición a
las diversiones, en veinticuatro meses no se te ha visto el pelo sino
en la iglesia o en casa de tus amigas íntimas; convenido:° has con- agreed
sagrado° largas horas al cuidado de tu niña y eres madre cariño-   dedicated
30 sa; nadie lo niega: te has propuesto siempre portarte como una
señora, disfrutar de tu posición y tu independencia, no 'meterte
en líos° ni hacer contrabando[14] lo reconozco: pero... ¿qué quieres, get in messes
mujer? te descuidaste un minuto, incurriste en una chiquillada

---

10   **El astro-rey...** *the sun would not raise its voice in protest*

11   **Galeotismo** is a neologism that refers to José Echegaray's play *El gran galeoto* (1881). Here it can be roughly translated as *meddling*.

12   **Hace la...** *for no less than 32 years*

13   **Te has...** *you carried the burden of*

14   **Hacer contrabando...** *do something forbidden*

(porque fue una chiquillada, pero chiquillada del género atroz, convéncete de ello), y por cuanto viene el demonio y la enreda y te encuentras de patitas en la gran trapisonda...[15] No andemos con sol por aquí y calor por allá. Disculpas de mal pagador. Te falta hasta la excusa vulgar, la del cariñito y la pasioncilla... Nada, chica, nada. Un pecado gordo en frío, sin circunstancias atenuantes y con ribetes° de 'desliz chabacano.° ¡Te luciste!"[16]   details, vulgar
indiscretion; lessened

Ante estos argumentos irrefutables menguaba° la acción bienhechora de la tila y Asís iba experimentando otra vez terrible desasosiego° y sofoco. El barreno que antes le taladraba° la sien, se había vuelto sacacorchos, y 'haciendo hincapié° en el occipucio,[17] parecía que enganchaba los sesos a fin de arrancarlos igual que el tapón de una botella. Ardía la cama y también el cuerpo de la culpable, que, como un San Lorenzo en sus parrillas,[18] daba vueltas y más vueltas en busca de rincones frescos, al borde del colchón. Convencida de que todo abrasaba igualmente, Asís brincó de la cama abajo, y blanca y silenciosa como un fantasma entre la penumbra de la alcoba, se dirigió al lavabo, torció el grifo del depósito, y con las yemas de los dedos empapadas en agua, se humedeció frente, mejillas y nariz; luego se refrescó la boca, y por último se bañó los párpados largamente, con fruición; hecho lo cual, creyó sentir que se le despejaban las ideas y que la punta del barreno se retiraba poquito a poco de los sesos. ¡Ay, qué alivio tan rico! A la cama, a la cama otra vez, a cerrar los ojos, a estarse quietecita y callada y sin pensar en cosa ninguna...   unease, drilled
focusing on

Sí, a buena parte. ¿No pensar dijiste? Cuanto más se aquietaban los zumbidos° y los latidos y la jaqueca y la calentura, más nítidos° y agudos° eran los recuerdos, más activas y endiabladas las cavilaciones.°   buzzing
clear, sharp
deep thoughts

"Si yo pudiese rezar," discurrió° Asís. "No hay para esto de conciliar el sueño como repetir una misma oración 'de carretilla.°"   reflected
by heart

---

15   **Por cuanto...** *so the devil comes and sets up his scheme and you find yourself ensnared*

16   **¡Te luciste!** *you really outdid yourself!* (said ironically)

17   The back part of the head where it joins the spine.

18   According to legend, Saint Lawrence was martyred by being burned, or more literally "grilled," alive on a gridiron.

Intentólo[19] en efecto; mas° si por un lado era soporífera la   *but*
operación, por otro agravaba las inquietudes y resquemazones°   *misgivings*
morales de la señora. Bonito se pondría el padre Urdax cuando
tocasen a confesarse de aquella cosa inaudita y estupenda. ¡Él,
que tanto 'se atufaba° por menudencias de escotes,° infraccio-   *would get angry, plunging*
nes de ayuno,° asistencia a saraos en cuaresma, mermas de misa   *necklines; fasting*
y otros pecadillos que trae consigo la vida mundana en la corte!
¿Qué circunloquios serían más adecuados para atenuar la primer
impresión de espanto y la primer filípica?° Sí, sí ¡circunloquios   *invective*
al padre Urdax! ¡Él, que lo preguntaba todo derecho y claro, sin
pararse en vergüenzas ni en reticencias! ¡Con aquel geniazo de
pólvora y aquella manga estrechita que gastaba!²⁰ Si al menos
permitiese explicar la cosa desde un principio, bien explicada,
con todas las aclaraciones y notas precisas para que se viese la
fatalidad,° la serie de circunstancias que... Pero, ¿quién se atre-   *inevitability*
ve a 'hacer mérito° de ciertas disculpas ante un jesuita tan duro   *mention*
de pelar y tan largo de entendederas?²¹ Esos señores quieren que
todo sea virtud a raja tabla y no entienden de componendas,° ni   *compromises*
de excusas. Antes parece que se les tachaba° de tolerantísimos: no,   *censured*
pues lo que es ahora...

No obstante el triste convencimiento de que con el padre
Urdax sería perder tiempo y derrochar° saliva todo lo que no fue-   *waste*
se decir *acúsome, acúsome,* Asís, en la penumbra del dormitorio,
entre el silencio, componía mentalmente el relato que sigue, donde claro está que no había de colocarse en el peor lugar, sino paliar el caso: aunque, señores, ello admitía bien pocos paliativos.²²

---

19   This is the archaic usage of the enclitic object pronoun. There are
many examples throughout the text.

20   **¡Con aquel...!** *with his explosive temperament and rigid nature*

21   **Tan duro...** *so hard to deceive and so intelligent*

22   This last sentence lets the reader know that Asís will take over the
narration in the next chapter and that she will try to present herself and her
story sympathetically. While the narrator here claims that it will be difficult
for Asís to justify her actions, this can be taken ironically, particularly if the
reader, who will also stand in as judge, ultimately exonerates Asís.

2

HAY QUE TOMARLO DESDE algo atrás y contar lo que
pasó, o por mejor decir, lo que 'se charló° anteayer en
la tertulia semanal de la duquesa de Sahagún, a la cual
soy 'asidua concurrente.° También la frecuenta mi paisano el co-
5 mandante de artillería don Gabriel Pardo de la Lage,¹ cumplido
caballero, aunque un poquillo inocentón,° y sobre todo muy es-
trafalario° y bastante pernicioso en sus ideas, que a veces sostie-
ne con gran calor y terquedad,° si bien las más noches 'le da por°
acoquinarse° y callar o jugar al tresillo, sin importársele de lo que
10 pasa en nuestro corro.° No obstante, desde que yo soy obligada
todos los miércoles, notan que don Gabriel se acerca más al círculo de las señoras y gusta de 'armar pendencia° conmigo y con la
dueña° de la casa; por lo cual hay quien asegura que no le parezco
'saco de paja° a mi paisano, aun cuando otros afirman que está
15 enamorado de una prima o sobrina suya, acerca de quien se re-
fieren no sé qué historias raras. En fin, el caso es que disputando
y peleándonos siempre, no hacemos malas migas el comandante
y yo.² ¡Qué malas migas! A cada 'polémica que armamos,° parece aumentar nuestra simpatía, como si sus mismas genialidades
20 morales (no sé darles otro nombre) me fuesen cayendo en gracia³
y pareciéndome indicio de cierta bondad interior... Ello va mal
expresado..., pero yo me entiendo.

Pues anteayer (para venir al asunto), estuvo el comandante
desde los primeros momentos muy decidor° y muy alborotado,°
25 haciéndonos reír con sus manías.° Le sopló la ventolera de sostener una vulgaridad:⁴ que España es un país tan salvaje como

was discussed

a regular

credulous
eccentric
stubbornness, he takes
to; withdrawing
circle

debate
mistress
insignificant

controversy that we
stir up

witty, excited
obsessions

---

1   This character also in appears in *Los Pazos de Ulloa* (1886), *La
madre naturaleza* (1887) and *Morriña* (1889).
2   **No hacemos...** *the commander and I actually get along*
3   **Como si...** *as if his moralistic nature (I don't know what other name
to give it) began to appeal to me*
4   **Le sopló...** *he suddenly decided to say something offensive*

el África Central, que todos tenemos sangre africana, beduina,° [Bedouin]
árabe o 'qué sé yo,° y que todas esas músicas de ferrocarriles, te- [whatever]
légrafos, fábricas, escuelas, ateneos, libertad política y periódicos,
son en nosotros postizas° y como 'pegadas con goma,° por lo cual [artificially tacked on, stuck with glue;]
5 están siempre despegándose,° mientras lo verdaderamente nacio- [coming unstuck; sur-]
nal y genuino, la barbarie, subsiste,° prometiendo durar por los [vives; commotion]
siglos de los siglos. Sobre esto se levantó el caramillo° que es de
suponer. Lo primero que le repliqué fue compararlo a los france-
ses, que creen que sólo servimos para bailar el bolero y 'repicar las
10 castañuelas;° y añadí que la gente bien educada era igual, idéntica, [click castanets]
en todos los países del mundo.

"Pues mire usted, eso empiezo por negarlo," saltó Pardo con
grandísima fogosidad.° "De los Pirineos acá, todos, sin excepción, [passion]
somos salvajes, lo mismo las personas finas° que los tíos;° lo que [refined, country bumpkins; hide]
15 pasa es que nosotros lo disimulamos° un poquillo más, por ver-
güenza, por convención social, por conveniencia propia; pero
'que nos pongan el plano inclinado, y ya resbalaremos.⁵ El primer
rayito de sol de España (este sol con que tanto nos muelen los
extranjeros⁶ y que casi nunca está en casa, porque aquí llueve lo
20 propio que en París, que ese es el chiste...)."

Le interrumpí: "Hombre, sólo falta que también niegue usted el sol."

"No lo niego, ¡qué he de negarlo! Por lo mismo que suele em-
bozarse° bien en invierno, de miedo a las pulmonías,° en verano [covers itself, pneumonia]
25 lo tienen ustedes convirtiendo a Madrid en sartén o caldera infer-
nal, donde 'nos achicharramos todos...° Y claro, 'no bien asoma,° [we all fry, as soon as it appears]
produce una fiebre y una excitación endiabladas... Se nos sube a
la cabeza, y entonces es cuando se nivelan las clases ante la ordi-
nariez° y la ferocidad general..." [coarseness]
30 "Vamos, ya pareció aquello. Usted lo dice por las corridas de
toros."

En efecto, a Pardo le da muy fuerte eso de las corridas. Es uno
de sus principales y frecuentes asuntos de sermón. En 'tomando
la ampolleta° sobre los toros, hay que oírle 'poner como digan [monopolizing the con-]
35 dueñas° a los partidarios de tal espectáculo, que él considera tan [versation; insult]

---

5   **Que nos...** *but as soon as the opportunity arises, we immediately slip*
6   **Nos muelen...** *foreigners pester us about*

pecaminoso° como el padre Urdax los bailes de Piñata⁷ y las re- sinful
presentaciones del *Demi-monde* y *Divorciémonos*.⁸ 'Sale a relucir° come out
aquello de las tres fieras,° toro, torero° y público; la primera, que wild beasts, bullfighter
se deja matar porque 'no tiene más remedio°; la segunda, que co- it is unavoidable
5 bra° por matar; la tercera, 'que paga para que maten,° de modo is paid, who pays to see
que viene a resultar la más feroz de las tres; y también aquello de the killing
la suerte de pica, y de las tripas colgando, y de las excomuniones
del Papa contra los católicos que asisten a corridas, y de los perjuicios a la agricultura... Lo que es la cuenta° de perjuicios la saca calculation
10 de un modo imponente.° Hasta viene a resultar que por culpa awe-inspiring
de los toros hay déficit en la Hacienda° y hemos tenido las dos Treasury
guerras civiles...⁹ (Verdad que esto lo soltó en un instante de acaloramiento, y como vio la greguería° y la chacota° que armamos,° out-cry, uproar, to stir
medio 'se desdijo.)° Por todo lo cual, yo pensé que al nombrar up; recanted
15 ferocidad y barbarie, vendrían los toros detrás. No era eso. Pardo
contestó: "Dejemos a un lado los toros, aunque bien revelan el
influjo barbarizante o barbarizador (como ustedes gusten) del
sol, ya que es axiomático° que sin sol no hay corrida buena. Pero self-evident
prescindamos° de ellos; no quiero que digan ustedes que ya es let's do without
20 manía en mí la de 'sacar a relucir° la gente cornúpeta. Tomemos to bring up
cualquiera otra manifestación bien genuina de la vida nacional...,
algo muy español y muy característico... ¿No estamos en tiempo
de ferias°? ¿No es mañana San Isidro Labrador?¹⁰ ¿No va la gente festivals
estos días a solazarse° por la pradera y el cerro?" enjoy oneself
25   "Bueno: ¿y qué? ¿También criticará usted las ferias y el Santo?
Este señor no perdona ni a la corte celestial."

---

7   **Bailes de Piñata** refer to the masked dances celebrated the first
Sunday of lent in which those present danced around a ceramic pot that hung
from the ceiling. The pot contained sweets and/or gifts and would eventually
be broken with a stick by blindfolded guests.

8   *Le demi-monde* (1855) is play written by Alexandre Dumas son and
Divorciémonos is the Spanish translation of the French play *Divorçons!* (1882)
by Victorien Sardou. Although successful in Spain, some considered the plays
shocking at the time.

9   Reference to the first two Carlist wars; the first took place between
1833-1839 and the second between 1872-1876.

10   The festival of San Isidro Labrador, the patron saint of farmers and
the patron saint of Madrid, is celebrated May 15th. The celebration usually goes
on for about nine days and includes activities such as fairs, concerts, dances
and pilgrimages to the Ermita de San Isidro.

"Bueno está el Santo, y valiente saturnal° asquerosa la que sus   *orgy*
devotos le ofrecen. Si San Isidro la ve, él que era un honrado y
pacífico agricultor, convierte en piedras los garbanzos tostados, y
desde el cielo descalabra° a sus admiradores. Aquello es un aque-   *he would attack*
5   larre,° una zahúrda° de Plutón.[11] Los instintos españoles más tí-   *Witches' Sabbath, pigsty*
picos corren allí desbocados,° luciendo su belleza. Borracheras,   *wild*
pendencias,° navajazos,° gula, libertinaje grosero, blasfemias, ro-   *quarrels, stabbings*
bos, desacatos° y bestialidades de toda calaña...[12] Bonito tableau,°   *incivilities, scene {Fr.}*
señoras mías... Eso es el pueblo español cuando 'le dan suelta.°   *it is let loose*
10 Lo mismito que los potros al salir a la dehesa, que su felicidad
consiste en hartarse de relinchos y coces."   *coarse*
     "Si me habla usted de la gente ordinaria...°"
     "No, es que insisto: todos iguales en siendo españoles; el ins-   *depth*
tinto vive allá en el fondo° del alma; el problema es de ocasión y   *do away with certain*
15 lugar, de poder o no 'sacudir ciertos miramientos° que la educa-   *considerations*
ción impone: cosa externa, cáscara y nada más."
     "¡Qué teorías, Dios misericordioso! ¿Ni siquiera admite us-
ted excepciones a favor de las señoras? ¿Somos salvajes también?"
     "También, y acaso más que los hombres, que al fin ustedes
20 se educan menos y peor... 'No se dé usted por resentida,° ami-   *don't become resentful*
ga Asís. Concederé que usted sea la menor cantidad de salvaje
posible, porque al fin nuestra tierra es la porción más apacible y
sensata de España."
     Aquí la duquesa volvió la cabeza 'con sobresalto.° Desde el   *startled*
25 principio de la disputa estaba entretenida dando conversación
a un tertuliano nuevo, muchacho andaluz, de buena presencia,
hijo de un antiguo amigo del duque, el cual, según me dijeron,
era un rico hacendado° residente en Cádiz. La duquesa no admi-   *landowner*
te presentados,° y sólo por circunstancias así pueden encontrarse   *people she is not ac-*
30 caras desconocidas en su tertulia. En cambio, a las relaciones ya   *quainted with*
antiguas las agasaja° muchísimo, y es tan consecuente y cariñosa   *lavishes attention on*
en el trato, que todos 'se hacen lenguas alabando° su perseveran-   *praise*
cia, virtud que, según he notado, abunda en la corte más de lo
que se cree. Advertía yo que, sin dejar de atender al forastero, la
35 duquesa aplicaba el oído a nuestra disputa y 'rabiaba por mez-
clarse° en ella: la proporción le vino rodada para hacerlo, metien-   *dying to participate*

---

11   According to classical mythology, Pluto is god of the underworld.
12   **Bestialidades de...** *beast-like behavior of all types*

do en danza al gaditano.[13]

"Muchas gracias, señor de Pardo, por la parte que nos toca a los andaluces. Estos galleguitos siempre arriman el ascua a su sardina.[14] ¡Más aprovechados son! De salvajes nos ha puesto, así
5 como quien no quiere la cosa."[15]

"¡Oh duquesa, duquesa, duquesa!" respondió Pardo con mucha guasa.° "'¡Darse por aludida° usted, usted que es una señora   *irony, take it personally*
tan inteligente, protectora de las bellas artes! ¡Usted que entiende de pucheros mudéjares y barreñones asirios! ¡Usted que posee
10 colecciones mineralógicas que dejan con la boca abierta al embajador de Alemania! ¡Usted, señora, que sabe lo que significa fósil! ¡Pues si hasta miedo le han cobrado a usted ciertos pedantes que yo conozco!"[16]

"Haga usted el favor de no 'quedarse conmigo° suavemente.   *make fun of me*
15 No parece sino que soy alguna literata° o alguna marisabidilla...°   *woman of letters, blue-*
Porque le guste a uno un cuadro° o una porcelana... Si cree us-   *stocking; painting*
ted que así vamos a correr un velo sobre aquello del salvajismo... ¿Qué opina usted de eso, Pacheco? Según este caballero, que ha nacido en Galicia, es salvaje toda España y más los andaluces.
20 Asís, el señor don Diego Pacheco... Pacheco, la señora marquesa viuda de Andrade... el señor don Gabriel Pardo..."

El gaditano, sin pronunciar palabra, se levantó y vino a apretarme la mano haciendo una cortesía; yo murmuré entre dientes eso que se murmura en casos análogos. Llena la fórmula,° nos mi-   *formality*
25 ramos con la curiosidad fría del primer momento, sin fijarnos° en   *pay attention*
detalles. Pacheco, que llevaba 'con soltura° el frac,° me pareció   *confidently, dress-coat*
distinguido, y aunque andaluz, le encontré más bien trazas inglesas: se me figuró serio y no muy locuaz ni disputador. Haciéndose cargo de la indicación de la duquesa, dijo con acento cerrado° y   *thick*
30 'frase perezosa:° "A cada país le cae bien lo suyo... Nuestra tierra   *lazy expression*
no ha dado pruebas de ser nada ruda°: tenemos allá de too: poe-   *uncultured*
tas, pintores, escritores... Cabalmente° en Andalucía la gente po-   *precisely*

---

13 **La proporción...** *she was given the perfect opportunity by involving the man from Cádiz*
14 **Estos galleguitos...** *these people from Galicia are always looking after their own interests*
15 **Como quien...** *like someone pretending not to give it much importance*
16 **Si hasta...** *some pedants I know have even become afraid of you*

bre es mu fina y mu despabilaa. Protesto contra lo que se refiere
a las señoras. Este cabayero convendrá en que toítas son unos
ángeles del cielo."[17]

5   "Si me llama usted al terreno de la galantería," respondió
Pardo, "convendré en lo que usted guste... Sólo que esas generali-
dades no prueban nada. En las unidades nacionales no veo hombres ni mujeres: veo una raza, que se determina históricamente
en esta o en aquella dirección..."

"¡Ay, Pardo!" suplicó la duquesa con mucha gracia." Nada de
10   palabras retorcidas, ni de filosofías intrincadas. Hable usted clarito y 'en cristiano.° Mire usted que no hemos llegado a sabios, y   clearly
que nos vamos a 'quedar en ayunas.°"   remain in the dark

"Bueno: pues hablando en cristiano, digo que ellos y ellas son
'de la misma pasta,° porque no hay más remedio, y que en España   two of a kind
15   (allá va, ustedes se empeñan en que ponga los puntos sobre las
íes) también las señoras pagan tributo a la barbarie," lo cual puede no advertirse a primera vista porque su sexo las obliga a adoptar formas menos toscas, y las condena al papel de ángeles, como
les ha llamado este caballero." Aquí está nuestra amiga Asís, que
20   a pesar de haber nacido en el Noroeste, donde las mujeres son
reposadas, dulces y cariñosas, sería capaz, al darle un rayo de sol
en la mollera, de las mismas atrocidades que cualquier hija del
barrio de Triana o del Avapiés..."[18]

"¡Ay, paisano! ya digo que está usted tocado,° incurable. Con   crazy
25   el sol tiene la tema.° ¿Qué le hizo a usted el sol, para que así 'lo   *idée fixe*
traiga al retortero?°"   you don't leave it alone

"Serán aprensiones, pero yo creo que lo llevamos disuelto en
la sangre y que a lo mejor nos trastorna."

"No lo dirá usted por nuestra tierra. Allá no le vemos la cara
30   sino unos cuantos días del año."

---

17   Throughout the novel the author transcribes phonetically Pacheco's
Andalusian accent. We see that he drops the intervocalic consonant ("too"
instead of "todo," "despabilaa" instead of "despabilada," and "toítas" instead of
"toditas"), that he makes no distinction between the "ll" and the "y" ("cabayero"
instead of "caballero") and that he reduces dipthongs ("mu" instead of "muy").

18   Triana is a working-class neighborhood of Seville with a large
gypsy population. Avapiés, known today as Lavapiés, is a poor, multiethnic
neighborhood in Madrid. Before the expulsion of the Jews in 1492 it served
as the Jewish quarter of the city.

"Pues no lo achaquemos al sol; será el aire ibérico; el caso es que los gallegos, en ese punto, sólo aparentemente nos distinguimos del resto de la Península. ¿Ha visto usted qué bien nos acostumbramos a las corridas de toros? En Marineda[19] ya se llena la
5 plaza y 'se calientan los cascos° igual que en Sevilla o Córdoba.   worry
Los cafés flamencos 'hacen furor;° las cantaoras° traen revuel-   are all the rage, female
to al sexo masculino; se han comprado cientos de navajas, y lo   flamenco singers
peor es que se hace uso de ellas; hasta los chicos de la calle se
han aprendido de memoria el tecnicismo taurómaco;[20] la man-
10 zanilla 'corre a mares° en los 'tabernáculos marinedinos°; hay sus   flows abundantly,
cañitas y todo; una parodia ridícula; corriente;° pero parodia que   dwellings in Marineda;
sería imposible donde no hubiese materia dispuesta para seme-   certainly
jantes aficiones.[21] Convénzanse ustedes: aquí en España, desde la
Restauración,[22] maldito si hacemos otra cosa más que jalearnos
15 a nosotros mismos. Empezó la broma por todas aquellas demos-
traciones contra don Amadeo: lo de las peinetas y mantillas, los
trajecitos a medio paso y los caireles;[23] siguió con las barbianerías°   audacity
del difunto rey, que le había dado por lo chulo,[24] y claro, la gente
elegante le imitó; y ahora es ya una epidemia, y entre patriotismo
20 y flamenquería, guitarreo y cante jondo, panderetas con madro-
ños° colorados y amarillos, y abanicos con las hazañas y los retra-   tassels
tos de Frascuelo y Mazzantini,[25] hemos hecho una Españita bufa,

---

19   *Marineda* is a fictional town in Galicia.
20   **Tecnicismo taurómaco...** *technical vocabulary of bullfighting*
21   **Parodia que...** *a aparody that would be impossible in a place where everything was not ready and available for such pastimes*
22   The Restoration began when Alfonso XII returned to the throne on December 29, 1874 and ended with the proclamation of the Second Spanish Republic on April 14, 1931. For more information on this period, see introduction.
23   Amadeo I, from the Italian House of Savoy, was chosen as the king of Spain by the Cortes in 1870; he abdicated in 1873. His foreign origin made him unpopular and, as mentioned here, provoked some people to display their patriotism by wearing clothing typical of eighteenth-century Spain, similar to that seen in Goya's tapestry designs.
24   **Del difunto...** *of the deceased king [Alfonso XII] who took to dressing in typical madrileño attire*
25   Frascuelo, Francisco Sánchez Povedano (1842-1898), and Mazzantini (1856-1926) were two well-known bullfighters of the time.

de tapiz de Goya[26] o sainete de don Ramón de la Cruz.[27] Nada, es moda y a seguirla. Aquí tiene usted a nuestra amiga la duquesa, con su cultura, y su finura, y sus mil dotes de dama: ¿pues no se pone tan contenta cuando le dicen que es la chula más salada de
5   Madrid?"

"Hombre, si fuese verdad, ¡ya se ve que me pondría!" exclamó la duquesa con la viveza donosa que la distingue." ¡A mucha honra! más vale una chula que treinta gringas. Lo gringo me apesta. Soy yo muy españolaza: ¿se entera usted? Se me figura que más
10 vale ser como Dios nos hizo, que no que andemos imitando todo lo 'de extranjis...° Estas manías de vivir a la inglesa, a la francesa...   *from abroad* ¿Habrá ridiculez mayor? De Francia los perifollos; bueno; no ha de salir uno por ahí espantando a la gente, vestido como 'en el año de la nanita...° De Inglaterra los asados... y se acabó. Y diga   *a long time ago*
15 usted, muy señor mío de mi mayor aprecio: ¿cómo es eso de que somos salvajes los españoles y no lo es el resto del género humano? En primer lugar: ¿se puede saber a qué llama usted salvaja-das°? En segundo: ¿qué hace nuestro pueblo, pobre infeliz, que   *unmannerly behavior* no hagan también los demás de Europa? Conteste."
20 "¡Ay!..., ¡si me aplasta usted!..., ¡si ya no sé por donde ando! Pietá, Signor.[28] Vamos, duquesa, insisto en el ejemplo de antes: ¿ha visto usted la romería de San Isidro?"

"Vaya si la he visto. Por cierto que es de lo más entretenido y pintoresco. Tipos se encuentran allí, que... 'Tipos de oro.° ¿Y   *exquisite characters*
25 los columpios? ¿Y los tiovivos? ¿Y aquella animación, aquel hormigueo de la gente? Le digo a usted que, para mí, hay poco tan salado como esas fiestas populares. ¿Que abundan borracheras y broncas? Pues eso pasa aquí y en Flandes: ¿o se ha creído usted que allá, por la Inglaterra, la gente no se pone nunca 'a medios
30 pelos,° ni 'se arma quimera,° ni hace barbaridad ninguna?"   *a little tipsy, start a fight*

"Señora...," exclamó Pardo desalentado," usted es para mí un enigma. Gustos tan refinados en ciertas cosas, y tal indulgencia para lo brutal y lo feroz en otras, no me lo explico sino considerando que con un corazón y un ingenio de primera, pertenece

---

26   Francisco de Goya (1746-1828) was a famous Spanish painter.

27   Don Ramón de la Cruz (1731-1794) was the author of many short, popular, comic plays called *sainetes*.

28   *Pietá, Signor... Lord, have mercy* (Italian)

usted a una generación bizantina y decadente, que ha perdido los
ideales... Y no digo más, porque se reirá usted de mí."

"Es muy saludable ese temor; así no me hablará usted de cosa-
zas° filosóficas que yo no entiendo," respondió la duquesa soltan-   = cosas
5 do una de sus carcajadas argentinas, aunque reprimidas siempre."
No haga usted caso de este hombre, marquesa," murmuró volviéndose a mí." Si se guía usted por él la convertirá en una cuákera.
Vaya usted al Santo, y verá cómo tengo razón y aquello es muy
'original y muy famoso.° Este señor ha descubierto que sólo 'se   shocking and amusing
10 achispan° los españoles: lo que es los ingleses, ¡angelitos de mi   get tipsy
vida! ¡qué habían de ajumarse nunca!"

"Señora," replicó el comandante riendo, pero sofocado° ya: annoyed
"los ingleses se achispan; conformes: pero se achispan con *sherry*,
con cerveza o con esos alcoholes endiablados que ellos usan; no
15 como nosotros, con el aire, el agua, el ruido, la música y la luz del
cielo; ellos se volverán unos cepos° así que trincan,° pero nosotros   idiots, they drink in the
nos volvemos fieras; nos entra en el cuerpo un espíritu maligno   company of others
de bravata y fanfarronería, y por gusto nos ponemos a cometer
las mayores ordinarieces, empeñándonos en imitar al populacho.
20 Y esto lo mismo las damas que los caballeros, 'si a mano viene,°   if the opportunity arises
como dicen en mi país. Transijamos con todo, excepto con la or-
dinariez, duquesa."

"Hasta la presente," declaró con gentil confusión la dama," no
hemos salido ni la marquesa de Andrade ni yo a 'trastear ningún
25 novillo.°"   to fight a young bull

"Pues 'todo se andará,° señoras mías, 'si les dan paño,°" res-   all in good time, if
pondió el comandante."   they give you the opp-
ortunity
"A este señor le arañamos nosotras," afirmó la duquesa fingiendo con chiste un enfado descomunal.
30 "¿Y el señor Pacheco, que no nos ayuda?" murmuré volvién-
dome hacia el silencioso gaditano. Este tenía los ojos fijos en mí,
y sin apartarlos, disculpó su neutralidad declarando que ya nos
defendíamos muy bien y maldita la falta que nos hacían auxilios
ajenos: al poco rato miró el reloj, se levantó, despidióse con igual
35 laconismo, y fuese. Su marcha varió por completo el giro de la
conversación. Se habló de él, claro está: la Sahagún refirió que lo
había tenido a su mesa, por ser hijo de persona a quien estimaba
mucho, y añadió que ahí donde lo veíamos, hecho un moro por

la indolencia y un inglés por la sosería,° no era sino un calave-
rón° 'de tomo y lomo,° decente° y caballero sí, pero aventurero y
gracioso como nadie, muy gastador y muy tronera,° de quien su
padre no podía hacer bueno, ni traerle al camino de la formali-
5   dad y del sentido práctico, pues lo único para que hasta la fecha
servía era para trastornar la cabeza a las mujeres. Y entonces el
comandante (he notado que a todos los hombres les molesta un
poquillo que delante de ellos se diga de otros que nos trastor-
nan la cabeza) murmuró como hablando consigo mismo: "Buen
10   ejemplar de raza española."

insipidity

rake, of importance,
proper; hare-brained
person

3

BIEN SABE DIOS QUE cuando al siguiente día, de mañana, salí a oír misa a San Pascual, por ser la festividad del patrón de Madrid, iba yo con mi eucologio y mi mantillita hecha una santa, sin pensar en nada inesperado y novelesco, y a quien me profetizase lo que sucedió después, creo que le llevo a los tribunales por embustero° e insolente. Antes de entrar en la iglesia, como era temprano, 'me estiré° a dar 'un borde° por la calle de Alcalá, y recuerdo que, pasando frente al Suizo,¹ dos o tres de esos chulos de pantalón estrecho y chaquetilla corta que se están siempre plantados allí en la acera, me echaron una sarta de requiebros° de lo más desatinado; verbigracia: "Olé, ¡viva la purificación de la canela! Uyuyuy, ¡vaya unos ojos que se trae usted, hermosa! Soniche,° ¡viva hasta el cura que bautiza a estas hembras con mansanilla° e lo fino!." Trabajo me costó contener la risa al entreoír estos disparates; pero logré mantenerme seria y apreté el paso a fin de perder de vista a los ociosos.

Cerca de la Cibeles² me fijé en la hermosura del día. Nunca he visto aire más ligero, ni cielo más claro; la flor° de las acacias del paseo de Recoletos olía a gloria, y los árboles parecía que estrenaban° vestido nuevo de tafetán verde. Ganas me entraron de correr y brincar como a los quince, y hasta se me figuraba que en mis tiempos de chiquilla, no había sentido nunca tal exceso de vitalidad, tales impulsos de hacer extravagancias, de arrancar ramas de árbol y de chapuzarme en el pilón presidido por aquella buena señora de los leones...³ Nada menos que estas tonterías me estaba pidiendo el cuerpo a mí.

liar

set off, = una vuelta

flirtatious remarks

silence
= manzanilla

blossom

were wearing for the
  the first time

---

1   El Suizo refers to a famous café in Madrid.
2   Cibeles is a reference to the famous fountain of Cibeles in front of the Palacio de Comunicaciones in Madrid.
3   **Chapuzarme en...** *to take a dip in the basin of the fountain presided over by the great lady of the lions* [Cibeles]

Seguí bajando hacia las Pascualas, con la devoción de la misa
medio evaporada y distraído el espíritu. Poco distaba ya de la
iglesia, cuando distinguí a un caballero, que parado al pie de corpulento plátano, arrojaba a los jardines un puro enterito y se diri-
5 gía luego a saludarme. Y oí una voz simpática y ceceosa,⁴° que me   lisping
decía: "A los pies...° ¿Adónde bueno tan de mañana y tan sola?   at your service

"Calle... Pacheco... ¿Y usted? Usted sí que de fijo no viene a
misa."

"¿Y usted qué sabe? ¿Por qué no he de venir a misa yo?"

10 Trocamos estas palabras con las manos cogidas y una fami-
liaridad muy extraña, dado lo ceremonioso y somero de nuestro
conocimiento la víspera. Era sin duda que influía en ambos la
transparencia y alegría de la atmósfera, haciendo comunicativa
nuestra satisfacción y dando carácter expansivo a nuestra voz
15 y actitudes. Ya que estoy dialogando con mi alma y nada ha de
ocultarse, la verdad es que en lo cordial de mi saludo entró por
mucho la favorable impresión que me causaron las prendas per-
sonales del andaluz. Señor, ¿por qué no han de tener las mujeres
derecho para encontrar guapos a los hombres que lo sean, y por
20 qué ha de mirarse mal que lo manifiesten (aunque para manifes-
tarlo dijesen tantas majaderías° como los chulos del café Suizo)?   irritating remarks
Si no lo decimos, lo pensamos, y no hay nada más peligroso que
lo reprimido y oculto, lo que se queda dentro. En suma, Pacheco,
que vestía un elegante terno gris claro, me pareció galán de veras;
25 pero con igual sinceridad añadiré que esta idea no me preocupó
arriba de dos segundos, pues 'yo no me pago solamente del exte-
rior.° Buena prueba di de ello casándome a los veinte con mi tío,   I'm not only attracted
que tenía lo menos cincuenta, y lo que es de gallardo...   by looks

Adelante. El señor de Pacheco, sin reparar que ya 'tocaban a
30 misa,° 'pegó la hebra,° y seguimos de palique, guareciéndonos a la   call to mass, started chat-
sombra del plátano, porque el sol nos hacía guiñar los ojos 'más   ting
de lo justo.°   more than necessary;

"¡Pero qué madrugadora!°"   early riser

"¿Madrugadora porque oigo misa a las diez?"

35 "Sí señó:° todo lo que no sea levantarse para almorsá...°"   = señor, = almorzar

---

4   In certain dialects of Southern Spain z, s and c (+e or i) are
pronounced like the "th" in "think." This is known as Ceceo. While both
narrators menton Pacheco's ceceo, is it not transcribed.

"Pues usted hoy madrugó 'otro tanto.°"   just as much

"Tuve corasonada.° Esta tarde estarán buenos los toros: ¿no   = **corazonada** *feeling*
va usted?"

"No: hoy no irá la Sahagún, y yo generalmente voy con ella."

5   "¿Y a las carreras de caballos?"

"Menos; me cansan mucho: una revista de trapos y moños:⁵
una insulsez.° Ni entiendo aquel 'tejemaneje° de apuestas. Lo úni-   insipidity, fuss
co divertido es el desfile."

"Y entonces, ¿por qué no va a San Isidro?"

10   "¡A San Isidro! ¿Despúes de lo que nos predicó ayer mi paisano?"

"Buen caso hase°   = **hace**
     usted de su paisano."

"Y ¿creerá usted que con tantos años como llevo de vivir en

15   Madrid, ni siquiera he visto la ermita?"

"¿Que no? Pues hay que verla; se distraerá usted muchísimo;
ya sabe lo que opina la duquesa, que esa fiesta merece el viaje. Yo
no la conozco tampoco; verdá° que soy forastero.°"   = **verdad**, foreigner

"Y... ¿y los borrachos, y los navajazos, y todo aquello de que

20   habló don Gabriel? ¿Será exageración suya?"

"¡Yo qué sé! ¡Qué más da!"⁶

"'Me hace gracia...° ¿Dice usted que no importa? ¿Y si luego   you make me laugh
paso un susto?"

"¡Un susto yendo conmigo!"

25   "¿Con usted?" y solté la risa."

"¡Conmigo, ya se sabe! No tiene usted por qué reírse, que soy
mu° buen compañero."   = **muy**

Me reí 'con más ganas,° no sólo de la suposición de que   more willingly
Pacheco me acompañase, sino de su acento andaluz, que era ce-

30   rrado° y sandunguero° 'sin tocar en ordinario,° como el de ciertos   thick, amusing, without
señoritos que parecen asistentes.   sounding low-class

Pacheco me dejó acabar de reír, y sin perder su seriedad, con
mucha calma, me explicó lo fácil y divertido que sería darse una
vueltecita por la feria, a primera hora, regresando a Madrid sobre

35   las doce o la una. ¡Si me hubiese tapado con cera los oídos entonces, cuántos males me evitaría! La proposición, de repente, empe-

---

5   **Una revista...** *a showing off of clothing and bows*
6   **¡Yo qué...** *what do I know? Who cares?*

zó a tentarme, recordando el dicho de la Sahagún: "Vaya usted al
Santo, que aquello es muy original y muy famoso." Y realmente,
¿qué mal había en satisfacer mi curiosidad? pensaba yo. Lo mismo se oía misa en la ermita del Santo que en las Pascualas; nada
5   desagradable podía ocurrirme llevando conmigo a Pacheco, y si
alguien me veía con él, tampoco sospecharía cosa mala de mí a
tales horas y en sitio tan público. Ni era probable que anduviese
por allí la sombra de una persona decente, ¡en día de carreras y
toros! ¡a las diez de la mañana! La escapatoria no ofrecía riesgo...
10   ¡y el tiempo convidaba tanto![7] En fin, que si Pacheco porfiaba°   persisted
algo más, lo que es yo...

     Porfió sin impertinencia, y tácitamente, sonriendo, me decla-
ré vencida. '¡Solemne ligereza!° Aún no había articulado el sí y ya   solemn act of rashness!
discutíamos los medios de locomoción. Pacheco propuso, como
15   más popular y típico, el tranvía;° pero yo, a fin de que la cosa no   streetcar
tuviese el menor aspecto de informalidad, preferí mi coche.° La   carriage
cochera° no estaba lejos: calle del Caballero de Gracia: Pacheco   garage
avisaría, mandaría que enganchasen° e iría a recogerme a mi casa,   hitch up
por donde yo necesitaba pasar antes de la excursión. Tenía que
20   tomar el abanico, dejar el devocionario, cambiar mantilla por
sombrero... En casa le esperaría. Al punto que concertamos estos detalles,[8] Pacheco me apretó la mano y se apartó corriendo
de mí. A la distancia de diez pasos se paró y preguntó otra vez:
"¿Dice usted que el coche cierra° en el Caballero de Gracia?"   is kept
25   "Sí, a la izquierda... un gran portalón..."

     Y tomé aprisita° el camino de mi vivienda, porque la verdad   = aprisa
es que necesitaba hacer muchas más cosas de las que le había
confesado a Pacheco; ¡pero vaya usted a enterar a un hombre...!
Arreglarme el pelo, darme velutina,° buscar un pañolito fino,   face powder
30   escoger unas botas nuevas que me calzan muy bien,[9] ponerme
guantes frescos° y echarme en el bolsillo un sachet de raso que   thin
huele a iris (el único perfume que no me levanta dolor de cabeza).
Porque al fin, aparte de todo, Pacheco era para mí persona 'de
cumplido;° íbamos a pasar algunas horas juntos y observándonos   formal

---

7   **¡Y el tiempo...** *and the weather was so inviting*
8   **Al punto...** *as soon as we agreed on these details*
9   **Escoger unas...** *choose some boots that make me look like I wear good*
shoes

muy de cerca, y no me gustaría que algún rasgo de mi ropa o mi persona le produjese efecto desagradable. A cualquier señora, en mi caso, le sucedería lo propio.

Llegué al portal° sofocada y anhelosa, subí a escape, llamé entrance hall
5 con furia y me arrojé en el tocador, desprendiéndome la mantilla antes de situarme frente al espejo. "Ángela, el sombrero negro de paja con cinta escocesa... Ángela, el antucá a cuadritos..., las botas bronceadas..."

Vi que la Diabla se moría de curiosidad... "¿Sí? pues con las
10 ganas de saber te quedas, hija... La curiosidad es muy buena para la ropa blanca."[10] Pero no se le coció a la chica el pan en el cuerpo y me soltó la píldora.[11]

"¿La señorita almuerza en casa?"

Para desorientarla respondí: "Hija, no sé... Por si acaso, tener-
15 me el almuerzo listo, de doce y media a una... Si a la una no vengo, almorzad vosotros...; pero reservándome siempre una chuleta y una taza de caldo..., y mi té con leche, y mis tostadas."

Cuando estaba arreglando los rizos de la frente bajo el ala del sombrero, reparé en un precioso cacharro azul, lleno de heliotro-
20 pos, gardenias y claveles, que estaba sobre la chimenea.

"¿Quién ha mandado eso?"

"El señor comandante Pardo..., el señorito Gabriel."

"¿Por qué no me lo enseñabas?"

"Vino la señorita tan aprisa... Ni me dio tiempo."

25 No era la primera vez que mi paisano 'me obsequiaba con °flores. Escogí una gardenia y un clavel rojo, y prendí el grupo en presented me with
el pecho. Sujeté el velo con un alfiler; tomé un casaquín ligero flowers
de paño; mandé a Ángela que me estirase la enagua y volante, y me asomé, a ver si por milagro había llegado el coche. Aún no,
30 porque era imposible; pero a los diez minutos desembocaba a la entrada de la calle. Entonces salí a la antesala andando despacio, para que la Diabla no acabase de escamarse;° 'me contuve° hasta get suspicious, I restrain-
                                                                     ed myself

---

10 **Pues con...** *Well, you'll just have to remain curious, my dear... innocence and cleanliness are best if you work with white linen.* Here Asís plays with the word *curiosidad* which means both "curiosity" and "cleanliness" in Spanish. The implication is that if you are a maid, that is, if you work with white linen, it is best to remain ignorant about your employer's personal affairs.

11 **No se...** *the girl could not hold back and just spit out the question*

cruzar la puerta; y ya en la escalera, 'me precipité,° llegando al   I rushed
portal cuando se paraba la berlina° y saltaba en la acera Pacheco.   carriage

"¡Qué listo anduvo el cochero!" le dije.

"El cochero y un servidor de usted, señora," contestó el gadi-
5 tano teniendo la portezuela para que yo subiese. "Con estas ma-
nos he ayudao° a echar las guarniciones° y hasta se me figura que   = ayudado, harnesses
a lavar las ruedas."

Salté en la berlina, quedándome a la derecha, y Pacheco entró
por la portezuela contraria, a fin de no molestarme y con ademán
10 de profundo respeto...: ¡valiente hipócrita está él! Nos miramos
indecisos por espacio de una fracción de segundo, y mi acompañante me preguntó en voz sumisa: "¿Doy orden de ir camino de
la pradera?"

"Sí, sí... Dígaselo usted por el vidrio."

15 Sacó fuera la cabeza y gritó: "¡Al Santo!." La berlina arrancó°   set off
inmediatamente, y entre el primer retemblado° de los cristales,   vibration
exclamó Pacheco: "Veo que se ha prevenío° usted contra el calor   = prevenido
y el sol... Todo hace falta."

Sonreí sin responder, porque me encontraba (y no tiene nada
20 de sorprendente) algo cohibida por la novedad de la situación.
No se desalentó el gaditano.

"Lleva usted ahí unas flores presiosas...° ¿No sobraba para mí   = preciosas
ninguna? ¿Ni siquiera una rosita de a ochavo? ¿Ni un palito de
albahaca?"

25 "Vamos," murmuré, "que no es usted poco pedigüeño...°   demanding
Tome usted para que se calle."

Desprendí la gardenia y se la ofrecí. Entonces hizo mil remil-
gos° y zalemas.°   affectations, courtesies

"Si yo no pretendía tanto... Con el rabillo° me contentaba, o   stem
30 con media hoja que usted le arrancase...° ¡Una gardenia para mí   pull off
solo! No sé cómo lucirla...° No se me va a sujetar° en el ojal...° A   wear it, stay in place, but-
ver si usted consigue, con esos deditos..."   tonhole

"Vamos, que usted no pedía tanto, pero quiere que se la pren-
dan, ¿eh? Vuélvase usted un poco, voy a afianzársela."

35 Introduje el rabo postizo de la flor en el ojal de Pacheco, y
tomando de mi corpiño un alfiler sujeté la gardenia, cuyo olor
a pomada me subía al cerebro, mezclado con otro perfume fino,
procedente, sin duda, del pelo de mi acompañante. Sentí un calor

extraordinario en el rostro, y al levantarlo, mis ojos se tropezaron
con los del meridional, que en vez de darme las gracias, me contempló de un modo expresivo e interrogador. En aquel momento
casi me arrepentí de la humorada° de ir a la feria; pero ya...   whim

5   Torcí el cuello y miré por la ventanilla. Bajábamos de la plazuela de la Cebada a la calle de Toledo. Una marea° de gente, que   flood
también descendía hacia la pradera, rodeaba el coche y le impedía
a veces rodar.° Entre la multitud dominguera° se destacaban los   move forward, Sunday
vistosos colorines° de algún 'bordado pañolón° de Manila, con su   bright colors, embroid-
10   fleco° de una tercia de ancho.¹² 'Las chulas se volvían y registraban   ered shawl; fringe
con franca curiosidad el interior de la berlina.¹³ Pacheco sacó la
cabeza y le dijo a una no sé qué.

"Nos toman por novios," advirtió dirigiéndose a mí. "No 'se
ponga usted más colorada:° es lo que le faltaba¹⁴ para acabar de   blush
15   estar linda," añadió medio entre dientes.

Hice como si no oyese el piropo° y desvié la conversación, ha-   flirtatious remark
blando del pintoresco aspecto de la calle de Toledo, con sus mil
tabernillas, sus puestos ambulantes de quincalla,° sus anticuadas   trinkets
tiendas y sus paradores° que se conservan lo mismito que en tiem-   roadside inns
20   po de Carlos cuarto. Noté que Pacheco se fijaba poco en tales
menudencias,° y en vez de observar las curiosidades de la calle   trifles
más típica que tiene Madrid, llevaba los ojos puestos en mí con
disimulo, pero con pertinacia, como el que estudia una fisonomía desconocida para leer en ella los pensamientos de la dueña.
25   Yo también, 'a hurtadillas,° procuraba enterarme de los más mí-   furtively
nimos ápices° de la cara de Pacheco. No dejaba de llamarme la   details
atención la mezcla de razas que creía ver en ella. Con un pelo
negrísimo y una tez° quemada del sol, casaban° mal aquel bigote   complexion, fit together
dorado y aquellos ojos azules.

30   "¿Es usted hijo de inglesa?" le pregunté al fin. "Me han con-
tado que en la costa del Mediterráneo hay muchas bodas entre
ingleses y españolas, y al revés."

"Es cierto que hay muchísimas, en Málaga sobre todo; pero yo

---

12   **Una tercia...** *three centimeters* (approximation of an old form of
measurement).

13   **Las chulas...** *the lower-class women of Madrid approached and with
an overt curiosity scanned the interior of the carriage*

14   **Lo que...** *that's all you needed*

soy español de pura sangre."

Le volví a mirar y comprendí lo tonto de mi pregunta. Ya
recordaba haber oído a algún sabio de los que suele convidar° a   invite
comer la Sahagún cuando no tiene otra cosa en que entretenerse,
5   que es una vulgaridad figurarse que los españoles no pueden ser
rubios, y que al contrario el tipo rubio abunda en España, sólo
que no se confunde con el rubio sajón, porque es mucho más fino,
más enjuto,° así al modo de los caballos árabes. En efecto, los in-   lean
gleses que yo conozco son por lo regular unos montones de carne
10   sanguínea,° que al parecer se escapa sola a la parrilla del rosbif;   red
tienen cada cogote° y cada pescuezo como ruedas° de remolacha;   nape, slices
las bocas de ellos dan asco de puro coloradotas, y las frentes, de
tan blancas, fastidian ya, porque eso de la frente pura está bueno
para las señoritas, no para los hombres. ¿Cuándo se verá en nin-
15   gún inglés un corte de labios sutil, y una sien hundida, y un cuello
delgado y airoso° como el de Pacheco? Pero 'al grano:° ¿pues no   graceful, to the point
me entretengo recreándome en las perfecciones de ese pillo?°   crafty fellow

¡Qué hermoso y alegre estaba el puente de Toledo! Lo re-
cuerdo como se recuerda una decoración del Teatro Real. Hervía°   was crowded with
20   la gente, y mirando hacia abajo, por la pradera y por todas las
orillas del Manzanares, no se veían más que grupos, procesiones,
corrillos,° escenas animadísimas de esas que se pintan en las pan-   small groups of people
deretas. A mí ciertos monumentos, por ejemplo las catedrales,
casi me parecen más bonitas solitarias; pero el puente de Toledo,
25   con sus retablazos,° o nichos, o lo que sean aquellos fantasmones°   large altarpieces, pre-
barrocos que le guarnecen a ambos lados, no está bien sin el re-   sumptuous construct-
bullicio y la algazara de la gentuza, los chulapos° y los tíos, los car-   ions; lower-class
niceros y los carreteros,° que parece que acaban de bajarse de un   *madrileños;* wagoners
lienzo de Goya. Ahora que se han puesto tan de moda los casaco-
30   nes,° el puente tiene un encanto especial. Nuestro coche dio vuel-   frock coats
ta para tomar el camino de la pradera, y allí, en el mismo recodo,°   bend
vi una tienda rara, una botería, en cuya fachada se ostentaban
botas de todos los tamaños, desde la que mide treinta azumbres[15]
de vino, hasta la que cabe en el bolsillo del pantalón. Pacheco me
35   propuso que, para adoptar el tono de la fiesta, comprásemos una
botita° muy cuca° que colgaba sobre el escaparate y la llenásemos   small wineskin, pretty

---

15   **Azumbre** is a measure of liquid equivalent to about a little over two
liters.

de Valdepeñas:[16] proposición que rechacé horrorizada.

No sé quién fue el primero que llamó feas y áridas a las orillas
del Manzanares, ni por qué los periódicos han de estar siempre
'soltándole pullitas° al pobre río, ni cómo no prendieron a aquel   making cutting remarks
5 farsante de escritor francés (Alejandro Dumas,[17] si no me engaño)
que le ofreció de limosna un vaso de agua. Convengo en que no
es muy caudaloso,° ni tan frescachón° como nuestro Miño o nues-   flowing with water, ro-
tro Sil; pero vamos, que no falta en sus orillas algún rinconcito   bust
ameno, verde y simpático. Hay árboles que convidan° a descansar   invite one
10 a la sombra, y unos puentes rústicos por entre los lavaderos,° que   washing places
son bonitos en cualquier parte. La verdad es que acaso influía en
esta opinión que formé entonces, 'el que° se me iba quitando el   the fact that
susto y 'me rebosaba el contento° por haber realizado la escapa-   I was overflowing with
toria. Varios motivos se reunían para completar mi satisfacción.   happiness
15 Mi traje de céfiro[18] gris sembrado de anclitas rojas, era de buen
gusto en una excursión matinal como aquella; mi sombrero negro
de paja me sentaba bien, según comprobé en el vidrio delantero
de la berlina; el calor aún no molestaba mucho; mi acompañan-
te me agradaba, y la calaverada,° que antes me ponía miedo, iba   crazy escapade
20 pareciéndome lo más inofensivo del mundo, pues no se veía por
allí ni rastro de persona regular que pudiese conocerme. Nada me
aguaría° tanto la fiesta como tropezarme con 'algún tertuliano de   would ruin
la Sahagún,° o vecina de butacas en el Real,[19] que fuese luego a   someone from
permitirse comentarios absurdos. Sobran personas maldicientes y   Sahagún's circle of
25 deslenguadas° que interpretan y traducen siniestramente las cosas   friends; scurrilous
más sencillas, y de poco le sirve a una mujer pasarse la vida muy
'sobre aviso,° si se descuida una hora... (Sí, y lo que es a mí, en la ac-   on alert
tualidad, me caen muy bien estas reflexiones. En fin, prosigamos.)
El caso es que la pradera ofrecía aspecto tranquilizador. Pueblo
30 aquí, pueblo allí, pueblo[20] en todas direcciones; y si algún hombre
vestía americana,° en vez de chaquetón o chaquetilla, debía de ser   light weight jacket

---

16   Valdepeñas is a type of wine produced in the province of Ciudad
Real.

17   Alexandre Dumas, *père* (1802-1870), was a French writer best
known for his popular adventure novels *The Three Musketeers* (1844) and *The
Count of Monte de Cristo* (1845-46).

18   Zephyr is a type of thin cotton cloth.

19   El Real is a reference to El Teatro Real.

20   Here **pueblo** is a reference to the common people of the region.

criado de servicio, escribiente° temporero, hortera,° estudiante   clerk, grocer
pobre, lacayo° sin colocación, que se tomaba un día de 'asueto y   lackey
holgorio.° Por eso cuando a la subida del cerro, donde ya no pue-   rest and merriment
den pasar los carruajes, Pacheco y yo nos bajamos de la berlina,
5   parecíamos, por el contraste, pareja de archiduques que tentados
de la curiosidad se van a recorrer una fiesta populachera, deseosos
de guardar el incógnito, y delatados° por sus elegantes trazas.°   given away, appearance

    En fuerza de su novedad me hacía gracia el espectáculo.[21]
Aquella romería° no tiene nada que ver con las de mi país, que   pilgrimage
10   suelen celebrarse en sitios frescos, sombreados por castaños o
nogales, con una fuente o riachuelo cerquita y el santuario en el
monte próximo... El campo de San Isidro es una serie de cerros
pelados,° un desierto de polvo, invadido por un tropel° de gente   bare, crowd
entre la cual no se ve un solo campesino, sino soldados, mujer-
15   zuelas,° chisperos,° ralea apicarada y soez;[22] y en lugar de vegeta-   loose women, ironsmiths
ción, miles de tinglados° y puestos donde se venden cachivaches°   sheds, knick-knacks
que, pasado el día del Santo, no vuelven a verse en parte algu-
na: pitos adornados con hojas de papel de plata y rosas estupen-
das; vírgenes pintorreadas° de esmeralda, cobalto y bermellón;°   poorly painted, ver-
20   medallas y escapularios igualmente rabiosos;° loza° y cacharros;   million; gaudy, earthen-
figuritas groseras° de toreros y picadores; botijos[23] de hechuras   ware; poorly sculpted
raras; monigotes° y fantoches° con la cabeza de Martos, Sagasta   rag dolls, puppets
o Castelar:[24] ministros a dos reales;[25] esculturas de los ratas de la
Gran Vía,[26] y al lado de la efigie del bienaventurado San Isidro,
25   unas figuras que... ¡Válgame Dios! Hagamos como si no las vié-
semos.

    Aparte del sol que le derrite a uno la sesera° y del polvo que   brains
se masca, bastan para marear tantos colorines vivos y metálicos.
Si sigo mirando van a dolerme los ojos. Las naranjas apiñadas°   crowded together
30   parecen de fuego; los dátiles relucen como granates obscuros;
como pepitas° de oro los garbanzos tostados y los cacahuetes: en   nuggets

---

21   **En fuerza...** *because of the novelty, the spectacle amused me*
22   **Ralea apicarada...** *a mischievous and vulgar breed*
23   **Botijos** are earthenware vessels with spouts for drinking.
24   Martos, Sagasta, and Castelar are references to three famous
politicians of the time: Cristino Marto y Balbí (1830-1898), Práxedes Mateo
Sagasta (1825-1903) and Emilio Castelar (1832-1899).
25   The **real** is an old type of Spanish currency.
26   The Gran Vía is one of the main commercial streets in Madrid.

los puestos de flores no se ven sino claveles amarillos, 'sangre de toro,° o de un rosa tan encendido como las nubes a la puesta del sol: las emanaciones 'de toda esta clavelería° no consiguen vencer el olor a aceite frito de los buñuelos,° que se pega a la garganta y produce un cosquilleo inaguantable. Lo dicho, aquí no hay color que no sea desesperado:° el uniforme de los militares, los mantones de las chulas, el azul del cielo, el amarillento de la tierra, los tiovivos con listas coloradas y los columpios dados de almagre con rayas de añil...²⁷ Y luego la música, el rasgueo de las guitarras, el tecleo insufrible de los pianos mecánicos que nos aporrean los oídos con el paso doble de Cádiz, repitiendo desde treinta sitios de la romería: "¡Vi-va España!"

Nadie imagine maliciosamente que se me había pasado lo de oír misa. Tratamos de romper por entre el gentío y de deslizarnos en la ermita, abierta de par en par a los devotos; pero estos eran tantos, y tan apiñados, y tan groseros, y tan mal olientes, que si 'porfío en° llegar a la nave, me sacan de allí desmayada o difunta. Pacheco jugaba° los brazos y los puños, según podía, para defenderme; sólo lograba que nos apretasen más y que oyésemos juramentos y blasfemias atroces. Le tiré de la manga.

"Vámonos, vámonos de aquí... Renuncio... No se puede."

Cuando ya salimos a atmósfera respirable, suspiré muy compungida:° "¡Ay, Dios mío!... Sin misa hoy..."

"No se apure," me contestó mi acompañante, "que yo oiré por usted aunque sea todas las gregorianas... Ya ajustaremos esa cuenta."

"A mí sí que me la ajustará el padre Urdax tan pronto me eche la vista encima, "pensé para mis adentros, mientras me tentaba° el hombro, donde había recibido un codazo° feroz de uno de aquellos cafres.°"

---

27   **El uniforme de...** *the soldiers' uniforms, the shawls of the lower-class women of Madrid, the blue of the sky, the yellowish terrain, the merry-go-rounds with their boldly colored stripes, the red-ochre swings with their bands of indigo*

4

DON DIEGO, QUE EN el coche se me figuraba reservado y tristón, se volvió muy dicharachero° desde que andábamos por San Isidro, justificando su fama de 'buena sombra.° Sujetando bien mi brazo para que las mareas° de gente no nos separasen, él 'no perdía ripio,° y cada pormenor de los tinglados° famosos le daba pretexto para un chiste, que muchas veces no era tal sino en virtud del tono y acento con que lo decía, porque es indudable que si se escribiesen las ocurrencias° de los andaluces, no resultarían tan graciosas,° ni la mitad, de lo que parecen en sus labios; al sonsonete,° al ceceíllo° y a la prontitud en responder, se debe la mayor parte del salero.°

    Lo peor fue que como allí no había más personas regulares que nosotros, y Pacheco 'se metía con° todo el mundo y a todo el mundo 'daba cuerda,° nos rodeó la canalla° de mendigos, fenómenos,° 'chiquillos harapientos,° gitanas, buñoleras y vendedoras. El impulso de mi acompañante era comprar cuanto veía, desde los escapularios hasta los botijos, hasta que 'me cuadré.°

    "Si compra usted más, me enfado."

    "¡Soniche!° Sanacabao° las compras. ¡Que sanacabao digo! Al que no me deje en paz, le doy 'en igual de° dinero, cañaso.° ¿Tiene usted más que mandar?°"

    "Mire usted, pagaría por estar a la sombra un ratito."

    "¿En la cárcel por comprometeora?[1] Llamaremos a la pareja y verasté° que pronto."

    Ahora que reflexiono a sangre fría, caigo en la cuenta de que era bastante raro y muy inconveniente que a los tres cuartos de hora de pasearnos juntos por San Isidro nos hablásemos don Diego y yo con tanta broma y llaneza.° Es posible, bien mirado, que mi paisano tenga razón; que aquel sol, aquel barullo° y

talkative

friendly, tides
he didn't miss an opportunity, sheds

witty remarks
funny
*hint of sarcasm, = **ceceo***
wit

gave a hard time to
encouraged, mob
freaks, children dressed in rags
I put my foot down

*¡Silence!, = **Se han acabado**; instead of, = **cañazo** blow with a cane; to offer*

*= **verá usted***

familiarity
tumult

---

    1   **Por comprometeora...** *for putting us in a jeopardizing situation.* The correct spelling of *comprometeora* is *comprometedora*

aquella atmósfera popular obren sobre el cuerpo y el alma como un licor o vino de los que más se suben a la cabeza, y rompan desde el primer momento la valla° de reserva que trabajosamente levantamos las señoras un día y otro contra osadías° peligrosas.

barrier
bold actions

5 De cualquier índole° que fuese, yo sentía ya un principio de mareo cuando exclamé: "En la cárcel estaría a gusto con tal que no hiciese sol... Me encuentro así... no sé cómo: parece que 'me desvanezco.°"

nature

I'm fainting

"Pero ¿se siente usted mala? ¿Mala?" preguntó Pacheco seria-
10 mente, con vivo° interés.

intense

"Lo que se dice mala, no: es una fatiga, una sofocación... Se me nubla la vista."

Echóse Pacheco a reír y me dijo casi al oído: "Lo que usted tiene ya lo adivino yo, sin necesidad de ser sahorí...° Usted tiene
15 ni más ni menos que... gasusa.°"

= **zahorí** *mind reader*
= **gazuza** *inanition*

"¿Eh?°"

what?

"Debilidad, 'hablando pronto...° Y no es usted sola... yo hace rato que doy las boqueás° de hambre. ¡Si debe de ser mediodía!"

speaking plainly
= **boqueadas**

"Puede, puede que no se equivoque usted mucho. A estas
20 horas suelen pasearse los ratoncitos por el estómago... Ya hemos visto el Santo; volvámonos a Madrid y podrá usted almorzar, si gusta acompañarme..."

"No señora... Si eso que usted discurre° es un pueblo. Si lo que vamos a haser° es almorsá° en una fondita° de aquí. ¡Que las
25 hay!..."

wandering around
= **hacer**, = **almorzar**,
small restaurant

Se llevó los dedos apiñados° a la boca y arrojó un beso al aire, para expresar la excelencia de las fondas de San Isidro.

pressed together

Aturdida y todo como me encontraba, la idea me asustó: me pareció indecorosa,° y vi de una ojeada° sus dificultades y ries-
30 gos. Pero al mismo tiempo, allá en lo íntimo del alma, aquellos escollos° me la hacían deliciosa, apetecible, como es siempre lo vedado y lo desconocido. ¿Era Pacheco algún atrevido,° capaz de faltarme° si yo no 'le daba pie?° No, por cierto, y el no darle pie quedaba de mi cuenta.° ¡Qué buen rato me perdía rehusando!
35 ¿Qué diría Pardo de esta aventura si la supiese? Con no contár-sela... Mientras discurría° así, en voz alta me negaba terminante-mente... Nada, a Madrid 'de seguida.°

unseemly, glance

hidden dangers
cheeky person
to be rude to me, gave
him cause; respon-
sibility
I was thinking
straight off

Pacheco no cejó,° y en vez de formalizarse, 'echó a broma° mi

give up, took for a joke

negativa. Con mil zalamerías y agudezas, ceceando más que nunca, afirmó que espicharía° de necesidad si tardase° en almorzar arriba de veinte minutos. — would die, delayed

"Que me ponga de rodillas aquí mismo...," exclamaba el muy
5 truhán. "Ea, un sí de esa boquita... ¡Usted verá el gran armuerso° = almuerzo
del siglo! Fuera escrúpulos... ¿Se ha pensao° usted que mañana = pensado
voy yo a contárselo a la señá° duquesa de Sahagún? A este probe- = señora
tico...,° ¡una limosna de armuerso!" = pobrecito

Acabó por entrarme risa y tuve la flaqueza de decir: "Pero...
10 ¿y el coche, que está aguardando allá abajo?"

"En un minuto se le avisa... Que procure cochera aquí... Y si
no, que se vuelva a Madrid, hasta la puesta del sol... Espere usted,
buscaré alguno que lleve el recao...° No la he de dejar aquí solita = recado
pa° que se la coma un lobo: eso sí que no." = para

15 Debió de oírlo un guindilla² que andaba por allí ejerciendo
sus funciones, y en tono tan reverente y servicial como bronco
lo usaba para intimar° a la gentuza que 'se *desapartase*,° nos dijo to order,= se apartase
con afable sonrisa: "Yo aviso si justan...° ¿Dónde está o° coche?³ = gustan, = el
¿Cómo le llaman al cochero?"

20 "Este no es de mi tierra, ni nada. ¿De qué parte de Galicia?"
pregunté al agente.

"Desviado de Lujo° tres légoas,° 'a la banda de° Sarria, para = Lugo, = leguas, in the
servir a vusté,°"⁴ explicó él, y los ojos le brillaron de alegría al en- area of; = usted
contrarse con una paisana. "¿Si éste me conocerá por conducto
25 de la Diabla?" pensé yo recelosa; pero mi temor sería infundado,
pues el agente no añadió nada más. Para despacharle pronto, le
expliqué: "¿Ve aquella berlina con ruedas encarnadas..., cochero
mozo, con patillas, librea verde? Allá abajo... Es la octava en la
fila."

30 "Bien veo, bien."

"Pues va usted," ordenó Pacheco, "y le dice que se largue a
Madrí° 'con viento fresco,° y que por la tardesita° vuelva y 'se = Madrid, curtly, = tar-
decita

---

2 **Guindilla** is colloquial expression in Madrid for policeman, a **guardia municipal**.

3 The vulgarisms of the policeman's speech, especially his use of **juſtan** for **guſtan** and **o** [the Galician definite article] for **el** are what reveal to Asís that he is from Galicia.

4 **Desviado de...** *three leagues from Lugo in the area of Sarria, here to serve you*

plantifique° en el mismo lugar. ¿Estamos, compadre?" remain

Noté que mi acompañante extendía la mano y estrechaba con gran efusión la del guindilla; pero no sería esta distinción lo que tanto le alegró la cara a mi conterráneo, pues le vi cerrar la diestra deslizándola en el bolsillo del pantalón, y entreoí la fórmula gallega clásica: "De hoy en cien años."[5]

Libre ya del apéndice del carruaje, por instinto me apoyé más fuerte en el brazo de don Diego, y él a su vez estrechó el mío como ratificando un contrato.

"Vamos poquito a poco subiendo al cerro... Ánimo y cogerse bien."

El sol campeaba en mitad del cielo, y vertía llamas y echaba chiribitas.° El aire faltaba por completo: no se respiraba sino polvo arcilloso. Yo registraba el horizonte tratando de descubrir la prometida fonda, que siempre sería un techo, preservativo contra aquel calor del Senegal. Mas no se veía rastro de edificio grande en toda la extensión del cerro, ni antes ni después. Las únicas murallas blancas que distinguí a mi derecha eran las tapias de la Sacramental, a cuyo amparo descansaban los muertos sin enterarse de las locuras que del otro lado cometíamos los vivos. Amenacé a Pacheco con el palo de la sombrilla: "¿Y esa fonda? ¿Se puede saber hasta qué hora vamos a andar buscándola? = chispas

"¿Fonda?" saltó Pacheco como si le sorprendiese mucho mi pregunta. "¿Dijo usted fonda? El caso es... Mardito° si sé a qué lado cae." = Maldito

"¡Hombre..., pues de veras que tiene gracia! ¿No aseguraba usted que había fondas preciosas, magníficas? ¡Y me trae usted 'con tanta flema° a asarme por estos vericuetos! ¡Al menos entérese... Pregunte a cualquiera, ¡al primero que pase!" so sluggishly

"¡Oigasté...° cristiano!" = oiga usted

Volvióse un chulo de pelo 'alisado en peteneras,° manos en los bolsillos de la chaquetilla, 'hocico puntiagudo,° gorra alta de seda, estrecho pantalón y viciosa y pálida faz: el tipo perfecto del rata,° de esos mocitos que se echa uno a temblar al verlos, recelando que hasta el modo de andar le timen. smoothed out into
waves; pointed mouth

thief

"¿Hay por aquí alguna fonda, compañero?" interrogó Pacheco alargándole un buen puro.

---

5   **De hoy...** *may it happen again in a hundred years*

"Se estima..."° Como haber fondas, hay fondas: 'misté° por ahí   it is appreciated... = mi-
too° alredor, que fondas son; pero tocante a fonda, vamos, 'se-   **re usted; = todo**
gún se ice, de comías finas, pa la gente e aquel, me pienso que no
hallarán ustés conveniencia:[6] digo, esto me lo pienso yo: ustés°   **= ustedes**
5 verán."

"No hay más que merenderos, está visto," pronunció Pacheco
bajo y con acento pesaroso.

Al ver que él se mostraba disgustado, yo, por ese instinto de
contradicción humorística que en situaciones tales se nos desa-
10 rrolla a las mujeres, me manifesté satisfecha. Además, en el fondo,
no me desagradaba comer en un merendero. Tenía más carácter.
Era más nuevo e imprevisto, y hasta menos clandestino y peligroso. ¿Qué riesgo hay en comer en un barracón° abierto por todos   tent
lados donde está entrando y saliendo la gente? Es tan inocente
15 como tomar un vaso de cerveza en un café al aire libre.

---

6 **Según se ice...** *according to what they say about gourmet food, for refined people (***gente de aquel***), I don't think that you will find anything suitable*

ONVENCIDOS YA DE QUE no existía fonda ni sombra
de ella, o de que nosotros no acertábamos a descubrir-
la, miramos a nuestro alrededor, eligiendo el merende-
ro menos indecente y de mejor trapío.° Casi en lo alto del cerro   awnings
5 campeaba uno bastante grande y aseado;° no ostentaba ningún   clean
rótulo° extravagante, como los que se leían en otros merenderos   sign
próximos, verbigracia:° "Refrescos de los que usava° el Santo."   for example, = usaba
"La mar en vevidas° y comidas." "La Brillantez: callos y caracoles."   = bebidas
A la entrada (que puerta no la tenía) hallábase de pie una chica
10 joven, de fisonomía afable, con un puñal de níquel atravesado en
el moño: y no había otra alma viviente en el merendero, cuyas seis
mesas vacías me parecieron muy limpias y fregoteadas. Pudiera
compararse el barracón a una inmensa tienda de campaña: las
paredes de lona:° el techo de unas esteras° tendidas sobre palos: canvas, matting
15 dividíase en tres partes desiguales, la menor ocultando la hornilla
y el fogón donde guisaban, la grande que formaba el comedor, la
mediana que venía a ser una trastienda° donde se lavaban platos   backroom
y cubiertos; pero estos misterios convinimos en que sería mejor
no profundizarlos mucho, si habíamos de almorzar. El piso del
20 merendero era de greda° amarilla, la misma greda de todo el árido   sand
cerro: y una vieja sucia y horrible que frotaba con un estropajo°   dish cloth
las mesas, no necesitaba sino bajarse° para encontrar la materia   bend down
primera de aquel aseo inverosímil.

    Tomamos posesión de la mesa del fondo, sentándonos en un
25 banco de madera que tenía por respaldo la pared de lona del barracón. La muchacha, con su perrera° pegada a la frente por 'gran-   bangs
des churretazos de goma° y su puñal de níquel en el moño, acudió   globs of hair gel
solícita a ver qué mandábamos: olfateaba 'parroquianos gordos,°   upper-class patrons
y acaso adivinaba o presentía otra cosa, pues nos dirigió unas son-
30 risitas 'de inteligencia° que me pusieron colorada. Decía a gritos   knowing
la cara de la chica: "Buen par están estos dos... ¿Qué manía les

habrá dado de venir a arrullarse° en el Santo? Para eso más les   <small>to whisper sweet no-</small>
valía quedarse en su nido... que no les faltará de seguro." Yo, que   <small>things to each other</small>
leía semejantes pensamientos en los ojos de la muy entremetida,°   <small>busy-body</small>
adopté una actitud reservada y digna, hablando a Pacheco como
5   se habla a un amigo íntimo, pero amigo 'a secas;° precaución que   <small>solely</small>
lejos de desorientar a la maliciosa muchacha, creo que sólo sir-
vió para abrirle más los ojos. Nos dirigió la consabida° pregunta: <small>usual</small>
"¿Qué van a tomar?"

    "¿Qué nos puede usted dar?" contestó Pacheco. "Diga usted
10   lo que hay, resalada...,° y la señora irá escogiendo."   <small>sweetheart</small>

    "Como haber..., hay de todo. ¿Quieren almorzar formalmen-
te?"

    "Con toa° formaliá.°"   <small>= **toda**, = **formalidad**</small>

    "Pues de primer plato... una tortillita...° o 'huevos revueltos.°"   <small>Spanish potato omelet,</small>
15   "'Vaya por° los huevos revueltos. ¿Y hay magras?°"   <small>scrambled eggs; let's</small>

    "¿Unas 'magritas de jamón?° Sí."   <small>go with, bacon; sliced</small>

    "¿Y 'chuletas?°"   <small>ham; chops</small>

    "De ternera,° muy ricas."   <small>veal</small>

    "¿Pescado?"
20   "Pescado no... Si quieren latas...° tenemos 'escabeche de besu-   <small>canned</small>
go,° sardinas..."   <small>marinated sea bream</small>

    "¿Ostras° no?"   <small>oysters</small>

    "Como ostras..., no señora. Aquí pocas cosas finas se pueden
despachar. Lo general que piden... callos y caracoles, Valdepeñas,
25   chuletas."

    "Usted resolverá," indiqué volviéndome a Pacheco.

    "¿He de ser yo? Pues tráiganos de too eso que hemos dicho,
niña bonita..., huevos, magras, ternera, lata de sardinas... ¡Ay! y
lo primero de too se va usted a traer por los aires una boteya° e°   <small>= **botella**, = **de**</small>
30   mansaniya° y unas cañitas...° Y aseitunas.°"   <small>= **manzanilla**, small</small>

    "Y después... ¿qué es lo que les he de servir? ¿Las chuletas an-   <small>glasses, = **aceitunas**</small>
tes de nada?"

    "No: misté, azucena: nos sirve usted los huevos, luego el ja-
món, las sardinas, las chuletitas... De postre, si hay algún queso..."
35   "¡Ya lo creo que sí! De Flandes y de Villalón... Y pasas,° y al-   <small>raisins</small>
mendras, y rosquillas° y avellanas tostás...°"   <small>fried ring-shaped pa-</small>

    "Pues vamos a armorsá mejor que el Nuncio.¹"   <small>stries, = **tostadas**</small>

---

1   **Pues vamos...** *we're going to lunch (**almorzar**) better than the Pope's*

Esto mismo que exclamó Pacheco frotándose las manos, lo
pensaba yo. Aquellas ordinarieces,° como diría mi paisano el filó-   barbarities
sofo, me abrían el apetito de par en par. Y aumentaba mi buena
disposición de ánimo el encontrarme a cubierto del terrible sol.

5   Verdad que estaba a cubierto lo mismo que el que sale al campo a las doce del día bajo un paraguas. El sol, si no podía 'ensañarse con° nuestros cráneos, se filtraba por todas partes y nos   torment
envolvía en un baño abrasador. Por entre las esteras mal juntas
del techo, al través de la lona, y sobre todo, por el abierto frente°   entrance
10   de la tienda, entraban a oleadas, a torrentes, no sólo la luz y el
calor del astro, sino el ruido, el oleaje del humano mar, los gritos,
las disputas, las canciones, las risotadas, los rasgueos y punteos de
guitarra y vihuela, el infernal paso doble, el ¡Viva España! de los
duros pianos mecánicos.

15   Casi al mismo punto en que la chica del puñal de níquel de-
positaba en la mesa una botella rotulada Manzanilla superior, dos
cañas del vidrio más basto y dos conchas con rajas de salchichón
y aceitunas aliñás,° se coló por la abertura una mujer desgreñada,   = aliñada
cetrina, con ojos como carbones, saya de percal con almidonados
20   faralaes y pañuelo de crespón de lana desteñido y viejo, que al
cruzarse sobre el pecho dejaba asomar la cabeza de una criatura.
La mujer se nos plantó delante, fija la mano izquierda en la cadera
y accionando° con la derecha: de qué modo se sostenía el chiqui-   gesturing
llo, es lo que no entiendo.

25   "En er° nombre e Dios, Pare,° Jijo° y 'Epíritu Zanto,° que don-   = el , = Padre, =Hijo,
de va er nombre e Dios no va cosa mala. Una palabrita les voy a   = Espíritu Santo
icir,° que lase° a ostés° mucha farta° saberla..."   = decir, = les hace, =
                                                       ustedes, = falta
"¡Calle!" grité yo contentísima. "¡Una gitana que nos va a decir la buenaventura!"

30   "¿Le mando que se largue? ¿La incomoda a usted?"

"¡Al contrario! Si me divierte lo que no es imaginable. Verá
usted cuántos enredos° va a echar por esa boca. Ea, la buenaven-   complicated affairs
tura pronto, que tengo una curiosidad inmensa de oírla."

"Pué diñe osté la mano erecha, jermosa, y una moneíta de pla-
35   ta pa jaser la crú."²

---

envoy

2   **Pué diñe...** *pues déme usted la mano derecha, hermosa, y una
monedita de plata para hacer la cruz.*

Pacheco le alargó una peseta, y al mismo tiempo, habiendo descorchado la manzanilla y pedido otra caña, se la tendió llena de vino a la egipcia.[3] Con este motivo armaron los dos un tiroteo de agudezas y bromas;[4] bien se conocía que eran hijos de la mis-
5 ma tierra, y que ni a uno ni a otro se les atascaban° las palabras   *got blocked up*
en el gaznate,° ni se les agotaba° la labia° aunque la derramasen   *throat, run out of,*
a torrentes. Al fin la gitana 'se embocó° el contenido de la cañi-   *smooth talk; swallowed*
ta, y yo la imité, porque, con la sed, tentaba aquel vinillo claro.
¡Manzanilla superior! ¡A cualquier cosa llaman superior aquí! La
10 manzanilla dichosa sabía a esparto,° a piedra alumbre° y 'a demo-   *esparto grass, mineral*
nios coronados;° pero como al fin era un líquido, y yo con el ca-   *salt, really bad*
lor estaba para beberme el Manzanares entero, no resistí cuando
Pacheco me escanció° otra caña. Sólo que en vez de refrescarme,   *served*
se me figuró que un rayo de sol, disuelto en polvo, se me introdu-
15 cía en las venas y me salía en chispas por los ojos y en arreboles°   *red glow*
por la faz. Miré a Pacheco muy risueña, y luego me volví confusa,
porque él me pagó° la mirada con otra más larga de lo debido.   *repaid*
  "¡Qué bonitos ojos azules tiene este perdis!°" pensaba yo para   *= perdiz*
mí.
20   El gaditano estaba sin sombrero; vestía un traje ceniza, elegante, de paño rico y flexible; de vez en cuando se enjugaba la
frente sudorosa con un pañuelo fino, y a cada movimiento se le
descomponía el pelo, bastante crecido, negro y sedoso; al reír, le
iluminaba la cara la blancura de sus dientes, que son de los mejor
25 puestos y más sanos que he visto nunca, y aún parecía doblemente morena su tez, o mejor dicho, doblemente tostada, porque
hacia la parte que ya cubre° el cuello de la camisa se entreveía un   *covers*
cutis claro.
  "La mano, jermosa,°" repitió la gitana.   *= hermosa*
30   Se la alargué y ella la agarró haciéndomela tener abierta.
Pacheco contemplaba las dos manos unidas.
  "¡Qué contraste!" murmuró en voz baja, no como el que dice
una galantería a una señora, sino como el que hace una reflexión
entre sí.
35   En efecto, sin vanidad, tengo que reconocer que la mano de la
gitana, al lado de la mía, parecía un pedazo de cecina° feísimo: la   *dried, salted meat*

3   It was believed that the gypsies originated from Egypt.
4   **Armaron los...** *they set off a shootout of witticisms and jokes*

tumbaga° de plata, donde resplandecía una esmeralda falsa espan-   ring
tosa, contribuía a que resaltase el color cobrizo de la garra aquella,
y claro está que mi diestra, que es algo chica, pulida y blanca, con
anillos de perlas, zafiros y brillantes, contrastaba extrañamente.
5   La buena de la bohemia empezó a hacer sus rayas y ensalmos, en-
dilgándonos una retahíla de esas que no comprometen, pues son
de doble sentido y se aplican a cualquier circunstancia,⁵ como las
respuestas de los oráculos. Todo muy recalcado° con los ojos y el   emphasized
ademán.
10   "Una cosa diquelo° yo en esta manica, que hae° suseder mu   = miro, = ha de
pronto, y nadie saspera° que susea...° Un viaje me vasté° a jaser, y   = espera, = suceda,
no ae° ser para má,° que ae ser pa sastisfasión e toos... Una carta   = va usted; = ha de,
me vasté a resibir, y lae° alegrá lo que viene escribío en eya...° Unas   = mal; = la ha de, =
presonas me tiene usté que la quieren má, y están toas perdías por   ella
15   jaserle daño; pero der° revé les ae salir la perra intensión... Una   = del
presoniya está chalaíta° por usté (al llegar aquí la bruja clavó en   = chaladita
Pacheco las ascuas encendidas de sus ojos) y un convite le ae dar
quien bien la quiere... Amorosica de genio me es usté; pero cuando se atufa, una leona brava de los montes se me güerve...° Que   = vuelve
20   no la enriten° a usté y que le yeven toiticas las cosas ar° pelo de la   = irriten, = al
suavidá, que por la buena, corasón tiene usté pa tirarse en 'metá
e° la bahía e Cadis... Con mieles y no con hieles me la han de   = mitad de
engatusar° a usté... Un cariñiyo me vasté a tener mu guardadico   coax
en su pechito y no lo ae sabé ni la tierra, que secretica me es usté
25   como la piedra e la sepultura... También una cosa le igo° y es que   = digo
usté mesma no me sabe lo que en ese corasonsiyo está guardao...
Un cachito e gloria le va a caer der sielo y pasmáa se quedará usté;
que a la presente me está usté como los pajariyos, que no saben el
árbol onde han de ponerse..."⁶

---

5   **Empezó a...** *She began to make her lines and incantations offering
up a series of safe predictions that carry double meanings and can be applied in
all circumstances.*

6   **"Una cosa...** *One thing I see in this little hand, that is going to
happen very soon, and nobody expects that it will happen... You are going to take
a trip, and it will turn out well, it is going to be satisfying for everyone... You are
going to receive a letter, and what is written in it, is going to make you happy...
Certain people wish you ill and they are all misguided in their wish to hurt you,
but their evil intentions will come back to haunt them... Someone is head over
heels in love with you (when she got to this topic, the witch fixed the burning*

Si la dejamos creo que aún sigue ahora ensartando° tonterías.   stringing together
A mí su parla° me entretenía mucho, pues ya se sabe que en esta   loquacity
clase de vaticinios° tan confusos y tan latos,° siempre hay algo   predictions, lengthy
que responde a nuestras ideas, esperanzas y aspiraciones ocultas.
5   Es lo mismo que cuando, al tiempo de jugar a los naipes, vamos
corriéndolos para descubrir sólo la pinta,[7] y adivinamos o pre-
sentimos de un modo vago la carta que va a salir. Pacheco me
miraba atentamente, aguardando a que me cansase de gitanerías
para despedir a la profetisa. Viendo que ya la chica del puñal en
10   el moño acudía con la fuente de huevos revueltos, solté la mano,
y mi acompañante despachó a la gitana, que antes de 'poner pies
en polvorosa° aún pidió no sé qué para 'er churumbeliyo.°   fleeing quickly, = el
                                                              niñito; medley of
Empezábamos a servirnos del apetitoso comistrajo° y a des-   eatables
corchar una botella de jerez, cuando otro cuerpo asomó en la
15   abertura de la tienda, se adelantó hacia la mesa y recitó la consabida jaculatoria:° "En er nombre e Dió Pare, Jijo y Epíritu Zanto,   short prayer
que onde va er nombre e Dió..."
"¡Estamos frescos!"[8] gritó Pacheco." ¡Gitana nueva!
"Claro," murmuró con aristocrático desdén la chica del me-
20   rendero. "Como a la otra le han dado cuartos° y vino, se ha corri-   cash
do la voz... Y tendrán aquí a todas las de la romería."
Pacheco alargó a la recién venida unas monedas y un vaso de
Jerez.
"Bébase usté eso a mi salú...,° y andar con Dios, y najensia.°"   = salud, = marcharse
25   "E que les igo yo la buenaventura e barde... por el aqué de la

---

*embers of her eyes on Pacheco) and someone who loves you very much is going to
give you an invitation... You have a gentle nature; but when you get angry, you
turn into a wild mountain lioness... You must not be irritated and all things
must be carried out delicately since you have a temperament that could make you
willingly throw yourself in the middle of the Bay of Cadiz... You must be coaxed
with honey rather than with bile... You are hiding affectionate feelings in your
breast and nobody knows anything about it, a little secret, you are as silent as a
tombstone... I will also tell you another thing, you yourself do not know what
you're keeping guarded in that little heart of yours... Something spectacular from
the heavens will fall upon you and you will be amazed; currently you are like the
little birds that don't know in which tree to settle...*

7   **Vamos corriéndolos...** *we go through them in order to discover the
suit.*

8   **Eſtar fresco** is an expression used to indicate that one's hopes have
been dashed.

sal der mundo que van ustés derramando."[9]

"No, no...," exclamé yo casi al oído de Pacheco. "Nos va a encajar° lo mismo que la otra; con una vez basta. Espántela usted... sin reñirla.°"   *force / reprimanding her*

5   "Bébase usté el Jerés, prenda... y najarse he dicho," ordenó el gaditano sin enojo alguno, con campechana° franqueza. La gitana, convencida de que no sacaba más raja ya,[10] después de 'echarse al coleto° el jerez y limpiarse la boca en el dorso de la mano, se largó con su indispensable churumbeliyo, que lo traía también 10 escondido en el mantón como gusano en queso.   *good-natured / drinking*

"¿Tienen todas su chiquitín?" pregunté a la muchacha.

"Todas, pues ya se ve," explicó ella con tono de persona desengañada° y experta. "Valientes maulas° están. Los chiquillos son tan suyos como de una servidora de ustedes. Infelices, los alquilan 15 por ahí a otras bribonas,° y sabe Dios el trato que les dan. Y está la romería plagada de estas tunantas,° embusteronas.° Lástima de Abanico."[11]   *disillusioned, cheats / vagrants / crooks, imposters*

"¿Ustedes duermen aquí?" la dije 'por tirarle de la lengua.° "¿No tienen miedo a que de noche les roben las ganancias del día 20 o la comida del siguiente?"   *get her talking*

"Ya se ve que dormimos con un ojo cerrado y otro abierto... Porque no se crea usted: nosotros tenemos un café a la salida de la Plaza Mayor y venimos aquí no más a poner el ambigú.°"   *buffet*

Comprendí que la chica 'se daba importancia,° deseando 25 probarme que era, socialmente, muy superior a aquella gentecilla 'de poco más o menos° que andaba por los demás figones.° A todo esto íbamos despachando la ración de huevos revueltos y nos disponíamos a emprenderla con las magras. Interceptó la claridad de la abertura otra sombra. Esta era una chula de mantón terciado,° 30 peina° de bolas, brazos desnudos, que traía en un jarro de loza un inmenso haz° de rosas y claveles, murmurando con voz entre   *was giving herself airs / contemptible, eatery / worn diagonally, decorative hair comb; / bundle*

---

9   **E que...** *'I will tell you your fortunes for free... because of your friendliness.* ("Es que les digo yo la buenaventura de balde... por el aquel de la sal del mundo que van ustedes derramando.)

10   **No sacaba...** *was not going to get anything more out of it*

11   **Abanico** is a reference to Cárcel Modelo de Madrid which was the main prison in Madrid during the late nineteenth century and early twentieth. It followed the Panopticon model that was popular at the time and had a fan-shaped layout, which led to its being referred to popularly as **Abanico**.

zalamera° y dolorida: "¡Señoritico! ¡Cómpreme usté flores pa   fawning
osequiar° a esa buena moza!" Al mismo tiempo que la florera, en-   = obsequiar
traron en el merendero cuatro soldados, cuatro húsares jóvenes y
muy bulliciosos,° que tomaron posesión de una mesa pidiendo   boisterous
5   cerveza y gaseosa, 'metiendo ruido° con los sables y regocijando   causing a stir
la vista con su uniforme amarillo y azul. ¡Válgame Dios, y qué
virtud tan rara tienen la manzanilla y el jerez, sobre todo cuando están encabezados y compuestos![12] Si en otra ocasión me veo
yo almorzando así, entre soldados, creo que me da un soponcio;°   fainting fit
10   pero empezaba a tener subvertidas las nociones de la corrección y
de la jerarquía social, y hasta me hizo gracia semejante compañía
y la celebré con la risa más alegre del mundo. Pacheco, al observar
mi buen humor, se levantó y fue a ofrecer a los húsares jerez y
otros obsequios; de suerte que no sólo comíamos con ellos en el
15   mismo bodegón, sino que fraternizábamos.

Cuando está uno de buen temple, ninguna cosa le disgusta.
Alabé la comida; de la chula de los claveles dije que parecía un
boceto° de Sala;[13] y entonces Pacheco sacó de la jarra las flores y   sketch
me las echó en el regazo, diciendo: "Póngaselas usted todas." Así
20   lo ejecuté, y quedó mi pecho convertido en búcaro.° Luego me   vase
hizo reír con toda mi alma una desvergonzada riña que se oyó por
detrás de la pared de lona, y las ocurrencias de Pacheco que se lió
con los húsares no recuerdo con qué motivo. Volvió a nublarse
el sol que entraba por la abertura y apareció un pordiosero° de   beggar
25   lo más remendado y haraposo. No contento con aflojar buena
limosna, Pacheco le dio palique largo, y el mendigo nos contó
aventuras de su vida: una sarta de embustes, por supuesto. Oyóle
el gaditano muy atentamente, y luego empezó a exigirle que trajese un guitarrillo y se cantase por lo más jondo. El pobre juraba
30   y perjuraba que no sabía sino unas coplillas, pero sin música, y al
fin le soltamos, bajo palabra de que nos traería un buen cantaor
y tocador de bandurria para que nos echase 'polos y peteneras°   popular songs
hasta morir. Por fortuna 'hizo la del humo.°   disappeared

Yo, a todo esto, más divertida que en un sainete, y dispues-
35   ta a entenderme con las chuletas y el Champagne. Comprendía,

---

12   **Encabezados y...** *made stronger by being mixed with
another alcoholic beverage*
13   Reference to the Spanish painter Emilio Sala (1850-1910).

sí, que mis pupilas destellaban lumbre y en mis mejillas se podía encender un fósforo; pero lejos de percibir el atolondramiento que suponía precursor de la embriaguez, sólo experimentaba una animación agradabilísima, con la lengua suelta, los sentidos excitados, el espíritu en volandas y gozoso el corazón. Lo que más me probaba que aquello no era cosa alarmante, era que comprendía la necesidad de guardar en mis dichos y modales cierta reserva de buen gusto; y en efecto la guardaba, evitando toda palabra o movimiento que siendo inocente pudiese parecer equívoco, sin dejar por eso de reír, de elogiar los guisos, de mostrarme jovial, en armonía con la situación... Porque allí, vamos, convengan ustedes en ello, también sería muy raro estar como si me hubiese tragado el molinillo.[14]

---

14 **Estar como...** *to be too stiff in my demeanor and actions*

6

PACHECO, POR SU PARTE, 'me llevaba la corriente;° cuida- [humored me]
ba de que nunca estuviesen vacíos mi vaso ni mi plato, y
ajustaba su humor al mío con tal esmero, cual si fuese un
director de escena encargado de entretener y hacer pasar el mejor
5 rato posible a un príncipe. ¡Ay! Porque eso sí: tengo que 'rendirle justicia° al grandísimo truhán,° y una vez que me encuentro [be fair, rogue]
a solas con mi conciencia, reconocer que, animado, oportuno,
bromista y (admitamos la terrible palabra) en 'juerga redonda° [complete revelry]
conmigo, como se encontraba al fin y al cabo Pacheco, 'ni un di-
10 cho libre,° ni una acción descompuesta° o siquiera familiar llegó [not a licentious word, / insolent]
a permitirse. En ocasión tan singular y crítica, hubiera sido des-
cortesía y atrevimiento lo que en otra mero galanteo o *flirtación*
(como dicen los ingleses). Esto lo entendía yo muy bien, aun entonces, y a la verdad, temía cualquiera de esas insinuaciones im-
15 pertinentes que dejan a una mujer volada° y le estropean el mejor [uneasy]
rato. Sin la caballerosa delicadeza de Pacheco, aquella situación
en que impremeditadamente me había colocado pudo ser muy
ridícula para mí. Pero la verdad por delante: su miramiento° fue [circumspection]
tal, que no me echó ni una flor, mientras hartaba de lindas, sim-
20 páticas y retrecheras a las gitanas, a la chica del puñal de níquel
y hasta a la fregona del estropajo.[1] Cierto que a veces sorprendí
sus ojos azules que me devoraban 'a hurtadillas;° sólo que apenas [furtively]
notaba que yo había caído en la cuenta, los desviaba a escape. Su
acento era respetuoso, sus frases serias y sencillas al dirigirse sólo
25 a mí. Ahora se me figura que tantas exquisiteces fueron calcula-
das, para inspirarme confianza e interés: ¡ah malvado! Y bien que

---

1   **No me...** *he did not pay me a single compliment, while he
overwhelmed the gypsy women, the woman with the nickel poniard in her
hair, and even the kitchen maid with the dishcloth, with lovely, charming and
flattering compliments.*

me iba comprando con aquel porte fino.²

Surgió de repente ante nosotros, sin que supiésemos por dónde había entrado, una figurilla 'color de yesca,° una gitanuela° de   dark, little gypsy girl
algunos trece años, típica, de encargo para modelo de un pintor:
5 el pelo azulado de puro negro, muy aceitoso, recogido en castaña,°   bun
con su peina de cuerno y su clavel sangre de toro; los dientes y los
ojos, brillantes, por contraste con lo atezado° de la cara; la frente,   tanned
chata° como la de una víbora, y los brazos desnudos, verdosos y   flat
flacos lo mismo que dos reptiles. Y con el propio tonillo desga-
10 rrado° de las demás, empezó la retahíla consabida: "En er nombre   impudent
de Dió Pare, Jijo...

De esta vez, la chica del merendero 'montó en cólera,° y dan-   got angry
do al diablo sus pujos de señorita, se convirtió en chula de las más
boquifrescas.³

15 "¿Hase visto hato de pindongas?⁴ ¿No dejarán comer en paz
a las personas decentes? ¿Conque las barre uno por un lado y 'se
cuelan° por otro? ¿Y cómo habrá entrado aquí semejante calami-   seep through
dá,° digo yo? Pues si no te largas más pronto que la luz, bofetá°   = calamidad, = bofe-
como la que te arrimo no la has visto tú en tu vía.°   tada; = vida

20 Te doy un recorrío° al cuerpo, que no te queda lengua pa con-   = recorrido
tarlo.

La chiquilla huyó más lista que un cohete; pero no habrían
transcurrido dos segundos, cuando vimos entreabrirse la lona
que nos protegía las espaldas, y por la rendija del lienzo asomó
25 una jeta° que parecía la del mismo enemigo,° unos dientes que   face, = diablo
rechinaban, un puño cerrado, negro como una bola de bronce, y
la gitanilla berreó: "Arrastrá,° condená,° tía cochina, que malos   = arrastrada, = conde-
retortijones te arranquen las tripas, y malos mengues te 'jagan pi-   nada
caíllo e los jígados,° y malas culebras te piquen, y remardita° tiña   = hagan ... de los híga-
30 te pegue con er moño pa que te quedes pelá° como tu 'ifunta   dos, = remaldita =
agüela...°"⁵   pelada, = difunta

    abuela

---

2 **Me iba...** *he was winning me over with his refined demeanor*

3 **Dando al...** *Scorning her desire to appear to be a young lady of certain social standing, she turned into one of the most shamelessly outspoken lower-class women.*

4 **¿Hase visto...** *Have you seen such a herd of loiterers?*

5 **Arrastrá, condená...** *Tramp, wretch, filthy woman, may terrible stomach cramps tear out your intestines, may wicked demons make minced meat out of your liver, may evil snakes bite you, may a cursed ringworm of the scalp go*

Llegaba aquí de su rosario de maldiciones, cuando la del puñal, que así se vio tratada, empuñó el rabo de una cacerola y se
arrojó como una fiera a descalabrar a la egipcia: al hacerlo, dio
con el codo a una botella de jerez, que se derramó entera por el
5   mantel. Este incidente hizo que la chica, olvidando el enojo, se
echase a reír exclamando: "¡Alegría, alegría! Vino en el mantel...
¡boda segura!" y, por supuesto, la gitana tuvo tiempo de afufarse
más pronta que un pájaro.

No ocurrió durante el almuerzo ninguna otra cosa que re-
10 cordarse merezca, y lo bien que hago memoria de todo cuanto
pasó en él, me prueba que estaba muy despejada y muy 'sobre mí.°   calm and cautious
Apuramos° el último sorbo de Champagne y un empecatado°   we finished off, bad
café; saldó° Pacheco la cuenta, gratificando° como Dios manda,   settled, tipping
y nos levantamos con ánimo de recorrer la romería. Notaba yo
15 cierta ligereza insólita en piernas y pies; me figuraba que se había
suprimido el peso de mi cuerpo, y, en vez de andar, creía deslizar-
me sobre la tierra.

Al salir, me deslumbró el sol: ya no estaba en el cenit ni mucho menos; pero era la hora en que sus rayos, aunque oblicuos,
20 queman más: debían de ser las tres y media o cuatro de la tarde,   was cracking
y el suelo se rajaba° de calor. Gente, triple que por la mañana, y
veinte veces más 'bullanguera y estrepitosa.° Al punto que nos   rowdy and noisy
metimos entre aquel bureo,° se me puso en la cabeza que me ha-   amusement
bía caído en el mar: mar caliente, que 'hervía a borbotones,° y en   was boiling hot
25 el cual flotaba yo dentro de un botecillo chico como una cáscara
de nuez: golpe va y golpe viene, ola arriba y ola abajo. ¡Sí, era el
mar; no cabía duda! ¡El mar, con toda la angustia y desconsuelo
del mareo que empieza!

Lejos de disiparse esta aprensión, se aumentaba mientras iba
30 internándome en la romería apoyada en el brazo del gaditano.
Nada, señores, que estaba en mitad del golfo. Los innumerables
ruidos de voces, disputas, coplas, pregones, juramentos, vihuelas,
organillos, pianos, se confundían en un rumor nada más: el mugido sordo con que el Océano se estrella en los arrecifes:[6] y allá
35 a lo lejos, los columpios,° lanzados al aire con vuelo vertiginoso,   swing

---

after your bun and leave you bald like your deceased grandmother.
    6   **El mugido...** *the muffled bellowing with which the ocean crashes on
the reefs*

me representaban lanchas y falúas° balanceadas por el oleaje.   small boats
¡Ay Dios mío, y qué desvanecimiento° me entró al conven-   dizziness
cerme de que, en efecto, me encontraba en alta mar! Me aga-
rré al brazo de Pacheco como me agarro en la temporada de
baños al cuello del bañero° robusto, para que no me lleve el   bathing attendant
agua... Sentía un pánico atroz y no me atrevía a confesarlo,
porque tal vez mi acompañante se reiría de mí, por fuera o
por dentro, si le dijese que me mareaba, que me mareaba a
toda prisa.

Una peripecia nos detuvo breves instantes. Fue una pelea
de mujerotas. Pelea muy rara: por lo regular, estas riñas van
acompañadas de vociferaciones, de chillidos, de injurias, y
aquí no hubo nada de eso. Eran dos mozas: una que tostaba
garbanzos en una sartén puesta sobre una hornilla: otra que
pasó y con las sayas derribó el artilugio. Jamás he visto en rostro humano expresión de ferocidad como adquirió el de la
tostadora. Más pronta que el rayo, recogió del suelo la sartén,
y echándose a manera de irritada tigre sobre la autora del desaguisado, le dio con el filo° en mitad de la cara. La agredida°   edge, victim
se volvió sin exhalar un ay, corriéndole de la ceja a la mejilla
un hilo de sangre: y trincando° a su enemiga por el moño, del   grabbing
primer arrechucho° le arrancó un buen mechón,° mientras le   fit of rage, lock of hair
clavaba en el pescuezo las uñas de la mano izquierda: cayeron
a tierra las dos amazonas, rodando entre trébedes,° hornillas   cooking tripods
y cazos; se formó alrededor corro de mirones, sin que nadie
pensase en separarlas, y ellas seguían luchando, calladas y pá-
lidas como muertas, una con la oreja rasgada ya, otra con la
sien toda ensangrentada y un ojo medio saltado de un puñetazo. Los soldados se reían a carcajadas y les decían requie-
bros indecentes, en tanto que se despedazaban las infelices.[7]
Advertí por un instante que se me quitaba el mareo, a fuerza
de repugnancia y lástima: me acordé de mi paisano Pardo, y
de aquello del salvajismo y la barbarie española. Pero duró
poco esta idea, porque en seguidita se me ocurrió otra muy
singular: que las dos combatientes eran dos pescados grandes, así como golfines° o tiburones, y que a coletazos y mor-   dolphins

---

7   **Se despedazaban...** *the wretches were tearing each other apart*

discos, sin chistar, estaban haciéndose trizas.[8] Y este pensamiento
me renovó la fatiga del mareo de tal modo, que arrastré a Pacheco.
"Vámonos de aquí... No me gusta ver esto... Se matan."
      Preguntóme don Diego si me sentía mal, en cuyo caso no
5 visitaríamos los barracones donde enseñan panoramas y fenómenos. Respondí muy picada que me encontraba perfectamente y
capaz de examinar todas las curiosidades de la romería. Entramos
en varias barracas, y vimos un enano, un ternero de dos cabezas,
y por último la mujer de cuatro piernas, muy pizpireta, muy es-
10 cotada, muy vestida de seda azul con puntillas de algodón, y que
enseñaba sonriendo—la risa del conejo— sus dobles muñones°   stumps
al extremo de cada rodilla. En esta pícara° barraca se apoderó de   vile
mí, con más fuerza que nunca, la convicción de que me halla-
ba en alta mar, entregada a los vaivenes° del Océano. En el lado   swaying
15 izquierdo del barracón había una serie de agujeritos redondos
por donde se veía un cosmorama: y yo empeñada en que eran
las portas° del buque,° sin que me sacase de mi error el que al   ports, ship
través de las susodichas portas se divisase, en vez del mar, la plaza
del Carrousel... el Arco de la Estrella...[9] el Coliseo de Roma... y
20 otros monumentos análogos. Las perspectivas arquitectónicas
me parecían desdibujadas° y confusas, con gran tembleque teo° y   blurred, trembling
vaguedad de contornos, lo mismo que si las cubriese el trémulo
velo de las olas. Al volverme y fijarme en el costado opuesto de
la barraca, los grandes espejos de rigolada,° de lunas° cóncavas   amusement, mirrors
25 o convexas, que reflejaban mi figura° con líneas grotescamente   face
deformes, me parecieron también charcos de agua de mar... ¡Ay,
ay, ay, qué malo se pone esto! Un terror espantoso cruzó por
mi mente: ¿apostemos a que todas estas chifladuras° marítimas   madness
y náuticas son pura y simplemente una... vamos, una filoxerita,°   intoxication
30 como ahora dicen? ¡Pero si he bebido poco! ¡Si en la mesa me
encontraba tan bien!
      "Hay que disimular," pensé. "Que Pacheco no se entere...
¡Virgen, y qué vergüenza, si lo nota!... Volver a Madrid corriendo... ¡Quia! El movimiento del coche me pierde, me acaba, de

---

      8   **A coletazos...** *with flicks of the tail and bites, without a word, they*
were smashing each other to bits
      9   The *Place du Carrousel* and the *Arc de Triomphe de l'Étoile* are
Parisian landmarks.

seguro... Aire, aire... ¡Si hubiese un rincón donde librarse de este gentío!"

O Pacheco leyó en mis pensamientos, o 'coincidió conmigo en sensaciones,° pues se inclinó y con el más cariñoso y deferente tono murmuró a mi oído: "Hace aquí un calor intolerable... ¿Verdad que sí? ¿Quiere usted que salgamos? Daremos una vueltecita por la pradera y la alameda; estará más despejado y más fresco."

"Vamos," respondí fingiendo indiferencia, aunque veía el cielo abierto con la proposición.

he was experiencing the same sensations

7

SALIMOS DE LA BARRACA y bajamos del cerro a la alameda, siempre empujados y azotados por la ola del gentío, cuyas aguas eran más densas según iba acercándose la noche.
Llegó un momento en que nos encontramos presos en remolino°   crowd
5 tal, que Pacheco me apretó fuertemente el brazo y tiró de mí para
sacarme a flote. Me latían las sienes, se me encogía el corazón y se
me nublaban los ojos: no sabía lo que me pasaba: un sudor frío
bañaba mi frente. Forcejeábamos deseando romper por entre el
grupo, cuando nos paró en firme una cosa tremenda que se apa-
10 reció allí, enteramente a nuestro lado: un par de navajas desnudas,
de esas *lenguas de vaca* con su letrero de *Si esta bíbora° te pica no*   = víbora
hay remedio en la botica, volando por los aires en busca de las
tripas de algún prójimo.[1] También relucían machetes de soldados, y se enarbolaban garrotes, y se oían palabras soeces,° blasfe-   vulgar
15 mias de las más horribles… Me arrimé despavorida° al gaditano,   terrified
el cual me dijo a media voz: "Por aquí… No pase usted cuidado…°   fear
Vengo prevenido.°   prepared

Le vi meter la mano en el bolsillo derecho del chaleco y asomar en él la culata de un revólver: vista que redobló mi susto y
20 mis esfuerzos para desviarme.° No nos fue difícil, porque todo   go in the opposite direc-
el mundo 'se arremolinaba° en sentido contrario, hacia el lugar   tion; was crowding
de la pendencia.° Pronto retrocedimos hasta la alameda, sitio   fight
relativamente despejado. Allí y todo, continuaban mis ilusiones
marítimas dándome guerra. Los carruajes, los carros de violín,
25 los ómnibus, las galeras,[2] cuanto vehículo estaba en espera de sus
dueños, me parecían a mí embarcaciones fondeadas° en alguna   anchored

---

1   **Un par…** *a pair of bare knives, cow tongues bearing the inscription,*
"If this viper bites you, there is no cure to be found in the pharmacy," flying in the
air searching for the intestines of a fellow human being

2   **Los carruajes, los carros de violín, los ómnibus, las galeras** are
all different types of carriages that existed at the time. The **ómnibus**, was a
carriage that had a bigger capacity and was less expensive.

bahía o varadas° en la playa, paquetes de vapor³ con sus ruedas,   run aground
quechemarines° con su arboladura.° Hasta olor a carbón de pie-   coasting luggers, masts
dra y a brea° notaba yo. Que sí, que me había dado por la náutica.   and pars; tar

"¿Vámonos a la orilla... allí, donde haya silencio?" supliqué a
5   Pacheco. "¿Donde corra fresquito y no se vea un alma? Porque la
gente me mar..."

Un resto de cautela me contuvo a tiempo, y rectifiqué: "Me
fatiga."

"¿Sin gente? Dificilillo va a ser hoy... Mire usted." Y Pacheco
10   señaló extendiendo la mano.

Por la praderita verde; por las alturas peladas del cerro; por
cuanta extensión de tierra registrábamos° desde allí, bullía° el   we searched, bustled
mismo hormiguero° de personas, igual confusión de colorines,   crowd
balanceo de columpios, girar de tiovivos y corros de baile.

15   "Hacia allá," indiqué, "parece que hay un espacio libre..."

Para llegar a donde yo indicaba, era preciso saltar un vallado,°   fence
bastante alto 'por más señas.° Pacheco 'lo salvó° y desde el lado   to be precise, passed
opuesto me tendió los brazos. ¡Cosa más particular! 'Pegué el   over it
brinco° con agilidad sorprendente. Ni notaba el peso de mi cuer-   I jumped
20   po; se había derogado° para mí la ley de gravedad: creo que po-   repealed
dría hacer volatines.° Eso sí, la firmeza° no estaba en proporción   acrobatics, stability
con la agilidad, porque si me empujan con un dedo, me caigo y
boto como una pelota.

Atravesamos un barbecho,° que fue una serie de saltos de sur-   fallow field
25   co° a surco, y por senderos realmente solitarios fuimos a parar a   furrow
la puerta de una casuca que se bañaba los pies en el Manzanares.⁴
¡Ay, qué descanso! Verse uno allí casi solo, sin oír apenas el estré-
pito° de la romería, con un fresquito delicioso venido de la super-   noise
ficie del agua, y con la media obscuridad o al menos la luz tibia
30   del sol que iba poniéndose... ¡Alabado sea Dios! Allá queda el
tempestuoso Océano con sus olas bramadoras,° sus espumarajos°   roaring, foam
y sus arrecifes, y héteme° al borde de una pacífica ensenada,° don-   I am, cove
de el agua sólo tiene un rizado de onditas muy mansas que vienen
a morir en la arena sin meterse con nadie...⁵

---

3   **Paquetes de vapor** are boats that carry mail and passangers
4   **Una casuca...** *a shack right on the edge of the Manzanares river*
5   **Sólo tiene...** *has no more choppiness than that of gentle little waves
that come to die on the sand without hassling anybody*

¡'Dale con el mar!° ¡Mire usted que es fuerte cosa! ¿Si conti-
nuará aquello? ¿Si...?

A la puerta de la casuca asomó una mujer pobremente vestida
y dos chiquillos harapientos, que muy obsequiosos me sacaron
5 una silla. Sentóse Pacheco a mi lado sobre unos troncos. Noté
bienestar inexplicable y me puse a mirar cómo se acostaba el sol,
todo ardoroso y sofocado, destellando sus últimos resplandores
en el Manzanares. Es decir, en el Manzanares no: aquello se parecía extraordinariamente a la bahía viguesa. La casa también se
10 había vuelto una lancha muy airosa que se mecía con movimiento insensible; Pacheco, sentado en la popa,° oprimía contra el
pecho 'la caña del timón,° y yo, muellemente° reclinada a su lado,
apoyaba un codo en su rodilla, recostaba la cabeza en su hombro,
cerraba los ojos para mejor gozar del soplo de la brisa marina que
15 'me abanicaba el semblante...° ¡Ay madre mía, qué bien se va así!...
De aquí al cielo...

Abrí los párpados... ¡Jesús, qué atrocidad! Estaba en la misma
postura que he descrito, y Pacheco me sostenía en silencio y con
exquisito cuidado, como a una criatura enferma, mientras me ha-
20 cía aire, muy despacio, con mi propio pericón...°

No tuve tiempo a reflexionar en situación tan rara. No me lo
permitió el afán,° la fatiga inexplicable que me entró 'de súbito.° Era
como si me tirasen del estómago y de las entrañas hacia fuera con un
garfio° para arrancármelas por la boca. Llevé las manos a la garganta
25 y al pecho, y gemí: "¡A tierra, a tierra! ¡Que se pare el vapor...° me
mareo, me mareo! ¡Que me muero!... ¡Por la Virgen, a tierra!

Cesé de ver la bahía, el mar verde y espumoso, las 'crespas oli-
tas;° cesé de sentir el soplo del nordeste y el olor del alquitrán...°
Percibí, como entre sueños, que me levantaban 'en vilo° y me
30 trasladaban... ¿Estaríamos desembarcando? Entreoí frases que
para mí entonces carecían de sentido. "'—Probetica, sa° puesto
mala. —Por aquí, señorito... —Sí que hay cama y lo que se necesi-
te... —Mandar..." —Sin duda ya me habían depositado en tierra
firme, pues noté un consuelo grandísimo y luego una sensación
35 inexplicable de desahogo,° como si alguna 'manaza gigantesca°
rompiese un 'aro de hierro° que me estaba comprimiendo las cos-
tillas y dificultando la respiración. Di un suspiro y abrí los ojos...

Fue un intervalo lúcido, de esos que se tienen aún en medio

there you go again with the ocean / stern / tiller, gently / fanned my face / large fan / urge, suddenly / hook / steamboat / choppy little waves, tar in the air / = pobrecita, se ha / relief, giant hand / iron ring

del síncope° o del acceso° de locura, y en que comprendí clara-   fainting fit, bout
mente todo cuanto me sucedía. No había mar, ni barco, ni tales
carneros, sino turca de padre y muy señor mío; la tierra firme era
el camastro de la tabernera, el aro de hierro el corsé que acaba-
5 ban de aflojarme;⁶ y no me quedé muerta de sonrojo° allí mismo,   blushing
porque no vi en el cuarto a Pacheco. Sólo la mujer, morena y alta,
muy afable, 'se deshacía en° cuidados, me ofrecía toda clase de   lavished
socorros...

"No, gracias... Silencio y estar a obscuras... Es lo único... Bien,
10 sí, llamaré si ocurre. Ya, ya me siento mejor... Silencio y dormir;
no necesito más."

La mujer entornó el ventanuco por donde entraba en el chi-
ribitil° la luz del sol poniente y se marchó en puntillas. Me quedé   tiny room
sola: me dominaba una modorra° invencible: no podía mover   drowsiness
15 brazo ni pierna; sin embargo, la cabeza y el corazón se me iban
sosegando por efecto de la penumbra y la soledad. Cierto que an-
daba otra vez 'a vueltas con° la manía náutica, pues pensaba para   with insistence
mis adentros: "¡Qué bien me encuentro así..., en este camarote...,
en esta litera..., y qué serena debe de estar la mar!... '¡Ni chispa de
20 balance!° ¡El barco no se mueve!"   not even a tiny amount
of rocking!

Yo había oído asegurar muchas veces que si tenemos los ojos
cerrados y alguna persona se pone a mirarnos fijamente, una fuerza inexplicable nos obliga a abrirlos. Digo que es verdad y lo digo
por experiencia. En medio de mi sopor° empecé a sentir cierta   drowsiness
25 comezón° de alzar los párpados, y una inquietud especial, que me   urge
indicaba la presencia de alguien en el tugurio...° Entreabrí los ojos   hut
y con gran sorpresa vi el agua del mar, pero no la verde y plomiza°   leaden colored
del Cantábrico, sino la del Mediterráneo, azul y tranquila... Las
pupilas de Pacheco, como ustedes se habrán imaginado. Estaba
30 de pie, y cuando clavé en él la mirada, se inclinó y me arregló
delicadamente la falda del vestido para que me cubriese los pies.

"¿Cómo° vamos? ¿Hay ánimos para levantarse?" murmuró:
es decir, sería algo por el estilo, pues no me atrevo a jurar que
dijese esto. Lo que afirmo es que le tendí las dos manos, con un
35 cariñazo repentino y descomunal,° porque 'se me había puesto   tremendous

---

6   **No había...** *there was no ocean, boat, or anything, just a huge
intoxication; dry land was the tavern-keeper's ramshackle bed, the iron ring the
corset that they had just loosened for me*

en el moño que° me encontraba allí abandonadita en medio de | I had had the feeling that
un golfo profundo y que iba a ahogarme si no acierta a venir en
mi auxilio Pacheco. Él tomó las manos que yo ofrecía; las apretó
muy afectuoso; me tentó° los pulsos y apoyó su derecha en mis | felt
5 sienes y frente. ¡Cuánto bien me hacía aquella presioncita cuida-
dosa y firme! Como si me volviese a encajar los goznes del cerebro en su verdadero sitio, dándoles aceite para que girasen mejor.[7]
Le estreché la mano izquierda... ¡Qué pegajoso, qué majadero se
vuelve uno en estas situaciones... anormales! Yo me estaba mu-
10 riendo por mimos, igual que una niña pequeña... ¡Quería que me
tuviesen lástima!... Es sabido que a mucha gente le dan las turcas
por el lado tierno. Ganas me venían de echarme a llorar, por el
gusto de que me consolasen.

Había a la cabecera° de la cama una mugrienta° silla de | head, dirty
15 Vitoria,° y el gaditano tomó asiento en ella acercando su cara a la | simple chair
dura almohada donde reclinaba la mía. No sé qué me fue dicien-
do por lo bajo: sí que eran cositas muy dulces y zalameras, y que
yo seguía estrujándole la mano izquierda con fuerza convulsiva,
sonriendo y entornando los párpados, porque me parecía que de
20 nuevo 'bogábamos en el esquife,° y las olas hacían un ¡clap! ¡clap! | we were sailing in a boat
armonioso contra 'el costado.° Sentí en la mejilla un soplo calien- | the side of the boat
te, y luego un contacto parecido al revoloteo° de una mariposa. | fluttering
Sonaron pasos fuertes, abrí los ojos, y vi a la mujer alta y morena,
figonera,° tabernera o lo que fuese. | restaurant keeper
25 "¿Le traigo una tacita de té, señorita? Lo tengo mu° bueno, no | = muy
se piensen ustés° que no... Se le pué° echar unas gotas de ron, si | = ustedes, = puede
les parece..."
"¡No, ron no!" articulé muy quejumbrosa,° como si pidiese | plaintive
que no me mataran.
30 "¡Sin ron... y calentito!" mandó Pacheco.
La mujer salió. Cerré otra vez los ojos. Me zumbaban° los | were buzzing
sesos: 'ni que° tuviese en ellos un enjambre° de abejas. Pacheco se- | as if, swarm
guía apretándome las sienes, lo cual me aliviaba mucho. También
noté que me esponjaba° la almohada, que me alisaba el pelo. | fluffed up
35 Todo de una manera tan insensible, como si una brisa marina
muy mansa me jugase con los rizos. Volvieron a oírse los pasos y

---

7 **Me volviese...** *pushed the hinges of my brain back into their correct place, giving them oil so that they would move more smoothly*

el duro taconeo.° footsteps

"El té, señorito... ¿Se lo 'quié usté° dar o se lo doy yo?" = **quiere usted**

"Venga,°" exclamó el meridional.° bring it to me, southerner

Le sentí revolver con la cucharilla y que me la introducía en-
5 tre los labios. Al primer sorbo me fatigó el esfuerzo y dije que no
con la cabeza; al segundo me incorporé de golpe, 'tropecé con° la knocked against
taza, y ¡zas! el contenido se derramó por el chaleco y pantalón de
mi enfermero. El cual, con la insolencia más grande que cabe en
persona humana, me preguntó: "¿No lo quieres ya? ¿O te pido
10 otra tacita?"

Y yo... ¡Dios de bondad! ¡De esto sí que estoy segura! le con-
testé empleando el mismo tuteo[8] y muy mansa y babosa:° "No, idiotic
no pidas más... Se hace noche... Hay que salir de aquí... Veremos
si puedo levantarme. ¡Qué mareo, Señor, qué mareo!"

15 Tendí los brazos confiadamente: el malvado me recibió en los
suyos, y agarrada a su cuello, probé a saltar del camastro. Con el
mayor recato° y comedimiento,° Pacheco me ayudó a abrochar- modesty, restraint
me, me estiró las guarniciones° de mi saya de surá, me presentó flounce
el imperdible, el sombrero, el velito, el agujón,° el abanico y los hairpin
20 guantes. No se veía casi nada, y yo lo atribuía a la mezquindad° paltriness
del cuchitril; pero así que, sostenida por Pacheco y andando muy
despacio, salí a la puerta del figón,° pude convencerme de que la eating house
noche había cerrado del todo. Allá a lo lejos, detrás del muro que
cercaba el campo, hormigueaba° confusamente la romería, salpi- swarmed
25 cada de lucecillas bailadoras, innumerables...

La calma de la noche y el aire exterior me produjeron el efecto de una ducha de agua fría. Sentí que la cabeza se me despeja-
ba y que así como se va la espuma por el cuello de la botella de
Champagne, se escapaban 'de mi mollera° en burbujas el sol abra- from the top of my head
30 sador y los espíritus alcohólicos del endiablado vino compuesto.
Eso sí: en lugar de meollo° me parecía que me quedaba un sitio brains
hueco, vacío, barrido con escoba... Encontrábame aniquilada, en
el más completo idiotismo.

Pacheco me guiaba, sin decir 'oste ni moste.° Derechos como anything
35 una flecha fuimos adonde mi coche aguardaba ya. Sus dos faro-
les° lucían a la entrada de la alameda, en el mismo sitio en que lamps

---

8   **Tuteo** is the use of the familiar **tú** form of address, as opposed to the
formal **usted** form.

por la mañana le mandáramos esperar. Entré y me dejé caer en el
asiento medio exánime.° Pacheco me siguió; dio una orden, y la   exhausted
berlina empezó a rodar poco a poco.

    ¡Ay Dios de mi vida! ¿Quién soñó que se habían acabado ya
5   los barcos, el oleaje, mis fantasías marítimas todas? ¡Pues si ahora
es cuando navegábamos de veras, encerrados en el camarote de
un trasatlántico, y a cada tres segundos 'cuchareaba el buque o
cabeceaba° bajando a los abismos del mar y arrastrándome consi-   the boat plunged and
go! La voz de Pacheco no era tal voz, sino el ruido del viento en   rocked back and forth
10 las jarcias...° ¡Nada, nada, que hoy naufrago!   rigging

    "¿Vas disgustá° conmigo?" gemía a mi oído el sudoeste. "No   = disgustada
vayas. Mira, bien callé y bien prudente fui... Hasta que me apre-
taste la mano... Perdón, sielo,° me da una pena verte afligía...°   = cielo, = afligida

    Es una rareza en mí, pero estoy así como aturdido de pensar
15 si te enfadarás por lo que te dije... Pobrecita, no sabes lo guapa que estabas mareá...° Los ojos tuyos echaban lumbre... ¡Vaya   = mareada
unos ojos que tienes tú! Anda... descansa así, en el hombro mío.
Duerme, niñita, duerme..."

    Tal vez equivoque yo las palabras, porque resultaban un mur-
20 mullo y no más... Lo que sí recuerdo con absoluta exactitud es
esta frase, que sin duda cayó en el intervalo de una ola a otra:
"¿Sabes qué decían en aquel figón? Pues que debíamos de ser recién casados..., 'porque él la trata con mucho cariño y no sabe qué
hacer para cuidarla.'"

25   Y puedo jurar que no me acuerdo de ninguna cosa más; de
ninguna. Sí..., pero muy vagamente: que el coche se detuvo a mi
puerta, y que por las escaleras me ayudó a subir Pacheco, y que
desfallecida y atónita como me encontraba, le rogué que no entrase, sin duda obedeciendo a un instinto de precaución. No sé lo
30 que me dijo al despedirse; sé que la despedida fue rápida y sosa.
A la Diabla, que al abrir me incrustó en la cara su curioso mirar,
le expliqué tartamudeando° que me había hecho daño el sol, que   stuttering
deseaba acostarme. Claro que se habrá comido la partida...[9] Sí,
que 'se mama ella el dedo...° ¡Buenas cosas pensará a estas horas   she is a silly fool
35 de mí!

    Me precipité a mi cuarto, me eché en la cama, me puse de
cara a la pared, y aunque al pronto volví a amodorrarme,° hacia   to become drowsy

---

  9   **Claro que...** *he clearly understood my hidden intention*

las tres de la madrugada empezó la función° y se renovó mi pa-   show
decimiento. No quise llamar a Ángela... ¡Para que 'se escamase°   became suspicious
tres veces más! ¡Ay qué noche... noche de perros! ¡Qué bascas,°   nausea
qué calentura, qué pesadillas, qué aturdimiento, qué jaqueca al
5   despertar!

Y sobre todo, ¡qué compromiso, qué lance,° qué parchazo!°   incident, deception
¡Qué lío tan espantoso!... ¡Qué resbalón! (ya es preciso convenir
en ello).

8

CONVENGAMOS:° PERO TAMBIÉN EN que Pacheco, ha- *agreed*
biéndose portado tan correctamente al principio, no
debió luego 'echarla a perder.° Si yo, por culpa de las *ruin it*
circunstancias, —eso es, de las circunstancias inesperadísimas en
5 que me he visto— pude 'darle algún pie,° a la verdad, ningún *give him cause*
caballero se aprovecha de ocasiones semejantes; al contrario, en
ellas debe manifestar su educación, si la tiene. 'Yo me trastor- *went crazy*
né° completamente, por lo mismo que nunca anduve en pasos
como estos; yo no estaba en mi cabal juicio; no señor; yo no tenía
10 responsabilidad, y él, el grandísimo pillo, tan sereno como si le
acabasen de enfriar en el pozo... Lo dicho: ¡fue una osadía, una
serranada incalificable!

Cuanto más lo pienso... ¡Un hombre que hace veinticuatro
horas no había cruzado conmigo media docena de palabras; un
15 hombre que ni siquiera es visita° mía! Cierta heroína de nove- *guest*
la, de las que yo leía siendo muchacha, en un caso así recuerdo
que empezó a 'devanarse los sesos° preguntándose a sí propia: *rack her brains*
"¿Le amo?." ¡Valiente tontería la de aquella simple! ¡Qué amor
ni qué...! Caso de preguntar, yo me preguntaría: "¿Le conozco a
20 este caballero?." Porque maldito si sé hasta ni cómo se llama de
segundo apellido... Lo que sé es que le detesto y le juzgo un pillastre. Motivos tengo sobrados:° ¡que se ponga en mi caso cual- *more than enough*
quiera!

Y ahora... Supongamos que, naturalmente, cuando él aporte
25 por aquí, me cierro a la banda y doy orden terminante a los criados: que he salido. Se pondrá furioso, y lo menos que hará, con
el despecho, irse alabando en casa de Sahagún... Porque de fijo es
uno de esos tipos que pegan carteles en las esquinas... ¡Como si
lo viera!... Y resistir que se me presente tan fresco... vamos, es de
lo que no pasa.¹ Una, que me daría un sofoco de primera; otra,

---

1   **Supongamos que...** *Let's suppose, naturally, that when he comes*

que en estas cosas, si no se empieza 'cortando por lo sano...° Me
parece lo más natural. Me niego... y se acabó. Escribirá... Bien, no
contesto. Y dentro de unos días, como ya salgo de Madrid... Sí,
todo se arregla.

5 Y... 'a sangre fría,° Asís... ¿Es ese descarado° quien tiene la culpa toda? Vamos, hija, que tú... ¿Quién te mandaba satisfacer el
caprichito° de ir al Santo,° y de acompañarte con una persona casi
desconocida, y de almorzar allí en un merendero churri,° como
si fueses una salchichera° de los barrios bajos? ¿Por qué probaste
10 del vino aquel, que está encabezado° con el amílico° más venenoso? ¿No sabías que, aun sin vino, a ti el sol te marea?

Te dejaste embarcar° por la Sahagún... Pero la Sahagún... Para
ciertas personas no rigen° las ordenanzas° sociales. La Sahagún
no sólo es muy experta, y muy despabilada, y discretísima, y una
15 de esas mujeres a quienes nadie se les atreve no queriendo ellas,²
sino que con su alta posición convierte en excentricidad gracio-
sa e inofensiva lo que en las demás se toma por desvergüenza y
liviandad.° Hay gentes que tienen permiso para todo, y 'se imponen,° y les caen bien hasta las barrabasadas.° Pero yo que soy una
20 señora como todas, una de tantas, debo respetar el orden estable-
cido y no meterme en honduras.° Era visto que Pacheco se había
de figurar desde el primer instante... No, no es justo acusarle a él
solo.

Bien dice mi paisano. Somos ordinarios y populacheros;° nos
25 pule la educación treinta años seguidos y renace la corteza...° Una
persona decente, en ciertos sitios, obra lo mismo que obraría un
mayoral.° Aquí estoy yo que me he portado como una chula.

Es decir... más bien obré como una tonta. Caí de inocente.
No supe precaver,° pero no hubo en mí mala intención. Ello ocu-
30 rrió... porque sí. Me pesa, Señor. En toda mi vida me ha sucedido
ni ha de volver a sucederme cosa semejante... De eso respondo,°
y ahora, a remediar el daño. Puerta cerrada, esquinazo,° mutis.°

making a clean break

tranquility, cheeky devil

whim, = San Isidro
noisy
sausage seller
strengthened, amyl
alcohol

get involved
rule, laws

imprudence
they do as they please,
intrigues
complicated situations

common
coarseness

head shepherd

to take precautions

I take responsibility for
cold shoulder, silence

---

*here, I put my foot down, and give the conclusive message to the servants: I have
gone out. He will become furious, and the least he will do with the indignation is
go about bragging at Sahagún's house... Because certainly he is one of those men
who goes around announcing everything. I can see it!... But to tolerate his coming
here in such an audacious manner... Well, that cannot happen.*

2   **Una de...** *one of those women whom nobody would dare try anything
with unless they wanted it*

No me vuelve a ver el pelo el señorito ese. En tomando el tren de Galicia... Y 'sin tanto.° Declaro la casa en 'estado de sitio...° Aquí no entra una mosca. Ya verá si es tan fácil marear a una mujer cuando ella sabe lo que se hace.

just like that, state of siege

9

ASÍ, 'PUNTO MÁS, PUNTO menos,° hubiera redactado su
declaración la dama, si confiase al papel 'lo que le bullía
en el magín.°¹ No afirmamos que, aun dialogando con su
conciencia propia, fuese la marquesa viuda de Andrade perfecta-
5 mente sincera, y no omitiese algún detalle, 'que agravara su tanto
de culpa° en el terreno de la imprevisión, la ligereza o la coquetería. Todo es posible y no conviene salir fiador de nadie en este
género de confesiones, que nunca se hacen 'sin pelos en la lengua°
y restricciones en la mente.

10   Sin embargo, no puede negarse que la señora había referido
con bastante franqueza el terrible episodio, tanto más terrible
para ella, cuanto que hasta dar este mal paso, caminara con pie
firme y alegre espíritu por la senda de la honestidad. Mérito suyo,
más que fruto de la educación paterna, no muy rígida, ni excesiva-
15 mente vigilante. A Asís se le habían cumplido cuantos caprichos
puede tener en un pueblo como Vigo una niña rica, huérfana de
madre, y única. A los veinte años de edad, asistiendo a todos los
bailes del Casino, a todos los paseos en la Alameda, a todas las
verbenas° y romerías de Cristos y Pastoras,² visitando todos los
20 buques de todas las escuadras° que fondeaban° en el puerto, Asís
no había hecho cosa esencialmente mala, pues no hay severidad
que baste a condenar de un modo rigoroso el carteo con un teniente de navío, a quien veía de higos a brevas –cuando la Villa
de Bilbao andaba en aquellas aguas–.³ Por entonces le entró al

more or less

*what was bubbling in
her mind*

*that might worsen her
amount of guilt*
bluntly

street festivals
squadrons, anchored

---

1   Here Asís ceases to tell her own story and we see a return to the
narrator who opened the novel.

2   **Cristos y Pastoras** are references to the celebrations of *el Cristo de
la Victoria* and *la Divina Pastora* which take place in Vigo the first Sunday
in August and the second Sunday in September respectively.

3   **No hay...** *nobody would be so strict as to rigorously condemn the
exchange of letters, from time to time, with a navy lieutenant—when the* Villa
de Bilbao *was in nearby waters.*

papá de Asís, acaudalado° negociante, la ventolera° de las con-   wealthy, wild idea
tratas° acompañada naturalmente de la necesidad de meterse en   government contracts
política: tuvo distrito, y contrata va y legislatura viene,[4] comenzó
a llevarse a su hija a Madrid todos los inviernos, a dar una vuel-
5 tecita— 'la frase sacramental.—° Hospedábanse en casa de un   the usual expression
primo de la difunta mamá de Asís, el marqués de Andrade, con-
sejero° de Estado, porque Asís era fruto de una de esas alianzas   adviser
entre blasones° y talegas[5]° que en Galicia y en todas partes se ven   aristocracy, bourgeoisie
tan a menudo, 'sin que tuerza el gesto° ningún venerable retrato   without making a face of
10 de familia, ni ningún abuelo se estremezca en su tumba. El con-   displeasure
sejero de Estado se encontraba viudo y sin descendencia; conser-
vaba un cerquillo° de pelo alrededor de una 'lucia calva;° poseía   small circle, shining bald
buenos modales, carácter ameno (en la Corte no existen viejos   patch
avinagrados) y la suficiente mundología° para saber cómo ha de   worldly wisdom
15 insinuarse un cincuentón con una muchacha. Asís empezó por
enseñarle a su tío, bromeando, las cartas del marino, y acabó por
escribir a éste una significándole° que sus relaciones "quedaban   expressing to him
cortadas para siempre." Y así fue, y la esbelta sombra con gorrilla
blanca y levita azul y anclas de oro, no se apareció jamás al pie del
20 tálamo° de los marqueses de Andrade.   marriage bed
    El marqués tuvo el talento de no ser celoso y hacerle grata° a   pleasant
su mujer la vida conyugal. Hasta se separó de otra hermana suya
–con la cual vivía desde su primer matrimonio— porque era devota, maniática, opuesta a la sociedad y a las distracciones, y no
25 podía 'congeniar con° la joven esposa; y no se mostró remiso° en   get along with, reluctant
aflojar dinero para modistas, ni en gastar tiempo en teatros, sa-
raos y tertulias. También supo evitar el delirio de los extremos
amorosos, impropios de su edad y la de Asís combinadas; 'dejó
dormir lo que no era para despertado,° y así logró siete años de   let sleeping dogs lie
30 tranquila ventura° y una chiquilla algo enclenque,° que única-   happiness, frail
mente revivía con los aires marinos y agrestes° de la tierra galaica.   rustic
'Un derrame seroso° cortó el curso de los días del buen consejero   a hemorrhage of the
de Estado, y Asís quedó libre, rica, moza, bien mirada y con el   serous membranes

---

    4   **Tuvo distrito...** *he was elected to office and government contracts*
and legislature sessions came and went

    5   **Alianzas entre...** *marriages between members of the aristocracy and*
the bourgeoisie. **Blasones** *are* coats of arms, which often serve as aristocratic
family symbols. **Talegas** is colloquial expression for money, here a symbol of
the rising merchant class.

alma serena.

Pasaba en Madrid los inviernos, teniendo a su niña de medio interna en un atildado colegio francés;[6] los veranos se iba a Vigo, al lado de su papá; a veces (como sucedía ahora), el viaje de la
5 chiquilla se adelantaba un poco, porque el abuelo, al cerrarse 'las Cortes,° se la llevaba consigo a desencanijarse° en la aldea... Asís la dejaba marchar de buen grado. El amor maternal era en ella lo que había sido el cariño conyugal: sentimiento apacible, 'exento de° esas divinas locuras que abrasan el alma y dan a la existen-
10 cia sentido nuevo. La marquesa de Andrade vivía contenta, algo envanecida° de haber soltado la cáscara provinciana, y satisfecha también de conservar su honradez como la conservan allá en Vigo las señoras muy visibles, que no dan un paso sin que el vecindario sepa si fue con el pie izquierdo o el derecho. 'Entretenía sus ocios°
15 pensando, por ejemplo, que el último vestido que le había mandado su modista era tan gracioso y menos caro que el de Worth[7] de la Sahagún; que 'estaba a bien con° el padre Urdax, merced a haber entrado en una asociación benéfica muy recomendada por los jesuitas; que ella era una dama formal, intachable, y que,
20 sin embargo, no dejaban de citarla con elogio en las 'revistas de salones° alguna que otra vez; que podía vivirse en el mundo sin dar entrada al demonio, y que ni el mundo ni Dios tenían por qué volverle la espalda.

Y ahora...

parliament, to get
stronger

free from

proud

she spent her leisure
time

she was on good terms
with

society columns

---

6 **Teniendo a...** *sending her daughter part of the time to an elegant French boarding school*
7 Worth was a famous English tailor of the time.

10

O YENDO UN NUEVO REPIQUETEO° de campanilla, acu- pealing
dió Ángela despavorida,° a ver qué era. Su ama estaba terrified
medio incorporada sobre un codo.

"Venga quien venga, ¿entiendes? venga quien venga..., que he
salido.

"A todo el mundo, vamos; que ha salido la señorita.

"A todo el mundo: sin excepción. Cuidadito como me dejas
entrar a nadie."

"¡Jesús, señorita! Ni el aire entrará."

"Y prepárame el baño."

"¿El baño? ¿No le sentará mal a la señorita?"

"No," contestó Asís secamente. "(¡Manía de meterse en todo
tienen estas doncellas!)."

"¿Y la orden del coche, señorita? Ya dos veces ha venido
Roque a preguntarla."

Al nombre del cochero, sintió Asís que 'le subía un pavo
atroz,° como si el cochero representase para ella la sociedad, el she was blushing
deber, todas las conveniencias pisoteadas y atropelladas la víspera. ¡El cochero sí que debía maliciarse...!° suspect

"Dile..., dile que... venga dentro de un par de horas..., a las
cuatro y media... No, a las cinco y cuarto. Para paseo... Las cinco
y media más bien."

Saltó de la cama, se puso la bata, y se calzó las chinelas.° slippers
¡Sentía un abatimiento grande, agujetas, cansancio, y al mismo
tiempo una excitación, unas ganas de echar a andar, de huir de sí
misma, de no verse ni oírse! No se podía sufrir.

"¡Qué vida tan incómoda la de las señoras que anden siempre
en estos enredos!° No les arriendo la ganancia...¹ ¡Ay! aborrezco complicated affairs
los tapujos° y las ilegalidades... He nacido para vivir con orden y false excuses
con decoro, está visto. ¿Le dará a ese tunante por venir?"

---

¹ **No les...** *I wouldn't like to be in their shoes*

Mientras no estaba dispuesto el baño, practicó Asís las operaciones de aseo que deben precederle: limpiarse y limarse las uñas, lavar y cepillar esmeradamente la dentadura, desenredar el pelo y pasarse repetidas veces el peine menudo, registrarse° cuidadosamente las orejas con la esponjita y la cucharita de marfil, frotarse el pescuezo con el guante de crin° suavizado con pasta de almendra y miel. A cada higiénica operación y a cada parte de su cuerpo que quedaba 'como una patena,° Asís creía ver desaparecer la marca de las irregularidades del día anterior, y confundiendo involuntariamente lo físico y lo moral, al asearse, juzgaba regenerarse.

Avisó la Diabla que estaba listo el baño. Asís pasó a un cuartuco° obscuro, que alumbraba un 'quinqué de petróleo° (las habitaciones de baño fantásticas que se describen en las novelas no suelen existir sino en algún palacio, nunca en las casas de alquiler), y se metió en una bañadera de cinc con capa de porcelana –idéntica a las cacerolas—. ¡Qué placer! En el agua clara iban a quedarse la vergüenza, la sofoquina y las inconveniencias de la aventura... ¡Allí estaban escritas con letras de polvo! ¡Polvo doblemente vil, el polvo de la innoble feria! ¡Y cuidado que era pegajoso y espeso! ¡Si había penetrado al través de las medias, de la ropa interior, y en toda su piel lo veía depositado la dama! Agua clara y tibia, —pensaba Asís— lava, lava tanta grosería, tanto flamenquismo, tanta barbaridad: lava la osadía, lava el desacato, lava el aturdimiento, lava el... Jabón y más jabón. Ahora agua de Colonia... Así.

Esta manía de que con agua de Colonia y jabón fino se le quitaban las manchas a la honra, se apoderó de la señora en grado tal, que a poco se arranca el cutis, de la rabia y el encarnizamiento° con que lo frotaba. Cuando su doncella le dio la bata de tela turca para enjugarse, Asís continuó con sus fricciones mitad morales, mitad higiénicas, hasta que ya rendida se dejó envolver en la ropa limpia, suspirando como el que echa de sí un enorme peso de cuidados.

Llegó el coche algún tiempo después de terminada la faena,° no sólo del baño, sino del tocado° y vestido: Asís llevaba un traje serio, de señora que aspira a no llamar la atención. Ya tenía la Diabla la mano en el pestillo para abrir la puerta a su ama, cuando

inspect

horsehair

very clean

small room, oil lamp

fleshing

task
doing her hair

se le ocurrió preguntar: "¿Vendrá a comer, señorita?"

"No," y añadió como el que da explicaciones para que no se piense mal de él. "Estoy convidada a comer en casa de las tías de Cardeñosa."

5   Al sentarse en su berlinita, respiró anchamente.° Ya no había   freely que temer la aparición del pillo. ¡Bah! Ni era probable que él se acordase de ella; estos troneras, sí que pueden jactarse..., si te he visto no me acuerdo. Mejor que mejor. Qué ganga, si la historia se resolviese de una manera tan sencilla...² Y la voz de Asís adqui-

10 rió cierta sonoridad al decir al cochero: "Castellana...³ Y luego a casa de las tías..."

Aquella vibración orgullosa de su acento parece que quería significar: "Ya lo ves, Roque... No se va uno todos los días de picos pardos...⁴ De hoy más vuelvo a mi inflexible línea de con-

15 ducta..."

Rodó el coche al trote hasta la Castellana y allí se metió en fila. Era tal el número y la apretura de carruajes, que a veces tenían que pararse todos por imposibilidad de avanzar ni retroceder. En estos momentos de forzosa quietud sucedían cosas chuscas: dos

20 señoras que se conocían y se saludaban, pero no teniendo la intimidad suficiente para emprender conversación, permanecían con la sonrisa estereotipada, observándose con el rabillo del ojo, desmenuzándose el atavío y deseando que un leve sacudimiento del mare mágnum de carruajes pusiese fin a una situación tan pe-

25 sadita.⁵ Otras veces le acontecía a Asís quedarse parada tocando con una *manuela*, en cuyo asiento trasero, dejando la bigotera libre, se apiñaban tres mozos de buen humor, horteras o empleadillos de ministerio, que le soltaban una andanada de dicharachos y majaderías: y nada: aguantarlos a quema ropa, sin saber qué era

30 menos desairado, sonreírse o ponerse muy seria o hacerse la sor-

---

2   **Eſtos troneras...** *these Don Juan types... as soon as they can brag of a conqueſt..., they say: "Have I ever seen you before?" That actually would be the beſt thing. If only the whole affair could be resolved so easily.*

3   La Caſtellana, or El Paseo de la Caſtellana is a famous avenue in Madrid.

4   **No se...** *one does not go out celebrating every day in places of ill repute*

5   **Desmenuzándose el...** *examining closely each other's attire hoping that a slight shaking up of the great sea of carriages would put an end to such an uncomfortable situation*

da.[6] También era fastidioso encontrarse en contacto íntimo con el fogoso tronco de un milord, que sacudía la espuma del hocico dentro de la ventanilla, salpicando el haz de lilas blancas sujeto en el tarjetero, que perfumaba el interior del coche.[7] Incidentes que
5 distraían por un instante a la marquesa de Andrade de la dulce quietud y del bienhechor° reposo producido por la frescura del   beneficial aire impregnado de aroma de lilas y flor de acacia, por la animación distinguida y silenciosa del paseo, por el grato reclinatorio que hacía a su cabeza y espalda el rehenchido° del coche, forrado°   cushioning, lined
10 de paño gris.

"¡Calle! Allí va Casilda Sahagún empingorotada en el campanario de su *break*.[8] ¿De dónde vendrá, señor? ¡Toma! Ya caigo;°   I see it now de la novillada° que armaron los muchachos finos, Juanito Albares,   bullfight with young Perico Gonzalvo, Paco Gironellas, Fernandín Hurtado...," En un   bulls
15 minuto recordó Asís la organización de la fiesta taurina: se habían repartido programas impresos en raso lacre,° redactados con   red satin muy buena sombra; no había nada más salado° que leer, por ejem-   amusing plo: "Banderilleros: Fernando Alfonso Hurtado de Mendoza (a) Pajarillas. –José María Aguilar y Austria (a) el Chaval." ¡Pues
20 poca broma hubo en casa de Sahagún la noche que se arregló el plan de la corrida! Y Asís estaba convidada también. Se le había pasado: ¡qué lástima! La duquesa, tan sandunguera° como de   alluring costumbre, hecha un cartón de Goya[9] con su mantilla negra y su

---

6   **Otras veces...** *other times Asís found herself stopped next to a carriage for hire, whose folding front seat was free and whose backseat was crowded with three rowdy young men, shop assistants or low-level government employees, that shouted out a barrage of vulgar expressions and nonsense; nothing else could be done besides put up with them point blank, which she did without knowing whether it was less rude to smile, to become very serious, or to ignore them.*

7   **También era...** *it was also annoying to find oneself in intimate contact with a lively pair of horses connected to an English carriage, horses that shook off the foam of their muzzles onto the window, splattering the bundle of white lilacs attached to the cardcase, which gave off their scent inside of the carriage.*

8   **Empingorotada en...** *perched atop her English carriage.* The *campanario*, or bell tower of the carriage does not literally exist, but rather serves as a metaphor for her status.

9   **Un carton de Goya** is a reference to the 63 tapestry cartoons painted by Francisco de Goya (1746-1828), which were commissioned by Charles the III, and later by Charles IV, of Spain. They were initially painted on canvas and later woven into tapestries. They mostly depict popular scenes of everyday life.

grupo de claveles; los muchachos, ufanísimos, en 'carretela descubierta,° envueltos en sus capotes° morados y carmesíes con ga-
lón° de oro. Lo que es torear habrían toreado 'de echarles patatas;°
pero ahora, nadie les ganaba a 'darse pisto° luciendo los trajes.
5 Revolvían° el paseo de la Castellana: eran el acontecimiento de
la tarde. Asís sintió un descanso mayor aún después de ver pasar
la comitiva° taurómaca: comprendió, guiada por el buen sentido,
que a nadie, en aquel conjunto de personas siempre entretenidas
por algún suceso gordo del orden político, o del orden divertido,
10 o del orden escandaloso con 'platillos y timbales,° se le ocurriría
sospechar su aventurilla del Santo. A buen seguro que por un par
de días nadie pensase más que en la becerrada° aristocrática.
    Este convencimiento de que su escapatoria no estaba llama-
da a trascender° al público, se robusteció en casa de las tías de
15 Cardeñosa. Las Cardeñosas eran dos buenas señoritas, soltero-
nas,° de muy afable condición, rasas de pecho, tristes de mirar,
sumamente anticuadas en el vestir, tímidas y dulces, no emanci-
padas, a pesar de sus cincuenta y pico, de la eterna infancia femenina; hablaban mucho de novenas, y comentaban detenidamen-
20 te los acontecimientos culminantes, pero exteriores, ocurridos en
la familia de Andrade y en las demás que componían su círculo
de relaciones; para las bodas tenían aparejada° una sonrisa golosa
y tierna, como si paladeasen° el licor que no habían probado nunca; para las enfermedades, calaveradas° de chicos y fallecimientos
25 de viejos, un melancólico arqueo de cejas, unos ademanes de re-
signación con los hombros y unas frases de compasión, que por
ser siempre las mismas, sonaban a indiferencia. Religiosas de
verdad, nunca murmuraban de nadie ni juzgaban duramente 'la
ajena conducta,° y para ellas la vida humana no tenía más que
30 un lado, el anverso, el que cada uno quiere presentar a las gentes.
Gozaban con todo esto las Cardeñosas fama de trato distingui-
dísimo, y su tarjeta hacía bien en cualquier bandeja de porcelana
de esas donde se amontona, en forma de pedazos de cartulina, 'la
consideración social.°
35   Para Asís, la insulsa° comida de las tías de Cardeñosa y la
'anodina velada° que la siguió, fueron al principio un bálsamo. Se
le disiparon las últimas vibraciones de la jaqueca y las 'postreras
angustias del estómago,° y el espíritu se le aquietó, viendo que

open carriage, capes
stripe, very badly
give off airs
stirred up

retinue

cymbals and kettledrums

bullfight

to be leaked

spinsters

prepared
were savoring
foolish actions

another's conduct

social importance

bland
dull evening gathering

last stomach pangs

aquellas señoras respetadísimas y excelentes la trataban con el acostumbrado afecto y comprendiendo que ni por las 'mientes° ── mind se les pasaba imaginar de ella nada censurable.

El cuerpo y el alma se le sosegaban 'a la par,° y gracias a tan ── at the same time
5 saludable reacción, *aquello* se le figuraba una especie de pesadilla, un cuento fantástico...

Pero obtenido este estado de calma tan necesario a sus nervios, empezó la dama a notar, hacia eso de las diez, que se aburría ferozmente, 'por todo lo alto,° y que le entraban ya unas ganas de ── in an ostentatious way
10 dormir, ya unos impulsos de tomar el aire, que se revelaban en prolongados bostezos y en revolverse° en la butaca como si estuviese ── to shift about tapizada de alfileres punta arriba.¹⁰ Tanto, que las Cardeñosas lo percibieron, y con su inalterable bondad comenzaron a ofrecerle otro sillón de distinta forma, el rincón del sofá, una 'silla de reji-
15 lla,° un taburetito para los pies, un cojín para la espalda. ── chair with a wicker seat

"No os incomodéis... Mil gracias... Pero si estoy perfectamente."

Y no atreviéndose a mirar el suyo, echaba un ojo al reloj de sobremesa, un Apolo de bronce dorado, de cuya clásica desnudez
20 ni se habían enterado siquiera las Cardeñosas, en cuarenta años que llevaba el dios de estarse sobre la consola del salón en postura académica, con la lira 'muy empuñada.° El reloj... por supuesto, ── firmly grasped se había parado desde el primer día, como todos los de su especie. Asís quería disimular, pero se le abría la boca y se le llenaban de
25 lágrimas los ojos; abanicándose estrepitosamente,° contestando ── noisily por máquina a las interrogaciones de las tías acerca de la salud de su niña y los proyectos de veraneo, inminentes ya. Las horas corrían, sin embargo, derramando en el espíritu de Asís el opio del fastidio... Cada rodar de coches por la retirada calle en que
30 habitaban las Cardeñosas, le producía una sacudida° eléctrica. Al ── tremor fin hubo uno que paró delante de la casa misma... ¡Bendito sea Dios! Por encanto recobró la dama su alegría y amabilidad de costumbre, y cuando la criada vino a decir: "Está el coche de la señora marquesa," tuvo el heroísmo de responder con indiferencia
35 fingida: "Gracias, que se aguarde."

A los dos minutos, alegando que había madrugado un poco, arrimaba las mejillas al pálido pergamino de las de sus tías, daba

---

10 **Tapizada de...** *upholStered with pins with their points facing up*

un glacial beso al aire y bajaba la escalera repitiendo: "Sí..., cualquier día de estos... ¡Qué! Si he pasado un rato buenísimo...
¿Mañana sin falta... eh? las papeletas de los Asilos. Mil cosas al
padre Urdax."

5   Al tirar de la campanilla en su casa, tuvo una corazonada rarí-
sima. Las hay, las hay, y el que lo niegue es un miope del corazón,
que rehúsa a los demás la acuidad° del sentido porque a él le falta.   acuity
Asís, mientras sonaba el campanillazo, sintió 'un hormigueo° y   the sensation of pins and
un temblor en el pulso, como si semejante tirón fuese algún acto   needles
10   muy importante y decisivo en su existencia. Y no experimentó
ninguna sorpresa, aunque sí una violenta emoción que por poco
la hace caerse redonda al suelo, cuando en vez de la Diabla o del
criado, vio que le abría la puerta aquel pillo, aquel grandiosísimo
truhán.

II

L O BUENO FUE QUE la dama, lejos de sorprenderse, saludó
a Pacheco como si el encontrarle allí a tales horas le pa-
reciese la cosa más natural del mundo, y, recíprocamente,
Pacheco empleó también con ella todas las fórmulas de cortesía
5 acostumbradas cuando un caballero se encuentra a una señora
de cumplido, respetable, ya que no por sus años, por su carácter
y condición. Se hizo atrás para dejarla pasar, y al seguirla al saloncito de confianza, donde ardía sobre la 'mesa de tijera° la gran   folding table
lámpara con pantalla rosa velada° de encaje, se quedó próximo   covered
10 a la puerta y en pie, como el que espera una orden de despedida.

"Siéntese usted, Pacheco...," tartamudeó la señora, bastante
aturrullada° aún.   bewildered

El gaditano no se sentó, pero adelantó despacio, como recelo-
so;° parecía, por su continente, algún hombre poco avezado° a so-   mistrustful, accustomed
15 ciedad: pero este aspecto, que Asís atribuyó a hipocresía refinada,
contrastaba de un modo encantador con la soltura de su cuerpo
y modales, la elegancia no estudiada de su vestir, la finura de su
chaleco blanquísimo, su tipo de persona principal. Viéndole tan
contrito, Asís se rehízo y cobró ánimos. "Gran ocasión de 'leer-
20 le la cartilla° al señorito este: ¿conque muy manso y fingiéndose   to give a lecture
arrepentido, eh? Ahora lo verás..." Porque la dama, en su inex-
periencia, se había figurado que su compañero de romería iba a
entrar 'hecho un sargento,° y a las primeras de cambio le iba a sol-   taking charge
tar un abrazo furibundo o cualquier gansada° semejante... Pero   silly thing
25 ya que gracias a Dios se manifestaba tan comedido, bien podía
la señora 'acusarle las cuarenta.° Y Asís abrió la boca y exclamó: give him a piece of her
"Conque usted aquí... Yo quisiera... yo..."   mind

El gaditano se acercó todavía más, hasta ponerse al lado de
la dama, que seguía en pie junto a la mesa. La miró fijamente y
30 luego pronunció como el que dice la cosa más patética del mundo: "A mí va usted a regañarme too lo que guste... A los criados

ni chispa... La culpa es mía toa.° Un cuarto de hora de conversa-　　= **toda**
ción con la chica me ha costao° el entrar. Hasta requiebros° le he　　= **costado**, flirtatious
soltao.° Y na, ni por esas. Al fin le dije... que vamos, que ya sabía　　remarks; = **soltado**
usted que yo vendría y que para recibirme a mí se quería usted
5　negar a los demás. Ríñame usted, que lo 'meresco too.°"　　= **merezco todo**

　　Estas enormidades las murmuró con tono lánguido y quejumbroso, con los ojos mortecinos y un aire de melancolía que
daba compasión. Asís se quedó 'de una pieza,° así al pronto; que　　speechless
después se le deshizo el nudo de la garganta y las palabras le salie-
10　ron a borbotones. Ea..., ahí va... Ahora sí que me desato...

　　"Sí señor, que merece usted... Pues hombre... 'me pone usted
en berlina° con mis criados... ¡Por eso se escondieron cuando yo　　you make me look
entraba... y le dejan a usted que abra la puerta! ¡Gandules° de　　ridiculous; good-for-
profesión! A la Angelita yo 'le diré cuántas son cinco...° Y lo que　　nothings; I will tell her
15　es a Perfecto... Alguno podrá ser que no duerma en casa esta　　like it is
noche...¹ Los enemigos domésticos... Aguarde usted, aguarde
usted... Estas jugadas° no me las hacen ellos a mí... ¡Habrase vis-　　tricks
to! ¡Para esto los trata uno del modo que los trata! ¡Para que le
vendan a las primeras de cambio!"²

20　Comprendía la misma señora que se ponía algo ordinaria
chillando y manoteando así, y lo peor de todo, que era predicar
en desierto, pues ni siquiera podían oírla desde la cocina; además,
Pacheco, en vez de asustarse con tan caliente reprimenda, pareció
que recobraba los espíritus, 'se llegó más,° y bajando la cabeza,　　he came closer
25　acarició las sienes de la enojada. Esta se echó atrás, no tan pronto
que ya no la sujetase blandamente por la cintura un brazo del
gaditano y que éste no balbuciese a su oído: "¿A qué te enfadas
con los criados, chiquilla? ¿No te he dicho que no tienen culpa?
Mira, esa chica que te sirve, vale un Perú. Te quiere bien. Le daba
30　dinero y no lo admitió ni hecha peazos.³ Dijo que con tal que tú
no la riñeses... Ahora si gritas se armará un escándalo... Pero me
iré cuanto tú lo mandes. Que sí me iré, mujer...

　　Al anunciar que se iba, se sentó en el sofá-diván, obligando
a la señora a sentarse también. Esta notaba una turbación que ya

---

1　**Alguno podrá...** *it could be that he will not be sleeping here tonight*
2　**Para que...** *so that they betray you at the first opportunity*
3　**Le daba...** *I gave her money and she refused it; she'd rather be cut in pieces*

no se parecía a la pseudocólera de antes, y, por lo bajo, murmuraba: "Pues váyase usted... Hágame el favor de irse. Por Dios..."

"¿Ni un minuto hay para mí? Estoy enfermo... ¡Si vieses! En toda la noche no he dormido, no he pegado los ojos."

Asís iba a preguntar: "¿por qué?" pero calló, pareciéndole inconveniente y necia la pregunta.

"Necesitaba saber de ti... Si estabas ya buena, si habías descansado... Si me querías mal, o si me mirabas con alguna indulgencia. ¿Dura el mal humor? ¿Y esa cabecita? ¿A ver?"

Se la recostó sobre el hombro, sujetándola con la palma de la mano derecha. Asís, esforzándose en romper el lazo, notaba disminuidas sus fuerzas por dos sentimientos: el primero, que viendo tan sumiso y moderado al gran pillo, le habían entrado unas miajas de lástima; el segundo..., el sentimiento eterno, la maldita curiosidad, la que perdió en el Paraíso a la primera mujer, la que pierde a todas, y tal vez no sólo a ellas sino al género humano... ¿A ver? ¿Cómo sería? ¿Qué diría Pacheco ahora?

Pacheco, en un rato, no dijo nada; ni chistó. Su palma fina, sus dedos enjutos y nerviosos oprimían suavemente la cabeza y sienes de Asís, lo mismo que si a esta le durase aún el mareo de la víspera y necesitase la medicina de tan sencillo halago. En la sala parecía que la varita de algún mágico invisible derramaba silencio apacible y amoroso, y la luz de la lámpara, al través de su celosía de encaje, alumbraba con poética suavidad el recinto. La sala estaba amueblada con esas pretensiones artísticas que hoy ostenta todo bicho viviente, sepa o no sepa lo que es arte, y con ese aspecto de prendería que resulta de aglomerar el mayor número posible de cosas inconexas. Sitiales, butacas bajas y coquetonas, mesillas forradas de felpa° imitando un corazón o una hoja de plush trébol, columnas que sostienen quinqués, divancitos cambiados donde la gente puede gozar del placer de darse la espalda y coger un tortícolis, alguna drácena en jardineras de cinc, un perro de porcelana haciendo centinela junto a la chimenea, y dos hermosos vargueños° patrimoniales restaurados y dorados de nuevo... Vargueño desks Todo revuelto, colocado de la manera que más dificultase el paso a la gente, haciendo un archipiélago donde no se podía navegar sin práctico. ¿Y las paredes? Si el suelo estaba intransitable, en las paredes no quedaba sitio libre para un clavo, pues el buen mar-

qués de Andrade, incapaz de distinguir un Ticiano de un Ribera,
la había dado algún tiempo de protector de jóvenes artistas, lle-
nando la casa de acuarelas con chulas, matones del Renacimiento
o damas Luis XV; de manchas, apuntes y bocetos hechos a punta
de cuchillo, o a yema de dedo, tan libres y tan francos, que ni
el mismo demonio adivinaría lo que representaban; de tablitas
lamidas y microscópicas, encerradas en marcos cinco veces mayores; de fotografías con retumbantes dedicatorias; migajas de
arte, en suma, que al menos cubren la vulgaridad del empapelado
y distraen gratamente la vista. Y en hora semejante, en medio de
la amable paz que flotaba en la atmósfera y con la luz discreta
transparentada por el encaje, los cachivaches se armonizaban, se
fundían en una dulce intimidad, en una complicidad silenciosa; la misma horrible carátula° japonesa colgada encima de un   mask
vargueño y de uno de cuyos ojos se descolgaba una procesión de
monitos de felpa,⁴ tenía un gesto menos infernal; el pañolón° de   shawl
Manila que cubría el piano, abría alegremente todas sus flores;
las begonias, próximas a la entreabierta ventana, se estremecían
como si las acariciase el vientecillo nocturno... Sólo el *bull-dog*
de porcelana, sentado como una esfinge,° miraba con alarman-   sphinx
te persistencia al grupo del sofá, guardando una actitud digna y
enérgica, como si fuese celoso guardián puesto allí por el espíritu del respetable marqués difunto... Casi parecería natural que
abriese las fauces,° soltase un ladrido de alarma, y se abalanzase   jaws
dispuesto a morder...

    Pacheco decía bajito, con el ceceo mimoso y triste de su pro-
nunciación: "¿Te sospechabas tú lo de ayer, chiquilla? ¿A que sí?
Mira, no me digas no, que las mujeres estáis siempre de vuelta
en esas cosas... ¡A ver si se calla usted y no me replica! Tú veías
muy bien, picarona, que yo estaba muerto, lo que se dice muer-
to... Sólo que creíste poder 'dejarme en blanco...° Pero sospechar...   ignore me
¡Quia! ¡Si 'lo calaste° desde el mismo momento que tiré el puro   you saw through it
en los jardines! ¿Y tú te gosabas° en verme a mí sufrir, no es eso?   = gozabas
¡Somos más malos! Toma en castigo... ¡Y qué bonita estabas, gitana salá!° ¿Te ha dicho a ti algún hombre bonita? ¿No? ¡Pues   = salada
ahora te lo digo yo, vamos! y valgo más que toos...° Oye, en el co-   = todos
che te hubiese yo requebrado seis 'dosenas de veses...,° te hubiese   = docena de veces

---

4   **De uno...** *out of one of its eyes hung a string of plush monkeys*

llamao° mona, serrana, matadora de hombres... Sólo que no me   = llamado
atrevía, ¿sabes tú? Que si me atrevo, te suelto toas° las flores de la   = todas
primavera en un ramiyetico."°   bouquet

    Aquí Asís, sin saber por qué, recobró el uso de la palabra, y
5 fue para gritar: "Sí..., como a la chica del merendero..., y a mi
criada..., y a todas cuantas se ofrece... Lo que es por palabrería
no queda."⁵

    La interrumpió un enérgico tapabocas.

    "No compares, chiquiya,° no compares... Tonterías que se   = chiquilla
10 disen° por pasá° el rato, pa que 'se encandilen° las mujeres...   = dicen, = pasar, be-
Contigo..., ¡Virgen Santa! tengo yo una ilusión..., ¡una ilusionasa   come impressed
de volverme loco! Has de saber que yo mismo estoy pasmao° de   = pasmado
lo que me sucede. Nunca me quedé triste después de una cosa
así sino contigo. Hasta me falta resolución pa hablarte. Estoy
15 así... medio orgulloso y medio pesaroso. Más quisiera que nos
hubiésemos vuelto ayer antes de almorsá.° ¿No lo crees? ¿Ah, no   = almorzar
lo crees? Por estas..."⁶

    Y el meridional puso los dedos en cruz y los besó con ademán
popular. Asís se echó a reír 'mal de su grado.° Ya no había posibi-   in spite of herself
20 lidad de enfadarse: la risa desarma al más furioso. Y ahora, ¿qué
hacer? pensaba la dama, llamando en su auxilio toda su presencia
de ánimo, toda su habilidad femenil. Nada, muy sencillo... No
negarle la cita que pedía para el día siguiente por la tarde; porque
si se le negaba, era capaz de hacer cualquier desatino.° No, no...,   foolish action
25 contemporizar...,° otorgar la cita, y a la hora señalada..., ¡busca!   comply
estar en cualquier sitio menos donde Pacheco esperase... Y aho-
ra, procurar por bien que se largase cuanto más pronto... ¡Qué
diría el servicio! ¡En esa cocina estaría la Diabla 'haciendo unos
calendarios!°   making predictions

---

    5   **Lo que...** *as far as empty flattery goes, you have used it all*
    6   **Por estas** is the expression used when crossing and kissing one's
fingers as Pacheco proceeds to do. **Estas** is a reference to the **cruces** he makes
with his fingers.

13

Solía el comandante Pardo ir alguna que otra noche a casa de su paisana y amiga la marquesa de Andrade. Charlaban de mil cosas, disputando, acalorándose, y en suma, pasando la velada solos, contentos y entretenidos. De galanteo propiamente dicho, ni sombra, aun cuando la gente murmuraba (de la tertulia de la Sahagún saldría el chisme) que don Gabriel 'hacía tiro° al decente caudal° y a la agradable persona de Asís; si bien otros opinaban, con trazas° y tono de mejor informados, que ni a Pardo le importaba el dinero, por ser desinteresadísimo, ni las mujeres, por hallarse mal curada todavía la herida de un gran desengaño amoroso que en Galicia sufriera: una historia romántica y algo obscura con una sobrina, que por huir de él se había metido monja en un convento de Santiago.[1]

   Ello es que Pardo resolvió consagrar a la dama la noche del día en que la berlina echó la siesta famosa. Serían las nueve cuando llamó a la puerta. Generalmente, los criados le hacían entrar con un apresuramiento que delataba el gusto de la señora en recibir semejantes visitas. Pero aquella noche, así Perfecto (el mozo de comedor, a quien Asís llamaba Imperfecto por sus gedeonadas)[20] como la Diabla, se miraron y respondieron a la pregunta usual del comandante, titubeando e indecisos.

   "¿Qué pasa? ¿Ha salido la señorita? Los martes no acostumbra."

   "Salir..., como salir...," balbució Imperfecto.

was interested, wealth

appearances

= simplezas

---

1   This is a reference to Emilia Pardo Bazán's novel *La madre naturaleza* (1887) in which Gabriel Pardo proposes marriage to his niece Manuela Moscoso Pardo. She rejects him because she prefers to enter a convent in order to repent for having unknowingly committed incest with her half brother.

2   This is a word invented by the author based on the character Gedeón who appears in several theater pieces performed in Spain in the nineteenth century.

"No, salir no," acudió la Diabla, viéndole en apuro. "Pero está un poco..."

"Un poco dilicada,°" declaró el criado con tono diplomático.   = delicada

"¿Cómo delicada?" exclamó el comandante alzando la voz.

5 "¿Desde cuándo se encuentra enferma? ¿Y qué tiene? ¿Guarda cama?"

"No señor, guardar cama no... Unas miagas° de jaqueca..."   = miajas

"¡Ah! bien: díganle ustedes que volveré mañana a saber... y que le deseo alivio. ¿Eh? ¡No se olviden!"

10 Acabar de decir esto el comandante y aparecer en la antesala Asís en bata y arrastrando chinelas finas, 'fue todo uno.°   both happened at once

"Pero que siempre han de entender al revés cuanto se les manda... Estoy, Pardo, estoy visible... Entre usted... Qué tienen que ver las órdenes que se dan así, en general, para la gente de cumpli-

15 do...³ Haga usted el favor de pasar aquí..."

Gabriel entró. La sala estaba tan simpática, tan tentadora, tan fresca como la víspera; la pantalla de encaje filtraba la misma luz rosada y ensoñadora; en un talavera de botica se marchitaba un ramo de lilas y rosas blancas. Tropezó el pie del comandante, al ir

20 a sentarse en su butaca de costumbre, con un objeto medio oculto en las arrugas del tapiz turco arrojado ante el diván.⁴ Se bajó y recogió del suelo el estorbo,° maquinalmente. Asís extendió la   obstacle mano, y a pesar de lo muy distraído y sonámbulo que era Gabriel, no pudo menos de observar la agitación de la dama al recobrar la

25 prenda, que era uno de esos tarjeteros° sin cierre, de cuero inglés,   cardcases con dos iniciales de plata enlazadas, prenda evidentemente masculina. Por un instinto de discreción y respeto, Gabriel se hizo el tonto y entregó su hallazgo sin intentar ver la cifra.

"Pues me habían dado un susto ese Imperfecto y esa Diabla...,"

30 murmuró, tratando de disimular mejor la sorpresa. "Están en Belén...⁵ ¿Se había usted negado, sí o no?"

"Le diré a usted... Di una orden... Claro que con usted no rezaba;⁶ bien ha visto usted que le llamé...," alegó° la señora con   alleged

---

3   **Qué tienen...** *such orders given in regards to formal acquaintances in general, do no not apply here*

4   **Oculto en...** *hidden in the folds of the Turkish tapestry thrown in front of the couch*

5   **Están en...** *they have their head in the clouds*

6   **Con usted...** *it didn't have to do with you*

acento contrito, cual si se disculpase de alguna falta gorda, y muy
inmutada,° aunque esforzándose también en no descubrirlo.   upset

"¿Y qué es ello? ¿Jaqueca?"

"Sí..., bastante incómoda." (Asís se llevó la mano a la sien.)

5   "Entonces le voy a dar a usted 'la noche° si me quedo. La deja-   a bad night
ré a usted descansar... En durmiendo se pasa."

"No, no, qué disparate...° No se va usted. Al contrario..."   crazy idea

"¿Cómo que al contrario? Ruego que se expliquen esas palabras," exclamó el comandante, aprovechando la ocasión de bro-
10 mear para que se le quitase a Asís el sobresalto.°   fright

"Se explicarán... Significan que va usted a acompañarme por
ahí fuera un ratito... A dar una vuelta a pie. Me conviene espar-
cirme,° tomar el aire..."   amuse myself

"Iremos a un teatrillo... ¿Quiere usted? Dicen que es muy gra-
15 cioso *El Padrón Municipal*, en Lara."[7]

"Teatrillo..., ¿calor, luces, gente? Usted pretende asesinarme.
No: si lo que me pide el cuerpo es ejercicio. Así, conforme° estoy,   suitable
sin vestirme... 'Me planto° un abrigo y un velo... Me calzo... y   I'll put on
jala.°"   = **hala** *all ready*

20   "A sus órdenes."

Cuando salieron a la calle, Asís suspiró, aliviada, y con el impulso de su andar señaló la dirección del paseo.

El barrio de Salamanca, a trechos,° causa la ilusión gratísima   by intervals
de estar en el campo: masas de árboles, ambiente oxigenado y
25 oloroso, espacio libre, y una bóveda de firmamento que parece
más elevada que en el resto de Madrid.

La noche era espléndida, y al levantar Asís la cabeza para contemplar el centelleo° de los astros, se le ocurrió, por decir alguna   sparkle
cosa, compararlos a las joyas que solía admirar en los bailes.

30   "Aquellas cuatro estrellitas seguidas parecen el imperdible°   pin
de la marquesa de Riachuelo... cuatro brillantazos° que le dejan   huge diamonds
a uno bizco.° Esa constelación... ¡allí, hombre, allí! hace el mis-   cross-eyed
mo efecto que la joya que le trajo de París su marido a la Torres-
Nobles... Hasta tiene en medio una estrellita amarillenta, que
35 será el brillante brasileño del centro. Aquel lucero° tan bonito,   bright star
que está solo..."

---

7   El Padrón Municipal is the name of a zarzuela and Lara is the name
of a theater in Madrid.

"Es Venus... Tiene algo de emblemático eso de que Venus[8] sea tan guapa."

"Usted siempre confundiendo lo humano y lo divino..."

"No, si la mezcolanza° fue usted quien la armó comparando   strange mixture
5   los astros a las joyas de sus amiguitas. ¡Qué hermoso es el cielo de Madrid!" añadió después de breve silencio. "En esto tenemos que 'rendir el pabellón,° paisana. Nuestro suelo es más fresco, más   admit bonito: pero la limpieza de esta atmósfera... Allá hay que mirar hacia abajo, aquí hacia arriba."

10   Callaron un ratito.

En aquel dosel° azul sembrado de flores de pedrería,° Asís y   canopy, precious stones el comandante veían la misma cosa, un tarjetero de piel inglesa; y como por magnética virtud, sentían al través de sus brazos, que se tocaban, el mutuo pensamiento.

15   Hallábanse al final del Prado,[9] enteramente desierto a tales horas, con sus sillas recogidas y vueltas. Se escuchaba el murmurio° monótono de la Cibeles, y allá en el fondo del jardincillo,   murmuring of a stream tras las irregulares masas de las coníferas,° destacaba el Museo[10]   coniferous trees su elegante silueta de palacio italiano. No pasaba un alma, y la
20   plazuela de las Cortes,[11] a la luz de sus faroles de gas, parecía tan solitaria como el Prado mismo.

"¿Subimos hacia la Carrera?"[12] interrogó Pardo.

"No, paisano... ¡Ay Jesús! A los dos pasos nos encontrábamos algún conocido, y mañana..., chi, chi, chi..., cuentecito en casa de
25   Sahagún o donde se les antojase. Bajemos hacia Atocha."

"Y usted, ¿por qué da a *eso* tanta importancia? ¿Qué tiene de particular que salga usted a tomar el fresco en compañía de un amigo formal? Cuidado que son majaderas° las fórmulas° socia-   foolish, prescribed
    model

---

8   Venus is the Roman god of love and beauty.

9   Prado is a reference to the Paseo del Prado, one of the main boulevards in Madrid that passes by the famous fountains of Cibeles and Neptune, as well as the Prado Museum.

10   Museo is a reference to the Museo del Prado, which contains one of the most important collections of European art (12th through the 19th centuries) in the world.

11   Plaza de las Cortes is a plaza facing the Palacio de las Cortes, the parliament building, on the Carrera de San Jerónimo.

12   Carrera is a reference to the Carrera de San Jerónimo, a major street that runs from the Puerta del Sol to the Neptune fountain.

les. Yo puedo ir a su casa de usted y estarme allí las 'horas muertas°   free time
sin que nadie se entere ni se ocupe, y luego, si salimos reunidos a
la calle media hora... cataplum.°"   bang

"Qué manía tiene usted de ir contra la corriente... Nosotros
5   no vamos a volver el mundo patas arriba. Dejarlo que ruede.
Todo tiene sus porqués, y en algo se fundan esas precauciones o
fórmulas, como usted les llama. ¡Ay! ¡Qué fresquito tan hermoso
corre!"

"¿Está usted mejor?"
10   "Un poco. Me da la vida este aire."

"¿Quiere usted sentarse un rato? El sitio convida.°"   is inviting

Sí que convidaba el sitio, a la vez acompañado y solo: unos
anchos asientos de piedra que hay delante del Museo, a la entrada de la calle de Trajineros, la cual si por su gran proximidad a
15   la plazuela de las Cortes resulta céntrica y decorosa, a semejante
hora compite en lo desierta con el despoblado más formidable
de Castilla. Las acacias 'prodigaban su rica esencia,° y si el co-   lavished their rich
mandante tuviese propósito de declarar a la señora algún atrevi-   perfume
do pensamiento, nunca mejor. No sería así, porque después de
20   tomar asiento se quedaron mudos ella y él; Asís, además de muda,
estaba 'cabizbaja y absorta.°   pensive and absorbed in
thought
No es posible que esta clase de pausas se establezcan en una
entrevista a solas de hombre y mujer, en tales sitios y horas, sin
producirles a los dos un estado de ánimo singular, a la vez atrac-
25   tivo y embarazoso. El comandante limpió sus quevedos,° opera-   eyeglasses
ción que verificaba° muy a menudo, volvió a calárselos° y salió   carried out, put them on
por la puerta o por la ventana, juzgando que la señora desearía
explayarse.¹³

"A mí 'no me la pega usted° con jaquecas, Paquita... usted   you don't deceive me
30   tiene algo... alguna cosa que la preocupa en gordo... No se me
alarme usted: ya sabe que somos amigos viejos."

"Pero si no tengo nada... ¡Qué ocurrencia!°"   idea

"Mejor, señora, mejor, celebro que sea así," dijo don Gabriel
retrocediendo discretamente. "Yo, en cambio, le podría confiar a
35   usted penas muy grandes..., cosas raras."

"¿Lo de la sobrina?" preguntó Asís con curiosidad, pues ya

---

13   **Salió por...** *he said something off topic judging that his lady
companion would like to expand on the subject*

dos o tres veces en conversación familiar habían aludido 'de rechazo° a ese misterio de la vida de don Gabriel.

incidentally

"Sí: al menos la parte mía..., lo que me toca..., eso puedo contárselo a usted. Sabe Dios cómo lo glosa° la gente." (Pardo se alzó el sombrero porque tenía las sienes húmedas de sudor.) "Creo que se dice que la pobrecilla me detestaba y que por librarse de mí entró en un convento 'de novicia...° Falso. No me detestaba, y es más: me hubiera querido con toda su alma a la vuelta de poco tiempo... Sólo que ella misma no acertó a descifrarlo. Cuando me conoció, estaba comprometida con otro hombre... cuya clase... no... En fin, que no podía aspirar a ser su marido. Y al convencerse de esto, la infeliz muchacha pensó que se acababa el mundo para ella y que no tenía más refugio que el convento. ¡Ay, Paquita! ¡Si supiese usted qué ratos... qué tragedia! Es asombroso que después de ciertos acontecimientos pueda uno volver a vivir como antes..., y vaya a tertulias y 'se chancee,° y mire otra vez a las mujeres, y le agraden, sí..., como me agrada usted, por ejemplo..., y 'no lo eche usted a mala parte,° que no soy 'pretendiente importuno,° sino amigo de verdad. Ya sabe usted cómo digo yo las cosas."

to comment on

as a novice

joke

don't interpret it wrong

troublesome suitor

Oía la dama la voz del artillero y al par otra interior que zumbaba confusamente:[14] "Confíale algo..., al menos indícale tu situación... Ideas estrafalarias las tiene, y a veces es poco práctico, pero es leal... No corres peligro, no... Así te desahogarás... Tal vez te aconseje bien. Anda, boba... ¿No hace él confianza en ti? Además... no creas que callando le engañas... ¡Quítale ya la escama del tarjetero!"[15]

A pesar de las excitaciones de la voz indiscreta, la señora, en alto, decía tan sólo: "¿Conque la chica le quería a usted algo? ¿Sin saberlo? ¡Eso es muy particular! ¿Y cómo lo explica usted?"

"¡Ay, Paquita! He renunciado a explicar cosa alguna... No hay explicación que valga para los fenómenos del corazón. Cuanto más se quieren entender, más se obscurecen. Hay en nosotros anomalías tan raras, contradicciones tan absurdas... Y a la vez cierta lógica fatal. En esto de la simpatía sexual, o del amor, o

---

14   **Oía la...** *the lady heard the voice of the artilleryman together with another interior voice that resounded confusingly*

15   **¡Quítale ya...** *explain the injury surrounding the cardcase!*

como usted guste llamarle, es en lo que se ven mayores extravagancias. Luego, a los caprichos° y las desviaciones y los brincos°   whims, leaps
de esta víscera° que tenemos aquí, sume usted la maraña° de ideas   organ, entanglement
con que la sociedad complica los problemitas psicológicos. La
5   sociedad..."

"Contigo tengo la tema,° morena...," interrumpió Asís festiva-   contention
mente. "Usted le echa a la sociedad todas las culpas. Ahí que no
duele. Ya no sé cómo tiene espaldas la infeliz."¹⁶

"Pues, figúrese usted, paisana. Como que de mi tragedia úni-
10 camente es responsable la sociedad. Por atribuir exagerada importancia a lo que tiene mucha menos ante las leyes naturales.
Por hacer lo principal de lo accesorio. En fin, 'punto en boca.° No   I won't say anything else
quiero escandalizarla a usted."

"Paisano... Pero si me da mucha curiosidad eso que iba usted
15 diciendo... No me deje a media miel...¹⁷ Todas las cosas pueden
decirse, según como se digan. No me escandalizaré, vamos."

"Bien, siendo así... Pero ya no sé en qué estábamos... ¿Usted
se acuerda?"

"Decía usted que lo principal y lo accesorio... Eso será alguna
20 herejía tremenda, cuando no quiso usted pasar de ahí."

"Sí, señora... Verá usted, la herejía... Yo llamo accesorio a lo
que en estas cuestiones suele llamarse principal... '¿Se hace usted
cargo?°"   do you understand?

Asís no respondió, porque pasaba un mozalbete° silbando un   young lad
25 aire° de zarzuela y mirando 'de reojo° y con malicia al sospechoso   song, furtively
grupo. Cuando se perdió de vista, pronunció la dama: "¿Y si me
equivoco?"

"¿No se asusta usted si lo expreso claramente?"

La verdad, desde cierta distancia aquello parecía un diálogo
30 amoroso. Acaso la valla° que existía para que ni pudiese serlo ni   hurdle
llegase a serlo jamás, era un delgado y breve trozo de piel inglesa,
la cubierta de un tarjetero.

"No, no me asusto... Vamos a hablar como dos amigos... fran-
camente."

---

16   **"Contigo tengo...** *"ou are always insisting on the same contention..."*
Asís interrupted festively. "You blame society for everything. That way it does not
hurt. I do not know how that contention can still stand."

17   **No me...** *don't leave me hanging*

"¿Quedamos en eso? ¡Magnífico! Pues conste que ya no tiene usted derecho para reñirme si se me va la lengua... Procuraré, sin embargo... En fin, entiendo por accesorio... aquello que ustedes juzgan irreparable. ¿Lo pongo más claro aún?"

5 "No, ¡basta!" gritó la señora. "Pero entonces, ¿qué es lo principal según usted?"

"Una cosa que abunda menos..., en cambio, vale más... La realidad de un cariño muy grande entre dos... ¿Qué le parece a usted?"

10 "¡Caramba!" exclamó la señora, meditabunda.°   pensive

"Le voy a proponer a usted una demostración de mi teoría... Ejemplo; como dicen los predicadores. Imagínese que en vez de estar en el Prado, estamos en Tierra de Campos,[18] a dos leguas de un poblachón; que yo soy un bárbaro; que 'me prevalgo de° la   I take advantage of

15 ocasión, y abuso de la fuerza, y le falto a usted al respeto debido... ¿Hay entre nosotros, dos minutos después, algún vínculo que no existía dos minutos antes? No señora. Lo mismo que si ahora 'se trompica° usted con una esquina..., se hace daño..., procura apar-   stumble tarse y andar con más cuidado otra vez... y acabóse."

20 "Pintado el lance° así..., lo que habría, que usted me parecería   incident atroz de antipático y de bruto."

"Eso sí... pero vamos a perfeccionar el ejemplo, y pido a usted perdón de antemano por una conversación tan *shocking*. Pues no señora: suponga usted que yo no abuso de la fuerza ni ese es el ca-

25 mino. Lo que hago es explotar con maña la situación y despertar en usted ese germen que existe en todo ser humano... Nada de violencia: si acaso, en el terreno puramente moral... Yo soy hábil y provoco en usted un momento de flaqueza..."

Fortuna que era de noche y estaba lejos el farol, que si no, el

30 sofoco y el azoramiento° de la dama se le meterían por los ojos al   embarrassment comandante. "Lo sabe, lo sabe," calculaba para sí, toda trémula y en voz alterada y suplicante, exclamó interrumpiendo: "¡Qué horror! ¡Don Gabriel!"

"¿Qué horror? ¡Mire usted lo que va de ustedes a nosotros![19]

---

18   Tierra de Campos is a comarca that includes parts of the provinces of León, Zamora, Valladolid and Palencia.

19   **¡Mire usted...** *do you see the difference between you women and us men!*

Ese horror, Paquita del alma, no les parece horrible a los caballeros que usted trata y estima: al marqués de Huelva con su severidad de principios y su encomienda de Calatrava que no se
quita ni para bañarse..., al papá de usted tan amable y francote...,
5 yo..., el otro..., toditos. Es valor entendido y a nadie le extraña
ni le importa un bledo. Tratándose de ustedes es cuando por lo
más insignificante se arma una batahola de mil diablos, que no
parece sino que arde por los cuatro costados Madrid.[20] La infeliz
de ustedes que resbala, si olfateamos el resbalón, nos arrojamos a
10 ella como sabuesos, y o puede casarse con el seductor, o la matri-
culamos en el gremio de las mujeres galantes[21] hasta la hora de la
muerte. Ya puede después de su falta llevar vida más ejemplar que
la de una monja: la hemos fallado..., no nos la pega más. O bodas, o es usted una corrida, una perdida de profesión...[22] ¡Bonita
15 lógica! Usted, niña inocente, que cae víctima de la poca edad, la
inexperiencia y la tiranía de los afectos y las inclinaciones naturales, púdrase° en un convento, que ya no tiene usted más camino...   rot
Amiga Asís... ¡Tonterías!"

 Mientras hablaba el comandante, su fantasía, en vez de los
20 plátanos del jardincillo, le representaba otras masas sombrías de
follaje, robles y castaños; y el olor fragante de las flores de acacia
le parecía el de las silvestres mentas que crecen al borde de los lin-
deros en el valle de Ulloa. La dama que tenía a su lado, por otro
fenómeno de 'óptica interior,° veía el rebullicio° de una feria, una   internal lens, great
25 casita al borde del Manzanares, un cuartuco estrecho, un camas-   tumult
tro, una taza de té volcada...

 "Tonterías," prosiguió don Gabriel sin fijarse en la gran emoción de Asís, "pero que se pagan caras a veces... Sucede que 'se
nos imponen,° y que por obedecerlas, una mujer de instintos no-   they command our
30 bles se juzga manchada, vilipendiada, infamada por toda su vida   respect
a consecuencia de un minuto de extravío,° y, de no poder casar-   excess
se con aquel a quien se cree ligada para siempre jamás, se anula,

---

 20 **Se arma...** *they produce an uproar that makes it seem that all of
Madrid is on fire*
 21 **O la...** *or we put her on the list of the league of licentious women*
 22 **La hemos...** *we have judged and sentenced her..., she will not deceive
us anymore. Either you marry or you are a promiscuous woman, a lost woman by
profession*

se entierra, se despide de la felicidad por los siglos de los siglos[23]
[24]amén... Es monja sin vocación, o es esposa sin cariño... Ahí tiene usted donde paran ciertas cosas."

5   Al murmurar con amargura estas palabras, el comandante, en
lugar de la silueta gentil del Museo, veía las verdosas tapias del
convento santiagués, las negras rejas de trágicos recuerdos, y tras
de aquellas rejas 'comidas de orín° una cara pálida, con obscuros   corroded by rust
ojos, muy semejante a la de cierta hermana suya que había sido el
cariño más profundo de su vida.

---

23   **Se anula...** *she renounces everything, hides herself away, says goodbye*
to happiness forever

24   **Se anula...** *she renounces everything, hides herself away, says goodbye*
to happiness forever

14

"Vaya, Pardo... Es usted terrible. ¿Me quiere usted igualar la moral de los hombres con la de las mujeres?"

"Paquita..., dejémonos de clichés," (Pardo usaba muy a menudo esta palabrilla para condenar las frases o ideas vulgares.) "Tanto jabón llevan ustedes en las suelas del calzado como nosotros. Es una hipocresía detestable eso de acusarlas e infamarlas a ustedes con tal rigor por lo que en nosotros nada significa."

"¿Y la conciencia, señor mío? ¿Y Dios?"

La dama argüía con cierta afectada solemnidad y severidad, bajo la cual velaba una satisfacción inmensa. Iban pareciéndole muy bonitos y sensatos los detestables sofismas del comandante, que así pervierte la pasión el entendimiento.

"¡La conciencia! ¡Dios!" exclamó él remedando° el tono enfático de la señora. "Otro registro.° Bueno: toquémoslo también. ¿Se trata de pecadores creyentes? ¿Católicos, apostólicos, romanos?"

"Por supuesto. ¿Ha de ser todo el mundo hereje como usted?"

"Pues si tratamos de creyentes, la cuestión de conciencia es independiente de la de sexo. Aunque me llama usted hereje, todavía no he olvidado la doctrina; puedo decirle a usted 'de corrido° los diez mandamientos... y se me figura que rezan igual con ustedes que con nosotros.[1] Y también sé que el confesor las absuelve y perdona a ustedes igualito que a nosotros. Lo que pide a la penitente el ministro de Dios, es arrepentimiento, propósito de enmienda. El mundo, más severo que Dios, pide la perfección absoluta, y si no... O todo o nada."

"No, no; mire usted que también el confesor nos aprieta más las clavijas. Para ustedes la manga se ensancha un poquito...,"[2]

imitating
topic to be explored
by heart

1 **Rezan igual...** *they apply equally to you women as to us men*
2 **El confesor...** *the confessor brings home the argument more with us. They are a little more lenient with you men*

repuso Asís, saboreando el deleite de aducir malas razones para saborear el gusto de verlas refutadas.

"Hija, si eso hacen, es por prudencia, para que no desertemos del confesionario si nos da por frecuentarlo...³ 'En el fondo° ningún confesor le dirá a usted que hay un pecado más para las hembras. Es decir que la cosa queda reducida a las consecuencias positivas y exteriores..., al criterio social. En salvando éste, en no sabiéndose nada, el asunto no tiene más trascendencia en ustedes que en nosotros... Y en nosotros... ¡ayúdeme usted a sentir! (Al argüir así, el comandante castañeteaba° los dedos.) Ahora, si usted me ataca por otro lado..."

"Yo...," balbució la señora, sin pizca° de ganas de atacar.

"Si me sale usted con el respeto y la estimación propia..., con lo que cada cual se debe a sí mismo...

"Eso..., lo que cada cual se debe a sí mismo," articuló Asís 'hecha una amapola.°

"Convendré en que eso siempre realza° a una mujer; pero, en gran parte, depende del criterio social. La mujer se cree infamada después de una de esas caídas ante su propia conciencia, porque le han hecho concebir desde niña que lo más malo, lo más infamante, lo irreparable, es eso; que es como el infierno, donde no sale el que entra. A nosotros nos enseñan lo contrario; que es vergonzoso para el hombre no tener aventuras, y que hasta queda humillado si las rehúye...° De modo, que lo mismo que 'a nosotros nos pone muy huecos,° a ustedes las envilece. Preocupaciones hereditarias emocionales, como diría Spencer.⁴ Y vaya unos terminachos° que le suelto a usted."

"No, si yo con su trato ya me voy haciendo una sabia.° Todos los días me aporrea° usted los oídos con cada palabrota..."

"¿Y si yo le dijese a usted," prosiguió Pardo echándose a disertar,° "que *eso* que llamé accesorio en las aventurillas, me parece a mí que en el cariño verdadero, cuando están unidas así, así, como si las pegasen con argamasa,° las voluntades, llega a ser más accesorio aún? Es el complemento de otra cosa mucho más grande,

	basically
	snapped
	bit
	red as a poppy
	elevate
	avoid
	we feel proud
	= términos
	wise person
	bang on
	lecture
	mortar

---

3   **Para que...** *so that we men do not abandon the confessional if we decide to go regularly*

4   A reference to the English philosopher Herbert Spencer (1820-1903) who was both a positivist and an evolutionist.

que dura siempre, y que comprende° eso y todo lo demás... Lo *include*
estoy embrollando,° paisana. Usted se ríe de mí: a callar." *complicating*

Asís oía, oía con toda su alma, pareciéndole que nunca había
tenido su paisano momentos tan felices como aquella noche, ni
5 hablado tan discreta° y profundamente. Los dichos del coman- *prudently*
dante, que 'al pronto° lastimaban sus convicciones adquiridas, *at first*
entraban, sin embargo, como bien disparadas saetas° hasta el fon- *arrows*
do de su entendimiento y encendían en él una especie de hogue-
ra° incendiaria, a cuya destructora luz veía tambalearse° infinitas *bonfire, waver*
10 cosas de las que había creído más sólidas y firmes hasta entonces.
Era como si le arrancasen° del espíritu una muela dañada: dolor *pull out*
y susto al sentir el frío del instrumento y el tirón; pero después,
un alivio, una sensación tan grata viéndose libre de aquel cuerpo
muerto... Anestesia de la conciencia con cloroformo de malas
15 doctrinas, podría llamarse aquella operación quirúrgico-moral.

"Es un extravagante este hombre," pensaba la operada. "Decir
me está diciendo cosas estupendas... Pero se me figura que le
sobra la razón por encima de los pelos.[5] Habla por su boca la
justicia. ¿Va una a creerse criminal por unos instantes de error?
20 Siempre estoy a tiempo de pararme y no reincidir...° ¡Claro que si *fall back into error*
por sistema...! Ni él tampoco dice eso, no... Su teoría es que cier-
tas cosas que suceden así..., qué sé yo cómo, sin iniciativa ni pre-
meditación por parte de uno, no han de mirarse como manchas
de esas que ya nunca se limpian... El mismo padre Urdax de fijo
25 que no es tan severo en eso como la sociedad hipocritona... ¡Ay
Dios mío!... Ya estoy como mi paisano, echándole a la sociedad
la culpa de todo."

Al llegar aquí de sus reflexiones la dama, la molestó un cos-
quilleo,° primero entre las cejas, luego en la membrana de la na- *tickling sensation*
30 riz... ¡Aaach! Estornudó con ruido, estremeciéndose.

"¡Adiós! Ya se me ha resfriado usted," exclamó su amigo. "No
está usted acostumbrada a estas vagancias° 'al sereno...° Levántese *roaming about, in the*
usted y paseemos." *open air*

"No, si no es el rocío° lo que 'me acatarra a mí...° He tomado *dew, giving me a cold*
35 sol."

"¿Sol? ¿Cuándo?"

"Ayer..., digo, anteayer..., yendo..., sí, yendo a misa a las

---

5 **Le sobra...** *he is absolutely correct*

Pascualas. No crea usted: desde entonces ando yo... regular, nada más que regularcita. Cuando jaquecas, cuando mareos..."

"De todos modos... guíese usted por mí: andemos, ¿eh? Si sobre la insolación le viene a usted un pasmo...° o coge usted unas   chill
5 intermitentes° de estas de primavera en Madrid..."   intermittent fevers

"No me asuste usted... Tengo poco de aprensiva,°" contestó la   hypochondriac
dama levantándose y envolviéndose mejor en el abrigo.

"¿A su casa de usted?"

"Bien..., sí, vamos hacia allá despacio."

10   No siguió el comandante explanando sus disolventes° opi-   solvent
niones hasta la misma puerta de la señora. Al abrirla Imperfecto, Asís convidó a su amigo a que descansase un rato; él se negó; necesitaba darse una vuelta por el Círculo Militar, leer los periódicos extranjeros y hablar con un par de amigos, a última hora, en
15 Fornos.[6] Deseó respetuosamente las buenas noches a la señora y bajó las escaleras a 'paso redoblado.° Con el mismo echó ca-   double time
lle abajo aquel gran despreocupado, nihilista de la moral: y nos consta que iba haciendo este o parecido soliloquio, parecidísimo al que en igualdad de circunstancias haría otra persona que pen-
20 sase según todos los clichés admitidos: "Me ha engañado la viuda... Yo que la creía una señora impecable. Un apabullo° como   crushing blow
otro cualquiera. No he mirado las iniciales del tarjetero: serían... '¡vaya usted a saber!° Porque en realidad, ni nadie murmura de   who knows!
ella, ni veo a su alrededor persona que... En fin, cosas que suce-
25 den en la vida: chascos° que uno se lleva. Cuando pienso que a   disappointments
veces se me pasaba por la cabeza decirle algo formal... No, esto no es un 'caballo muerto,° ¡qué disparate! es sólo un tropiezo del   lost cause
caballo... No he llegado a caerme... ¡Así fuesen los desengaños todos!..."
30   Siguió caminando sin ver los árboles del Retiro, que se agrupaban en misteriosas masas a su derecha. Ni percibía el olor de las acacias. Pero él seguía oliendo, no a los cortesanos y pulidos vegetales de los paseos públicos, sino a otros árboles rurales, bravíos° y libres: los que producen la morena castaña que se asa en los   wild
35 magostos° de noviembre, en el valle de los Pazos.   open fires

---

6   Café de Fornos was a famous café and meeting place in Madrid.

15

LA TARDE DEL DÍA siguiente la dedicó Asís a pagar visitas.
Tarea maquinal y enfadosa,° deber de los más irritantes
que el pacto social impone. Raro es que nadie se someta a
él sin murmurar, por fuera o por dentro, del mundo y sus farsas.
5 Menos mal cuando las visitas se hacen, como las hacía la dama, en
pies ajenos.¹ Entonces lo arduo de la faena° empieza en las porte-
rías.° ¡Si todas las casas fuesen como la de Sahagún o la de Torres,
"Nobles, por ejemplo! Allí, antes de llegar, ya llevaba Asís en la
mano la tarjeta con el pico dobladito,² y al sentir rodar el coche,
10 ya estaba asomándose al ancho vano del portón el portero imponente, patilludo, correcto, amabilísimo,³ que recogía la tarjeta
preguntando: "¿Adónde desea ir la señora?" para transmitir la orden al cochero. Los Torres-Nobles, los Sahagún, los Pinogrande y
otras familias así, 'de muy alto copete,° no recibían sino de noche
15 alguna vez, y el llegarse a su casa para dejar la tarjeta representaba
una fórmula de cortesía facilísima de cumplir al bajar al paseo
o al volver de las tiendas. Pero si entre las relaciones de Asís las
había tan granadas,° otras eran de muchísimo menos fuste,° y algunas, procedentes de Vigo, rayaban en modestas.⁴ Y allí era el
20 entrar en portales angostos,° el parlamentar° con porteras gruño-
nas,° la desconsoladora respuesta: "Sí, señora, me paece° que no
ha salío° en to° el día de casa... Tercero con entresuelo, primero
y principal... a mano izquierda."⁵ Y la ascensión interminable, el
sobrealiento,° el tedio de subir por aquel caracol° obscuro, con
25 olores a cocina y a todas las oficinas caseras, y 'la cerril alcarreña°

burdensome

task
porter's stations

prominent

distinguished, social
standing
narrow, converse
grumpy, = parece
= salido, = todo

difficult breathing, spi-
ral staircase; the coarse
woman from Alcarria;

---

1 **En pies...** *when someone else takes you*
2 A card with a corner turned down indicated a social visit.
3 **Ya estaba...** *the impressive, pleasing and polite doorman with large sideburns was already beginning to appear in the wide doorway*
4 **Rayaban en...** *bordered on having a very moderate standard of living*
5 **Tercero con...** *third floor counting the mezzanine level, and the first and second floors... on the left-hand side*

que abre, y la acogida embarazosa, las empalagosas preguntitas, los chiquillos sucios y desgreñados,° los relatos de enfermedades, 'la chismografía viguesa° agigantada por la óptica de la distancia... Vamos, que era para renegar,° y Asís renegaba en su interior, con-
5 sultando sin embargo la lista de la cartera y diciendo con un suspiro profundo:," ¡Ay!... Aún falta la viuda de Pardiñas... la madre del médico de Celas..., y Rita, la hermana de Gabriel Pardo... Y esa sí que es urgente... Ha tenido al chiquillo con difteria..."

    Por lo mismo que el ajetreo° de las visitas había sido tan car-
10 gante,° que a la mayor parte se las encontrara° en casa y que no le sacaron sino conversaciones capaces de aburrir a una estatua de yeso, la dama regresaba a su vivienda con el espíritu muy sosegado. A semejanza de los devotos que si les hurga° la conciencia se imponen la obligación de rezar tres rosarios seguidos en una serie
15 considerable de padrenuestros, Asís, sintiéndose reo° de perturbación social, o al menos 'de amago de este delito,° se consagraba a cumplir minuciosamente los ritos de desagravio,° y como le habían producido tan soberano fastidio, juzgaba saldada° más de la mitad de su cuenta. Por otra parte, encontrábase decidida, "más
20 que nunca" a cortar las irregularidades de su conducta presente. Tenía razón el comandante: la falta, bien mirado, no era tan inaudita;° pero si trascendía° al público, ¡ah! ¡entonces! Evitar el escándalo y la reincidencia, garantizar 'lo venidero...,° y se acabó. Cortar de raíz, eso sí (la dama veía entonces la virtud en forma
25 de grandes y afiladísimas tijeras, como las que usan los sastres). Y bien podía hacerlo, porque, la verdad ante todo, su corazón no estaba interesado..., "Vamos a ver," argüía para sí la señora. "Supongamos que ahora viniesen a decirme: Diego Pacheco se ha largado esta mañana a su tierra, donde parece que se casa con una
30 muchacha preciosa... Nada: yo tan fresca, sin echar ni una lágrima. Hasta puede que diese gracias a Dios, viéndome libre de este grave compromiso. Pues la cosa es bien sencilla: ¿se había de ir él? Soy yo quien se larga. 'Así como así,° días arriba o abajo, ya estaba cerca el de irse a veranear... Pues adelanto el veraneo un poquillo...
35 y corrientes.° "¡Qué descanso tomar el tren!" Se concluían aquellos recelos incesantes, aquel volver el rostro cuando la Diabla le preguntaba alguna cosa, aquella tartamudez,° aquella vergüenza, vergüenza tonta en una viuda, que al fin y al cabo era libre y no

(margin glosses)
disheveled
the Vigo gossip
detest

hustle and bustle
annoying, = había encontrado

stir up

offender
close to this crime
amends
settled

unheard of, was leaked
the future

anyway

agreed

stammering

tenía que dar a nadie cuenta de sus actos...

    Pensaba en estas cosas cuando se apeó y empezó a subir la es-
calera de su casa. Aún no estaba encendida la luz, caso frecuente
en las tardes veraniegas. 'Al segundo tramo...° ¡Dios nos asista!   second flight of stairs
5 Un hombre que se destaca del obscuro rincón... ¡Pacheco!

    Reprimió el chillido. El meridional le cogía ambas manos
con violencia.

    "¿Cómo está mi niña? Tres veces he venido y siempre te ne-
garon... Lo que es una de ellas juro que estabas en casa... Si no
10 quieres verme, dímelo a mí, que no vendré... Te miraré de lejitos
en el paseo o en el teatro... Pero no me despidas con una criada,
que se ríe de mí al darme con la puerta en las narices."

    "No... pero si yo...," contestaba aturdida° la señora.   stunned

    "¿No se había negado la nena para mí?"

15   "No, para ti no...," afirmó rápidamente Asís con acento de sinceridad: tan espontáneo e inevitable suele ser en ciertas ocasiones
el engaño.

    "Pues, entonces, vengo esta noche. ¿Sí? Esta noche a las nueve."

    Hizo la dama un expresivo movimiento.

20   "¿No quieres? ¿Tienes compromiso de salir, de ir a alguna
parte? La verdad, chiquilla. Me largaré como aquel a quien le han
dado cañaso,° pero 'no porfiaré.° Me sabe mal porfiar. Por mí no   = cañazo, I will not
has de tener tú media hora de disgusto."   insist

    Asís titubeaba. Cosa rara y sin embargo explicable dentro de
25 cierto misterioso ilogismo[6] que impone a la conducta femenina
la difícil situación de la mujer: lo que decidió su respuesta afirma-
tiva fue cabalmente la resolución de poner tierra en medio que
acababa de adoptar en el coche.

    "Bueno, a las nueve..." (Pacheco la apretó contra sí.) "¿Pero...
30 te irás a las diez?"

    "¿A las diez? Es tanto como no venir... Tú tienes que hacer
hoy: dímelo así, clarito."

    "Que hacer no... Por los criados. No me gusta dar espectáculo
a esa gente."

35   "El chico no importa, es un bausán...° La chica es más avispa-   fool
da.° Mándala con un recado fuera... Hasta pronto."   sharp

    Y Pacheco ocultó la cara en el pelo de la señora, descompo-

---

6 **Ilogismo** is a neologism meaning *illogical thinking*.

niéndolo y echándole el sombrero hacia atrás. Ella se lo arregló antes de llamar, lo cual hizo con pulso trémulo.

Iba muy preocupada, mucho. Se desnudó distraídamente, dejando una prenda aquí y otra acullá; la Diabla las recogía y colgaba, no sin haberlas sacudido y examinado con un detenimiento que a Asís le pareció importuno.° ¿Por qué no rehusar firmemente la dichosa cita?... Sí, sería mejor; pero al fin, para el tiempo que faltaba... Volvióse hacia la doncella. — inappropriate

"Mira, revisarás el 'mundo grande...:° creo que tiene descompuestas las bisagras.° Acuérdate mañana de ir a casa de madama Armandina...: puede que ya estén los sombreros listos... Si no están, le das prisa. Que quiero marcharme pronto, pronto." — large trunk / hinges

"¿A Vigo, señorita?" preguntó la Diabla con hipócrita suavidad.

"¿Pues adónde? También te darás una vuelta por el zapatero... y a ver si en la plazuela del Ángel tienen compuesto el abanico."

Dictando estas órdenes se calmaba. No, el rehusar no era factible.° Si le hubiese despedido esta noche, él querría volver mañana. Disimulo, transigir...° y, como decía él..., *najensia*.° — feasible / accommodate, scram

Comió poco; sentía esa constricción en el diafragma, inseparable compañera de las ansiedades y zozobras° del espíritu. Miraba frecuentemente para la esfera del reloj, la cual no señalaba más que las ocho al levantarse la señora de la mesa. — uneasiness

"Oye, Ángela..."

Faltábale saliva en la boca; la lengua se le pegaba al 'velo del paladar.° — soft palate

"Oye, hija... ¿Quieres... irte a pasar esta noche con tu hermana, la casada con el guardia civil? ¿Eh?"

"¡Ay señorita!... Yo, con mil amores... Pero vive tan lejos: el cuartel° lo tienen allá en las Peñuelas... Mientras se va y se viene..." — barracks

"Es lo de menos... Te pago el tranvía...° o un simón.° Lo que te haga falta... Y aunque vuelvas después de... media noche ¿eh? no dejarán de abrirte. 'Come a escape...° Mira, ¿no tiene tu hermana una niña de seis años?" — streetcar, carriage for hire / hurry up and eat

"De ocho, señorita, de ocho... Y un muñeco de trece meses que anda con la dentición.°" — teething

"Bien: a la niña podrá servirle, arreglándola... Le llevas aquella ropa de Marujita que hemos apartado el otro día..."

"Dios se lo pague... ¿También el sombrero de castor° blanco,   beaver
con el pájaro?"

"También... Anda ya."

El sombrero de castor produjo excelente efecto. Imaginaba
5 siempre la señora que, de algunos días a esta parte, su doncella se
atrevía a mirarla y hablarla ya con indefinible acento severo, ya
con disimulada entonación irónica; pero después de tan espléndida donación, por más que aguzó la malicia, no pudo advertir en
el gracioso semblante de la criada sino júbilo y gratitud. Comió la
10 Diabla en tres minutos: ni visto ni oído: y a poco se presentó a su
ama muy maja y pizpireta,° con traje dominguero, el pelo rizado   zippy
a tenacilla, botas que cantaban.

"Vete, hija, ya debe de ser tarde... Las nueve menos cuarto..."

"No, señorita... Las ocho y veinticinco por el comedor...
15 ¿Tiene algo que mandar? ¿Quiere alguna cosa?..."

"Nada, nada... Que lo pases bien... ¡Qué elegante te has puesto!... ¿Allí habrá gente, eh? ¿Guardias civiles? ¿Jóvenes?"

"Algunos... Hay uno de nuestra tierra... de la provincia de
Pontevedra, de Marín... alto él, con bigote negro."

20 "Bien, hija... Pues lo que es por mí, ya puedes marcharte."

¿Qué haría aquella maldita Diabla, que un cuarto de hora
después de recibidas semejantes despachaderas° 'aún no había   opportunities
tomado el portante?° Con el oído pegado a la puertecilla falsa   still had not left
de su dormitorio, que caía al pasillo, Asís espiaba la salida de su
25 doncella, mordiéndose los labios de impaciencia nerviosa. Al fin
sintió pasitos, taconeo de calzado flamante,° oyó una risotada, un   new
¡a divertirse y gastar poco! que venía de la cocina... La puerta se
abrió, hizo ¡puum! al cerrarse... ¡Ay, gracias a Dios!

Así que se fue la condenada chica, pareciole a la señora que
30 todo el piso se había quedado en un silencio religioso, en un recogimiento inexplicable. Hasta la lámpara del saloncito alumbraba,
'si cabe,° con luz más velada, más dulce que otras noches. Eran   if it is possible
las nueve menos cuarto: Pacheco aún tardaría cosa de veinte mi-
nutos... Se oyó un campanillazo sentimental, tímido, como si la
35 campanilla recelase pecar de indiscreta...

16

Era Pacheco, envuelto en su capa de embozos¹ grana,° scarlet
impropia de la estación, y de hongo.° Detúvose en la puer- bowler hat
ta como irresoluto, y Asís tuvo que animarle: "Pase usted…"
Entonces el galán 'se desembozó° resueltamente y se informó uncovered his face
de cómo andaba la salud de Asís.

5 En los primeros momentos de sus entrevistas, siempre se hablaban así, empleando 'fórmulas corteses° y preguntando cosas polite expressions
insignificantes; su saludo era el saludo de ordenanza en sociedad;
estrecharse la mano. Ni ellos mismos podrían explicar la razón de
este procedimiento extraño, que acaso fuese la cortedad debida
10 a lo reciente e impensado de su trato amoroso. No obstante, algo
especial y distinto de otras veces notaría el andaluz en la señora,
que al sentarse en el diván a su lado, murmuró después de una
embarazosa pausa: "¡Qué fría me recibes! ¿Qué tienes?"

"¡Qué disparate! ¿Qué voy a tener?"

15 "¡Ay prenda,° prenda! A mí no se me engaña… 'Soy perro darling
viejo° en materia de mujeres. Estorbo.° Tú tenías algún plan esta I am experienced, I am
noche." in the way

"Ninguno, ninguno," afirmó calurosamente Asís.

"Bien, lo creo. Eso sí que lo has dicho como se dicen las ver-
20 daes.° Pero, 'en plata:° que no te pinchaban° a ti las ganas de ver- = verdades, speak
me. Hoy me querías tú a cien leguas."² plainly, incited

Aseveró esto metiendo sus dedos largos, de pulcras uñas, entre el pelo de la señora, y complaciéndose en alborotar el peinado
sobrio, sin postizos ni rellenos, que Asís trataba de imitar del de
25 la Pinogrande, maestra en los toques de la elegancia.

"Si no quisiese recibirte, con decírtelo…"

"Así debiera ser…: el corasoncillo° en la mano…; pero a veces = corazoncillo
se le figura a uno que está comprometido a pintar afecto ¿sabes
tú? por caridad o qué sé yo por qué… Si yo lo he hecho 'a cada

---

1   **Embozos** are strips of wool, silk, or other cloth which line a cape
from the neck down on each side.
2   **Hoy me…** *today you wished I were a hundred leagues away*

rato,° con un ciento de novias y de querías...° Harto de ellas por
cima de los pelos... y empeñado en aparentar otra cosa... porque
es fuerte eso de estamparle° a un hombre o a una hembra en su
propia cara: "Ya me tiene usted hasta aquí..., no me hace usted ni
tanto de ilusión."

"¿Quién sabe si eso te estará pasando a ti conmigo?" exclamó
Asís festivamente, echándolas de modesta.

No contestó el meridional sino con un abrazo vehemente,
apretado, repentino, y un, "¡*ojalá!*" salido del alma, tan ronco y
tan dramático, que la dama sintió rara conmoción, semejante a
la del que, poniendo la mano sobre un aparato eléctrico, nota la
sacudida de la corriente.

"¿Por qué dices *ojalá*?" preguntó, imitando el tono del andaluz.

"Porque esto es 'de más;° porque nunca me vi como me veo;
porque tú me has dado a beber zumo de hierbas desde que te he
conocío,° chiquilla... Porque estoy mareado, chiflado, loco, por
tus pedasos° de almíbar...° ¿Te enteras? Porque tú vas a ser causa
de la perdición de un hombre, lo mismo que Dios está en el sielo°
y nos oye y nos ve... Terroncito de sal, ¿qué tienes en esta boca, y
en estos ojos, y en toda tu persona, para que yo me ponga así? A
ver, dímelo, gloria, veneno, sirena del mar."

La señora callaba, aturdida, no sabiendo qué contestar a tan
apasionadas protestas; pero vino a sacarla del apuro un estruendo inesperado y desapacible,° el alboroto de una de esas músicas
ratoneras° antes llamadas *murgas*,³ y que en la actualidad, por la
manía reinante de elevarlo todo, adoptan el nombre de *bandas
populares*.

"¡Oiga! ¿Nos dan cencerrada⁴ ya los vecinos del barrio?" gritó
Pacheco levantándose del sofá y entreabriendo las vidrieras. "¡Y
cómo desafinan° los malditos!... Ven a oír, chiquilla, ven a oír.
Verás como te rompen el tímpano.°"

En el meridional no era sorprendente este salto desde las ternezas más moriscas al más prosaico de los incidentes callejeros:

---

3   **Murga** is a group of unskilled musicians who go from door to
door performing, on occasions such as Easter, birthdays, etc., in the hopes of
receiving a tip.

4   **Cencerrada** is an unpleasant noise made with cowbells (**cencerros**),
horns, and other things to make fun of widows and widowers on the wedding
night of their new marriages. It is important to note here that Asís is a widow.

Marginal glosses:
every so often, = que-ridas
throw
too much
= conocido
= pedazos, sweetness
= cielo
unpleasant
bad
are out of tune
eardrum

estaba en su modo de ser la transición brusca, la rápida exteriorización de las impresiones.

"Mira, ven...," continuó. "Te pongo aquí una butaca y nos recreamos. ¿A quién le disparan la serenata?"

"A un 'almacén de ultramarinos° que 'se ha estrenado° hoy," contestó Asís recordando casualmente chismografías de la Diabla. "En la otra acera, pocas casas más allá de la de enfrente. Aquella puerta... allí. ¡Ya tenemos música para rato!"

Pacheco arrastró un sillón hacia la ventana y se sentó en él.

"¡Desatento!°" exclamó riendo la señora. "¿Pues no decías que era para mí?"

"Para ti es," respondió el amante cogiéndola por la cintura y obligándola 'quieras no quieras° a que se acomodase en sus rodillas. Se resistió algo la dama, y al fin tuvo que acceder. Pacheco la mecía como se mece a las criaturas, sin permitirse ningún agasajo° distinto de los que pueden prodigarse a un niño inocente. Por 'forzosa exigencia° de la postura, Asís le echó un brazo al cuello, y después de los primeros minutos, reposó la cabeza en el hombro del andaluz. Un airecillo delgado, en que flotaban perfumes de acacia y ese peculiar olor de humo y ladrillo recaliente de la atmósfera madrileña en estío, entraba por las vidrieras, intentaba 'en balde° mover las cortinas, y traía fragmentos de la música chillona, tolerable 'a favor de° la distancia y de la noche, hora que tiene virtud para suavizar y concertar los más discordantes sonidos. Y la proximidad de los dos cuerpos ocupando un solo sillón, estrechaba también, sin duda, los espíritus, pues por vez primera en el curso de aquella historia, entablóse entre Pacheco y la dama un cuchicheo° íntimo, cariñoso, confidencial.

No hablaban de amor: versaba el coloquio sobre esas cosas que parecen muy insignificantes escritas y que en la vida real no se tratan casi nunca sino en ocasiones semejantes a aquella, en minutos de imprevista efusión. Asís menudeaba preguntas exigiendo detalles biográficos: ¿Qué hacía Pacheco? ¿Por dónde andaba? ¿Cómo era su familia? ¿La vida anterior? ¿Los gustos? ¿Las amistades? ¿La edad justa, justa, por meses, días y no sé si horas?

"Pues yo soy más vieja que tú," murmuró pensativa, así que el gaditano hubo declarado su fe de bautismo.[5]

---

[5] **Fe de bautismo** is a document that certifies that one has been

grocery store, has opened

inattentive person

ignoring her desires

sign of affection

inevitable requirement

in vain

with the help of

whispering

"¡Gran cosa! Será un añito, o medio."

"No, no, dos lo menos. Dos, dos."

"Corriente, sí, pero el hombre siempre es más viejo, 'cachito de gloria,° porque nosotros vivimos, ¿te enteras? y vosotras no.   darling
5   Yo, en particular, he vivido por una docena. No imaginarás dia-
blura que yo no haya catado.° Soy maestro en el arte de 'hacer   tried
desatinos.° ¡Si tú supieses algunas cosas mías!"   doing crazy things

Asís sintió una curiosidad punzante° unida a un enojo sin   sharp
motivo.

10   "Por lo visto eres todo un perdis,° buena alhaja.°"   rake, gem

"¡Quia!... ¿Perdis yo? Di que no, nena mía. Yo galanteé a tres-
cientas mil mujeres, y ahora me parece que no quise a ninguna.
Yo hice cuanto disparate se puede hacer, y al mismo tiempo no
tengo vicios. ¿Dirás que cómo es ese milagro? Siendo... ahí verás
15   tú. Los vicios no prenden° en mí. Ninguno arraiga, ni arraigará   take root
jamás. Aún te declaro otra cosa: que no sólo no se me puede lla-
mar vicioso, sino que si 'me descuido° acabo por santo. Es según   I do not pay attention
los lados a que me arrimo. ¿Me ponen en circunstancias de ser
perdío?° No me quedo atrás. ¿Qué tocan a ser bueno? Nadie me   = perdido
20   gana. Si doy con gente arrastrada,° ¿qué quieres tú?   rascally

"¿Hasta en lo tocante a la honra te dejarías llevar?" preguntó
algo asustada Asís.

El gaditano se echó atrás como si le hubiese picado una sierpe.

"¡Hija! Vaya unas cosillas que me preguntas. ¿Me has tomado
25   por algún secuestrador? Yo no secuestro más que a las hembras
'de tu facha.° Pero ya sabes que en mi tierra, las pendencias° no se   like you, quarrels
cuentan por delitos... He *enfriado*° a un infeliz... que más quisie-   killed
ra no haberle tocado al pelo de la ropa.⁶ Dejémoslo, que importa
un pito. Fuera de esas trifulcas,° no ha tenío° el diablo por donde   squabbles, = tenido
30   cogerme: he jugado, perdiendo y ganando un dinerillo... regular;
he bebío...,° vamos, que no me falta a mí saque;° de novias y otros   = bebido, foray
enredos...° De esto estaría muy feo que te contase ná.° Chitito.°   complicated affairs,
¿Un cariño a tu rorro?°"   = nada, hush; child

"Vamos, que eres la gran persona," protestó escandalizada
35   Asís, desviándose en vez de acercarse como Pacheco pretendía.

---

baptized. Here the term is used figuratively to indicate Pacheco has revealed
his age.

6   **Que más...** *I wished I had never laid a finger on him*

"No lo sabes bien. Eso es como el Evangelio.⁷ Yo quisiera averiguar pa qué me ha echado Dios a este mundo. Porque soy, además de tronerilla,° un haragán° y un zángano° de primera, niña del alma... No hago cosa de provecho, ni ganas de hacerla. ¿A °libertine, lazy person, idler

5 qué? Mi padre, empeñao° el buen señor en que me luzca y en que °= empeñado
sirva al país, y dale con la chifladura de que me meta en política, y tumba con que salga diputao, y vaya a hacer el bu al Congreso...⁸ ¡En el Congreso yo! A mí, lo que es asustarme, ni el Congreso ni veinte Congresos me asustan. La farsa aquella no me pone miedo.

10 Te aviso que en todo cuanto me propongo 'salir avante,° salgo y °get ahead
sin grandes fatigas: ¡qué! Pero a decir verdad, no me he tomado nunca trabajos así enormes, como no fuese por alguna mujer guapa. No soy memo° ni lerdo,° y si quisiese ir allí a pintar la mona °stupid, slow-witted
como Albareda, la pintaría,⁹ figúrate. ¿Que se me ha muerto mi

15 abuelita?¹⁰ ¡Si es la pura verdad! Sólo que too eso porque tanto se descuaja la gente, no vale los sudores que cuesta.¹¹ En cambio... ¡una mujer como tú...!"

Díjolo al oído de la dama, a quien estrechó más contra sí.

"Sólo esto, terrón de azúcar, sólo esto sabe bien en el mun-
20 do amargo... Tener así a una mujer adorándola... Así, apretadica,° °pressed close
metida en el corazón... Lo demás... pamplina.°" °unimportant things

"Pero eso es atroz," protestó severamente Asís, cuya formalidad cantábrica se despertaba entonces con gran brío "¿De modo que no te avergüenzas de ser un hombre inútil, un mequetrefe,° °good-for-nothing
25 'un cero a la izquierda?°" °useless

"¿Y a ti qué te importa, lucerito? ¿Soy inútil pa quererte? ¿Has resuelto no enamorarte sino de tipos que mangoneen° y anden °are bossy
agarraos a la casaca de algún ministro?¹² Mira... Si te empeñas en hacer de mí un personaje, una notabilidad... como soy Diego que

---

7   **Eso es...** *it is an indisputable truth*

8   **Dale con...** *always insisting on the crazy idea that I go into politics and become a member of Parliament and frighten the Congress*

9   **Si quisiese...** *if I wanted to go there and do nothing of importance like Albareda, I would*

10   **Se me ha muerto mi abuelita** is an expression used to criticize someone who is praising themselves too much.

11   **Sólo que...** *only that all the things people work so hard for are not worth the effort they cost*

12   **Agarros a...** *hanging on the coattails of some politician*

te sales con la tuya.[13] Daré días de gloria a la patria: ¿no se dice
así? Aguarda, aguarda..., verás qué registros° saco. Proponte que   offices
me vuelva un Castelar o un Cánovas del Castillo,[14] y me vuelvo...
¡Ole que sí! ¿Te creías tú que alguno de esos panolis° vale más que   chumps
5   este nene? Sólo que ellos largaron todo el trapo y yo recogí velas...
Por no deslucirlos.[15] Modestia pura."

No había más remedio que reírse de 'los dislates° de aquel   nonsense
tarambana,° y Asís lo hizo; al reírse hubo de toser un poco.   ne'er do well

"¡Ea! ya te me acatarraste," exclamó el gaditano consternadísi-
10   mo. "Hágame usté el obsequio de ponerse algo en la cabeza... Así,
tan desabrigada...° ¡Loca!"   uncovered

"Pero si nunca me pongo nada, ni... No soy enclenque.°"   sickly

"Pues hoy te pondrás, porque yo lo mando. Si aciertas a enfer-
mar, me suicido."

15   Saltó Asís de brazos de su adorador muerta de risa, y al saltar
perdió una de sus bonitas chinelas, que por ser sin talón, a cada
rato se le escurrían° del pie. Recogióla Pacheco, calzándosela con   slipped away
mil extremos y zalamerías.° La dama entró en su alcoba, y abrien-   fawning
do el armario de luna empezó a buscar 'a tientas° una toquilla° de   in the dark, shawl
20   encaje para ponérsela y que no la marease aquel pesado. Vuelta
estaba de espaldas a la poca luz que venía del saloncito, cuando
sintió que dos brazos la ceñían el cuerpo. En medio de la lluvia
de caricias delirantes que acompañó a demostración tan atrevida,
Asís entreoyó una voz alterada, que repetía con acento serio y trá-
25   gico: "¡Te adoro!... ¡Me muero, me muero por ti!"

Parecía la voz de otro hombre, hasta tenía ese *trémolo* penoso
que da al acento humano el rugir° de las emociones extraordina-   roar
rias comprimido en la garganta por la voluntad. Impresionada,
Asís se volvió soltando la toquilla.

30   "Diego...," tartamudeó llamando así a Pacheco por primera vez.

"¿Por qué no dices *Diego mío, Diego del alma*?" exclamó con

---

13   **Te sales...** *you will get your way*

14   Emilio Castelar y Ripoll (1832-1899) was a Spanish republican
politician and president of the First Spanish Republic. Antonio Cánovas
del Castillo (1828-1897) was a famous conservative politician who played
a pivotal role in creating the **turno de partidos,** which characterized the
political system of the Restoration period.

15   **Largaron todo...** *they put in all their effort and I ceased in mine... So
as not to show them up*

fuego el andaluz deshaciéndola° entre sus brazos.   breaking her down

"Qué sé yo... Cuando uno habla así... me parece cosa de nove-
la o de comedia. Es una ridiculez."

"¡Prueba... prueba...! ¡Ay! ¡Cómo lo has dicho! *¡Diego mío!*"
5 prorrumpió él remedando a la señora, al mismo tiempo que la soltaba casi con igual violencia que la había cogido. "¡Pedazo de hie-
lo! ¡Vaya unas hembras que se gastan en tu país...!¹⁶ ¡Marusiñas!¹⁷
¡Reniego de ellas todas! ¡Que las echen al carro e la basura!"

"Mira," dijo la dama tomándolo otra vez a risa, "eres un có-
10 mico y un orate...° No hay modo de ponerse seria con un tipo   lunatic
como tú. A ver: aquí está un señorito que ha tenido cuatrocientas
novias y dos mil líos gordos, y ahora se ha prendado de mí como
el Petrarca de la señora Laura...¹⁸ De mí nada más: privilegio ex-
clusivo, patente del Gobierno."¹⁹

15 "Tómalo 'a guasa...° Pues es tan verdad como que ahora te   jokingly
agarro la mano. Yo tuve un millón de devaneos,° conformes; pero   affairs
en ninguno me pasó lo que ahora. ¡Por éstas, que son cruces!
Quebraeros° de cabeza míos, novias y demás, me las encuentro en   = quebraderos
la calle y ni las conozco. A ti... te dibujaría, si fuese pintor, a obs-
20 curas. Tan clavadita° te tengo. De aquí a cincuenta años, cayén-   fixed in my mind
dote de vieja, te conocería entre mil viejas más. Otras historias
las seguí por vanidad, por capricho, por golosina,²⁰ por terquedad, por matar el tiempo... Me quedaba un rincón aquí, donde
no ha puesto el pie nadie, y tenía yo guardaa° la llave de oro para   = guardada
25 ti, prenda morena... ¿Que lo dudas? Mira, haz un ensayo...° Por   test
gusto."

Arrastró a la dama hacia el salón y se recostó en el diván; tomó
la mano de Asís y la colocó extendida sobre el lado izquierdo de
su chaleco. Asís sintió un leve y 'acompasado vaivén,° como de   steady vibration
30 péndulo de reloj. Pacheco tenía los ojos cerrados.

"Estoy pensando en otras mujeres, chiquilla... Quieta..., aten-

---

16   **¡Vaya unas...** *what a strange bunch of women in your region...!*

17   **Marusiñas** is from the Galician *Maruxiñas*, in Spanish **Marujitas**,
which means modest or demure women, but with a negative connotation.

18   This is a reference to the ***Canzionere*** by Francesco Petrarch (1304-
1374); it contains poems written about his beloved Laura.

19   **Patente del gobierno** is an official document granting a privilege or
a position.

20   **Golosina** is something more pleasurable than useful.

ción..., observa bien."

"No late nada fuerte," afirmó la señora.

"Déjate un rato así... Pienso en mi última novia, una rubia
que tenía un talle de lo más fino que se encuentra en el mundo...
5 ¿Ves qué quietecillo está el pájaro? Ahora... dime tú... ¡si puedes!
alguna cosa tierna... 'Mas que° no sea verdá.°'"   = aunque, = verdad

Asís discurría una gran terneza y buscaba la inflexión de
voz para pronunciarla. Y al fin salió con esta eterna vulgaridad:
"¡Vida mía!"

10 Bajo la palma de la señora, el corazón de Pacheco, como
espíritu folleto° que obedece a un conjuro,° rompió en el más   crazy, spell
agitado baile que puede ejecutar semejante víscera. Eran saltos
de ave azorada° que embiste° contra los hierros de su cárcel... El   flustered, charges
meridional entreabrió las azules pupilas; su tez tostada había pa-
15 lidecido algún tanto; con extraña prisa se levantó del sofá y fue
derecho al balcón, donde se apoyó como para beber aire y rehacerse de algún trastorno físico y moral. Asís, inquieta, le siguió y
le tocó en el brazo.

"Ya ves qué majadero soy...," murmuró él volviéndose.

20 "¿Pero te pasa algo?"

"Ná...," El gaditano se apartó del balcón, y viniendo a sentarse
en un *puf*° bajito, y rogando a Asís con la mirada que ocupase el   chair without back or
sillón, apoyó la cabeza en el regazo de la dama. "Con sólo dos pa-   arms
labritas que tú me dijiste... Haz favor de no reírte, mona, porque
25 donde me ves tengo mal genio... y puede que soltase un desatino.
Desde que me he entontecido por ti, estoy echando peor carácter.
Calladita la niní...° Deje dormir a su rorro."   = nenita

Pacheco cruzó el umbral° de aquella casa antes de sonar la   threshold
media noche. La Diabla no había regresado aún. Cuando el ga-
30 ditano, según costumbre hasta entonces infructuosa, se volvió
desde la esquina de la calle mirando hacia los balcones de Asís,
pudo distinguir en ellos un bulto blanco. La señora exponía sus
sofocadísimas mejillas al aire fresco de la noche, y la embriaguez°   intoxication
de sus sentidos y el embargo° de sus potencias empezaban a di-   halting
35 siparse. Como náufrago° arrojado a la costa, que volviendo en sí   shipwrecked person
toca con placer el cinto° de oro que tuvo la precaución de ceñirse   lifebelt
al sentir que se hundía el buque, Asís se felicitaba por haber con-
servado el átomo de razón indispensable para no acceder a cierta

súplica insensata.

"¡Buena la hacíamos! Mañana estaban enterados vecinos, servicio, portero, sereno, el diablo y su madre. ¡Ay Dios mío...! ¡Me sigue, me sigue el mareo aquel de la verbena... y lo que es ahora
5 no hay álcali que me lo quite!... ¡Qué mareo ni qué...! Mareo, alcohol, insolación... ¡Pretextos, tonterías!... Lo que pasa es que me gusta, que me va gustando cada día un poco más, que me trastorna con su palabrería..., y punto redondo. Dice que yo le he dado bebedizos° y hierbas... Él sí que me va dando a comer   potions
10 sesos de borrico...²¹ y nada, que no 'me desenredo.° Cuando se   extricate myself
va, reflexiono y caigo en la cuenta; pero en viéndole... acabóse, me perdí."

Llegada a este capítulo, la dama se dedicó a recordar mil pormenores,° que reunidos formaban lindo mosaico de gracias   details
15 y méritos de su adorador. La pasión con que requebraba; el donaire° con que pedía; la gentileza de su persona; su buen porte,   grace
tan libre del menor conato de gomosería° impertinente como de   affectation
encogimiento° provinciano; su rara mezcla de espontaneidad po-   reserve
pular y cortesía hidalga; sus rasgos calaverescos° y humorísticos   of a rake
20 unidos a cierta hermosa tristeza romántica (conjunto, dicho sea de paso, que forma el hechizo peculiar de los *polos, soleares* y demás canciones andaluzas), eran otros tantos motivos que la dama se alegaba a sí propia para excusar su debilidad y aquella afición avasalladora° que sentía apoderarse de su alma. Pero al mismo   overwhelming
25 tiempo, considerando otras cosas, 'se increpaba° ásperamente.   reproached herself

"No darle vueltas: aquí no hay nada superior, ni siquiera bueno: hay un truhán,° un vago, un perdis... Todo eso que me dice   rogue
de que sólo a mí... Ardides,° trapacerías,° costumbre de engañar,   ruses, deceit
'mañitas de calavera.° En volviendo la esquina... (Pacheco acaba-   a rake's tricks
30 ba de verificar, hacía pocos minutos, tan sencillo movimiento) ya ni se acuerda de lo que me declama. Estos andaluces nacen actores... Juicio, Asís..., juicio. Para estas tercianas, hija mía, píldoras de 'camino de hierro...° y extracto de Vigo, mañana y tarde, du-   railroad
rante cuatro meses. ¡Bahía de Vigo, cuándo te veré!"

35 El airecillo de la noche, burlándose de la buena señora, compuso con sus susurros delicados estas palabras: "Terronsito e asúcar..., gitana salá."

---

21   **El sí...** *he is the one who has cast a spell on me*

17

MUY ATAREADAS ESTABAN LA marquesa viuda de
Andrade y su doncella en revisar mundos,° sacos y ma- large trunks
letillas, operación necesaria cuando se va a empren-
5 der un viaje. Y mire usted que parece cosa del mismo enemigo.
Siempre en los últimos momentos han de faltar las llaves de los
baúles.° Por mucho que uno las coloque en sitio determinado, di- trunks
ciendo para sí: "En este cajón se queda la llavecita; no olvidar que
aquí la puse; le ato un estambre° colorado, para acordarme mejor; wool yarn
10 no sea que el día de la marcha salgamos con que se ha obscureci-
do," viene el instante crítico, la busca uno, y... ¡echarle un galgo!¹
Nada, no parece: venga el cerrajero,° tiznado, sucio, preguntón, locksmith
insufrible; haga una nueva, y lléveselo todo la trampa."²

Nerviosa y displicente,° daba Asís a la Ángela estas quejas. unenthusiastic
15 El ajetreo del viaje la ponía de mal humor: ¡son tan cargantes
los preparativos! ¡Qué babel,° qué trastorno! Nunca sabe uno lo disorder
que conviene llevar y lo que debe dejarse; cree no necesitar ropa
de abrigo, porque al fin se viene encima la canícula,° pero ¡fíese hot days
usted de aquel clima gallego, tan inconstante, tan húmedo, tan
20 lluvioso, que tiene seis temperaturas diferentísimas en cada veinticuatro horas! Se quedan aquí las prendas en el ropero, muertas
de risa, y allá tirita uno o tiene que envolverse en mantones como
las viejas... Luego las fiestecitas, los bailes dichosos de la Pastora,³
que obligan a ir provisto de trajes de sociedad, porque si uno se
25 presenta sencillo, de seda cruda, les choca y se ofenden y critican...
Nada, que la última hora es para volverse loco. ¿A que no se había
acordado Ángela de pasarse por casa de la Armandina, a ver si
tiene lista la pamela° de la niña y el pajazón?° ¿Apostamos a que sun hat, straw hat

---

1 **¡Echarle un...** *one can't find it!*
2 **Lléveselo todo...** *time wasted!*
3 Pastora is the name of an estate in Vigo where high society went to
celebrate dances and other events.

el impermeable aún está con los mismos botones, que lastiman
y en todo se prenden? ¿Y el alcanfor para poner en el abrigo de
nutria? ¿Y la pimienta para que no se apolillase el tapiz de la sala?

Atarugada° y dando vueltas de aquí para allí, la Diabla contes-   *ashamed*
taba lo mejor posible al chaparrón° de advertencias, reconvencio-   *shower*
nes° y preguntas de su señora. La hábil muchacha, después de los   *reprimands*
primeros pases,° conocía una estocada certera° para su ama: si los   *movement of the cape,*
preparativos de viaje andaban algo retrasados, era que la señorita   *sword thrust*
aquel año había dispuesto° la marcha un mes antes que de costum-   *arranged*
bre, por lo menos; también a ella (la Diabla) se le quedaba sin alis-
tar° un vestido de percal, y calzado, y varias menudencias; ella   *preparing*
creía que hasta mediados de junio, hacia el día de San Antonio...
¿Cómo se le había de ocurrir que se largaban tan de prisa y corriendo? La señora contestaba con reprimido suspiro, callaba dos
minutos, y luego, redoblando su gruñir, corría del cuarto-ropero
al dormitorio, de la leonera o cuarto de los baúles al saloncito, y
aún se determinaba a entrar en la cocina y el comedor, para regañar a Imperfecto que no le había traído a su gusto papel de seda,
bramante,° 'puntas de París,° 'algodón en rama...° Imperfecto,   *packthread, small nails,*
con la boca abierta y la fisonomía estúpida, subía y bajaba cien   *raw cotton*
veces la escalera 'haciendo recados:° las puntas eran gordas, se   *running errands*
precisaban otras más chiquitas; el algodón no convenía blanco,
sino gris: era para rellenar huecos en ciertos cajones y que no se
estropease lo que iba dentro... En una de estas idas y venidas del
criado, la señora cruzaba el pasillo, cuando repicó la campanilla.
Impremeditadamente fue a abrir—cosa que no hacía nunca—y
se encontró cara a cara con su Diego.

El primer movimiento fue de despecho y contrariedad mal
encubierta. ¿Quién contaba con Pacheco a tales horas (las diez
y media de la mañana)? No estaba Asís lo que se llama 'hecha
un pingo,° con traje roto y zapatos viejos, porque ni en una isla   *dressed in rags*
desierta se pondría ella en semejante facha; pero su bata de chiné
blanco tenía manchas y 'visos obscuros,° y aun no sé si alguna   *dark appearance*
telaraña, indicio de la lidia con los baúles de la leonera; su peinado, revuelto sin arte, con rabos y mechones saliendo por aquí y
por acullá, parecía obra de 'peluquería gatuna;° y en la superficie   *hair salon for cats*
del pelo y del rostro se había depositado un sutil viso polvorien-
to, que la señora percibía vagamente al pestañear y al pasarse la

lengua por los labios, y que la impacientaba lo indecible. Y en
cambio el galán venía todo soplado,° con una camisa y un chale-   spruced up
co como el ampo° de la nieve, el ojal guarnecido de fresquísimo   whiteness
clavel, guantes de piel de perro flamantitos y, en suma, todas las
5 señales de haberse acicalado° mucho. En la mano traía el pretexto   dressed up
de la visita madrugadora: dos libros medianamente gruesos.

"Las novelas francesas que le prometí...," dijo en voz alta después del cambio de saludos, porque la dama le había hecho seña
con el mirar de que había moros en la costa.⁴ "Si está usted ocu-
10 pada, me retiro... Si no, entraré diez minutos..."

"Con mucho gusto... A la sala: el resto de la casa está imposible... no quiero que se asuste usted del estado en que se encuentra."

Entró Pacheco en la sala; pero por aprisa que Ángela cerrase
las puertas de las habitaciones interiores, el gaditano pudo ver
15 baúles abiertos, con las bandejas⁵ fuera, ropa desparramada,° ca-   scattered
jas, sacos...

"¿Está usted de mudanza... o de viaje?" preguntó quedándose
de pie en medio del saloncito, con voz opaca,° pero sin emplear   gloomy
tono de reconvención ni de queja.

20 "No...," tartamudeó Asís, "tanto como de viaje precisamente...
no. Es que estoy guardando la ropa de invierno, poniéndole alcanfor... Si uno se descuida, la polilla hace destrozos..."

Pacheco se acercó a la dama, y 'bajando el diapasón,° con las   lowering his voice
inflexiones dolientes y melancólicas que solía adoptar a veces, le
25 dijo: "A mí no se me engaña, te lo repito. Antes de venir sabía que
te ibas. Tú no me conoces; tú te has creído que me la puedes dar.⁶
Aún no pasaron las ideas por esa cabecita y ya las he olfateado yo.
Siento que gastes conmigo tapujos.° Al fin no te valen, hija mía."   false excuses

La señora, no acertando a responder nada que valiese la pena,
30 bajó los ojos, frunció la boca e hizo un mohín° de disgusto.   grimace

"No amoscarse.⁷ Si no me enfado tampoco. La nena mía es
muy dueña de irse a donde quiera. Pero mientras está aquí, ¿por
qué me huye? Ayer me dijiste que no podíamos vernos, por estar

---

4   **Había moros...** *the coast was not clear*
5   **Bandejas** are movable pieces, in the shape of an open-face box, that
divide a trunk or suitcase horizontally.
6   **Me la...** *You can deceive me*
7   **No amoscarse...** *Don't get in a huff*

tú convidada a comer..."

Movidos por el mismo impulso, Asís y don Diego miraron
en derredor. Las puertas, cerradas; al través de la que comunicaba
con los cuartos interiores, pasaba amortiguado el ruido del ir y
5 venir de la Diabla. Y 'sin concertarse,° a un mismo tiempo, se   without arranging it
acercaron, para cruzar mejor esas explicaciones que el corazón
adivina antes de pronunciadas.

"'Hazte cargo...° Los criados... Es una atrocidad... Yo nunca   be careful
tuve de estas..., vamos..., de estas historias... No sé lo que me pasa.
10 Por favor te pido..."

"¡Bendita sea tu madre, niña! Si ya lo sé... ¿Te crees que no me
informo yo de los pasos en que anduvo mi reina? Estoy, enterao°   = enterado
de que nadie consiguió de ti ni esto. Yo el primerito... ¡Ay! te
deshago...° Rica, gitana... ¡Cielo!"   I'll make you melt
15 "'Chist...° La chica... Si pesca...° Es más curiosa..."   shh, she picks up on any-
"Un favor te pido no más. Vente a almorsá conmigo. Que te   thing
vienes."

"Estás tocado...° Quita...° Chist..."   crazy, go away
"Que te vienes. Palabra, no lo sabrá ni la tierra. Se arreglará...,
20 verás tú."

"¿Pero cómo? ¿Dónde?"

"En el campo. Te vienes, te vienes. ¡Ya pronto te quedas libre
de mí...! La despedía.° Al reo de muerte se le da, mujer."   = despedida

¿Cómo cedió y balbució *que sí*, prometiendo, si no por la
25 Estigia,⁸ por algún otro juramento formidable? ¡Ah! Aunque la ob-
servación ya no resulte nueva, cedió obedeciendo a los dos móviles
que, desde la memorable insolación de San Isidro, guiaban, sin que
ella misma lo notase, su voluntad; dos resortes° que podemos lla-   springs
mar de goma el uno y de acero el otro: el resorte de goma era la de-
30 bilidad que aplaza,° que remite° toda gran resolución hasta que la   postpones, puts off
ampare el recurso de la fuga; el resorte de acero, todavía chiquitín,
menudo como pieza de reloj, era el sentimiento que así, 'a la chi-
ticallando,° aspiraba nada menos que a tomar plenísima posesión   in silence
de sus dominios, a engranar° en la máquina del espíritu, para ser su   engage
35 regulador absoluto, y dirigir su marcha con soberano imperio.

'Fiado en° la palabra solemne de la señora, Pacheco se marchó,   trusting
pues no convenía, por ningún estilo, que los viesen salir juntos.

---

8   In Greek mythology **Estigia** is a river in Hades, the River Styx.

Asís entró en su cuarto a componerse. La Diabla la miraba con su acostumbrada curiosidad fisgona° y aun le disparó tres o cuatro preguntas pérfidas° referentes a la interrumpida tarea del equipaje.

nosy
treacherous

5   "¿Se cierra el mundo? ¿Se clavan° los cajones? ¿La señorita quiere que avise a la Central para mañana?"

fasten

¿Cómo había de responder la señora a interrogaciones tan impertinentes? Claro que con alguna sequedad y no poco enfado secreto. Además, otros incidentes concurrían a exasperarla:
10 por culpa del resoluto° del equipaje, ni había cosa con cosa,[9] ni parecía lo más indispensable de vestir: para dar con unos guantes nuevos tuvo que desbaratar° el baúl más chico: para sacar un sombrero, desclavó° dos cajones. Más peripecias:° la hebilla del zapato inglés, descosida:° al abrochar el cuerpo del traje, salta un
15 herrete; al cepillarse los dientes, se rompe el frasco del elixir contra el mármol del lavabo...

disorder
mess up
she unfastened, inci-
dents; falling off

"¿Almuerza fuera la señorita?" preguntó la incorregible Diabla.

"Sí... En casa de Inzula."

20   "¿Ha de venir a buscarla Roque?"

"No... Pero le mandas que esté con la berlina allí, a las siete..."

"¿De la tarde?"

"¿Había de ser de la mañana? ¡Tienes cosas...!"

La Diabla sonrió a espaldas de su señora y se bajó para esti-
25 rarle los volantes del vestido y ahuecarle° el polisón.[10] Asís piafaba,° pegando taconacitos de impaciencia. ¿El pericón?° ¿El gabán° gris, por si refresca? ¿Pañuelo? ¿Dónde se habrá metido el velo de tul? Estos pinguitos[11] parece que se evaporan... Nunca están en ninguna parte... ¡Ah! Por fin... Loado sea Dios...

plump up
stomped, fan, overcoat

---

9   **Ni había...** *nothing was in its place*
10   **Polisón** is a pad women used to wear under their skirts.
11   **Pinguitos** are small garments of little value.

18

ALVÓ° LA ESCALERA COMO pájaro a quien abren el posti-   she went down
go de su penitenciaría, y con el mismo paso vivo, echó calle
abajo hasta Recoletos. La cita era en aquel sitio señalado
donde Pacheco había tirado el puro: casi frente a la Cibeles. Asís
avanzaba protegida por su antucá,° pero bañada y animada por   parasol
el sol, el sol instigador y cómplice de todo aquel enredo sin ante-
cedentes, sin finalidad y sin excusa. La dama registró con los ojos
las arboledas, los jardincillos, la entrada en la Carrera y las perspectivas del Museo, y no vio a nadie. ¿Se habría cansado Diego de
esperar? ¡Capaz sería...! De pronto a sus espaldas una voz cuchi-
cheó afanosa: "Allí... Entre aquellos árboles... El simón."

Sin que ella respondiese, el gaditano la guió hacia el 'destartalado carricoche.° Era uno de esos clarens¹ inmundos, con forro   dilapidated coach
de gutapercha resquebrajado y mal oliente, vidrios embazados° y   shaded
conductor medio beodo,° que zarandean por Madrid 'adelante la   drunk
prisa de° los negocios o la clandestinidad del amor. Asís se metió   in front of the rush of
en él con escrúpulo, pensando que bien pudiera su galán traerle
otro simón menos derrotado. Pacheco, a fin de no molestarla pasando a la izquierda, subió por la portezuela contraria, y al subir
arrojó al regazo de la dama un objeto... ¡Qué placer! ¡Un ramillete de rosas, o mejor dicho un mazo, casi desatado, mojado aún! El
recinto se inundó de frescura.

"¡Huelen tan mal estos condenaos° coches!" exclamó el meri-   = condenados
dional como excusándose de su galantería. Pero Asís le flechó una
ojeada de gratitud. El indecente vehículo comenzaba a rodar: ya
debía de tener órdenes."

"¿Se puede saber adónde vamos o es un secreto?"

"A las Ventas del Espíritu Santo."²

---

1   **Clarens** is an anglicism for Clarence, a type of carriage.
2   Las Ventas del Espíritu Santo is a section on the east side of Madrid
that was a popular place for going out.

"¡Las Ventas!" clamó Asís alarmada. "¡Pero si es un sitio de los
más públicos! ¿Vuelta a las andadas?³ ¿Otro San Isidro tenemos?"

"Es sitio público los domingos: 'los días sueltos° está bastante   working days
solitario. Que te calles. ¿Te iba yo a llevar a donde te encontrases
5 en un bochorno? Antes de convidarte, chiquilla, me he enterado
yo de toas las maneras de almorsá en Madrid... Se puede almorsá
en un buen *restaurant* o en cafés finos, pero eso es echar un pre-
gón° pa que te vean. Se puede ir a un colmado° de los barrios o   announcement, eating
a una pastelería decente y escondía,° pero no hay cuartos aparte: house, = **escondida**
10 tendrías que almorsá en pública subasta, a la vera de alguna chu-
lapa o de algún torero.⁴ Fondas,° ya supondrás... No quedaban   small restaurants
sino las Ventas o el puente de Vallecas.⁵ Creo que las Ventas es
más bonito."

¡Bonito! Asís miró el camino en que entraban. Dejándose
15 atrás las frondosidades del Retiro⁶ y las construcciones coquetonas de Recoletos, el coche se metía, lento y remolón,° por una   leisurely
comarca la más escuálida, seca y triste que puede imaginarse, a no
ser que la comparemos al cerro de San Isidro. Era tal la diferencia
entre la zona del Retiro y aquel arrabal° de Madrid, y se advertía   slum
20 tan de golpe, que mejor que transición parecía sorpresa esceno-
gráfica. Cual mastín que guarda las puertas del limbo, allí estaba
la estatua de Espartero,⁷ tan mezquina° como el mismo personaje,   miserable
y la torre mudéjar de una escuela parecía sostener con ella competencia de mal gusto. Luego, en primer término, escombros y
25 solares marcados con empalizadas;⁸ y allá en el horizonte, parodia de algún grandioso y feroz anfiteatro romano, la plaza de to-
ros.⁹ En aquel rincón semidesierto –a dos pasos del corazón de la

---

3   **¿Vuelta a...** *back to your bad old ways?*
4   **A la...** *next to a working-class madrileña or a bullfighter*
5   Puente de Vallecas was a section in the southeast of Madrid where
people went for entertainment and to see bullfights.
6   **Las frondosidades...** *the luxuriance of the branches and leaves of
Retiro park*
7   Baldomero Espartero (1793-1879) was a Spanish general and
political figure associated with the progressive wing of Spanish liberalism. He
signed the Convenio de Vergara (1839) that put an end to the first Carlist war
and he became regent when María Cristina went into exile (1841-1843).
8   **Escombros y...** *rubble and undeveloped plots of land marked off with
pales*
9   **Plaza de toros** is a reference to la Plaza de las Ventas, a famous

vida elegante— se habían refugiado edificios heterogéneos, bien como en ciertas habitaciones de las casas se arrinconan juntas la silla inservible, la maquina de limpiar cuchillos y las colgaduras para el día de Corpus:[10] así, después del circo taurino y la escuela,
5 venía una fábrica de galletas y bizcochos, y luego un barracón con este rótulo: *Acreditado merendero de la Alegría.*

Las lontananzas,° una desolación. El fielato[11] parecía viva ima-   distance
gen del estorbo y la importunidad. A su puerta estaba detenido un borrico cargado de liebres y conejos, y un tío de gorra pelu-
10 da buscaba en su cinto los cuartos de la alcabala.[12] Más adelante, en un descampado amarillento, jugaban a la barra varios de esos salvajes que rodean a la Corte lo mismo que los galos a Roma sitiada.[13] Y seguían los edificios fantásticos: un castillo de la Edad Media hecho, al parecer, de cartón y cercado de tapias por donde
15 las francesillas sacaban sus brazos floridos; un parador, tan des- mantelado como teológico (dedicado al Espíritu Santo nada me- nos); un merendero que se honraba con la divisa° *tanto monta,*[14] y   motto
por último, una franja rojiza, inflamada bajo la reverberación del sol: los hornos de ladrillo. En los términos más remotos que la
20 vista podía alcanzar, erguía el Guadarrama[15] sus picos coronados de eternas nieves.

Lo que sorprendió gratamente a Asís fue la ausencia total de carruajes de lujo en la carretera. Tenía razón Pacheco, por lo vis-
25 to. Sólo encontraron un domador que arrastraban dos preciosas

---

bullring in Madrid with Neo-Mudéjar architecture.

10   **Corpus** is a reference to Corpus Christi day.

11   **Fielatos** were stations at the entrance of towns, cities, or villages, where excise taxes were paid.

12   **Los cuartos...** *money for the excise tax*

13   **Mas adelante...** *Up ahead, in a yellowish open countryside, many of the savages who hang around in Madrid, just like the Gauls did outside of Rome when it was besieged, were throwing around a bar.* **Jugar a la barra** is a reference to a game played by throwing a long piece of metal. The winner is the person who throws it the farthest.

14   **Tanto monta** is an expression used to signify that one thing is equivalent to another.

15   **Guadarrama** is a mountain range that runs southwest to northeast, extending into the province of Madrid to the south and towards the provinces of Ávila and Segovia to the north.

tarbesas;[16] un carromato° tirado por innumerable serie de mulas;   wagon
el tranvía, que cruzó muy bullanguero° y jacarandoso,° con sus   rowdy, graceful
bancos atestados de gentes; otro simón 'con tapadillo,° de retor-   covered
no, y un asistente, caballero en el alazán° de su amo. ¡Ah! Un   chestnut horse
5 entierro de angelito,° una caja blanca y azul que tambaleándose   child
sobre el ridículo catafalco del carro se dirigía hacia la sacramental[17] sin acompañamiento alguno, inundado de luz solar, como
deben de ir los querubines camino del Empíreo...°   heaven
    Poco hablaron durante el trayecto los amantes. Llevaban las
10 manos cogidas; Asís respiraba frecuentemente el manojo de rosas y miraba y remiraba hacia fuera, porque así creía disminuir la
gravedad de aquel contrabando, que en su fuero interno –cosa
decidida— llamaba el último, y por lo mismo le causaba tristeza
sabiéndole a confite que jamás, jamás había de gustar otra vez.[18]
15   Llegaron al puente, y detúvose el simón ante el pintoresco racimo de merenderos, hotelitos y jardines que constituye la parte
nueva de las Ventas.
    "¿Qué sitio prefieres? ¿Nos apeamos aquí?" preguntó Pacheco.
    "Aquí... Ese merendero... Tiene trazas de alegre y limpio," in-
20 dicó la dama, señalando a uno cuya entrada por el puente era una
escalera de palo pintada de verde rabioso.°   loud
    Sobre el frontis° del establecimiento podía leerse este rótulo,   façade
en letras descomunales imitando las de imprenta, y sin gazapos°   errors
ortográficos: —*Fonda de la Confianza— Vinos y comidas— Aseo*
25 *y equidad–* El aspecto era original y curioso. Si no cabía llamar a
aquello los jardines aéreos de Babilonia, cuando menos tenían
que ser los merenderos colgantes.[19] ¡Ingenioso sistema para aprovechar terreno! Abajo una serie de jardines, mejor dicho, de plan-
taciones entecas° y marchitas, víctimas de la aridez del suburbio   sickly

---

16   A **domador** is a luxurious type of carriage and **tarbesa** is a type of
horse.
    17   **Sacramental** here is used to mean cemetery, likely a reference to the
cemetery la Sacramental de San Isidro in Madrid.
    18   **Porque así...** *Because by doing this she believed to reduce the
seriousness of this illicit escapade, which in her internal judgment—it had been
decided—would be the last, and for that very reason it made her sad since it
taſted of a sweetness that she would never ever taſte again.*
    19   **Si no...** *If it was not possible to call this the hanging gardens of Babylon,
they at least had to be the hanging open-air cafés.*

matritense; y encima, sostenidos en 'armadijos de postes,° las   *frameworks of posts*
salas de baile, los corredores, las alcobas con pasillos rodeados
de una especie de barandas,° que comunicaban entre sí las vivien-   *railings*
das. Todo ello –justo es añadirlo para evitar el descrédito de esta
5 Citerea[20] suspendida— muy enjabelgado,° alegre, clarito, flaman-   *whitewashed*
te, como ropa blanca recién lavada y tendida a secar al sol, como
nido de jilguero° colgado en rama de arbusto.   *goldfinch*

Un mozo 'frisando en° los cincuenta, de mandil° pero en   *around, apron*
mangas de camisa, con cara de mico,° muequera, arrugadilla y   *monkey*
10 sardónica, se adelantó apresurado al divisar a la pareja.

"Almorsá," dijo Pacheco lacónicamente.

"¿Dónde desean los señoritos que se les ponga el almuerzo?"
El gaditano giró la vista alrededor y luego la convirtió° hacia su   *directed*
compañera: ésta había vuelto la cara. Con la agudeza de la gente
15 de su oficio el mozo comprendió y les sacó del apuro.

"Vengan los señoritos... Les daré un sitio bueno."

Y torciendo a la izquierda, guió por una escalera angosta que
sombreaba un grupo de acacias y castaños de Indias, llevándoles
a una especie de antesala descubierta, que formaba parte de los
20 consabidos corredores aéreos. Abriendo una puertecilla, hízose a
un lado y murmuró con unción:° "Pasen, señoritos, pasen."   *fervor*

La dama experimentó mucho bienestar al encontrarse en
aquella salita. Era pequeña, recogida,° misteriosa, con ventanas   *secluded*
muy chicas que cerraban gruesos postigos° y enteramente blan-   *shutters*
25 queada; los muebles vestían también blanquísimas fundas de calicó. La mesa, en el centro, lucía un mantel como el armiño; y lo
más amable de tanta blancura era que al través de ella se percibía,
se filtraba, por decirlo así, el sol, prestándole un reflejo dorado y
quitándole el aspecto sepulcral de las cosas blancas cuando hace
30 frío y hay nubes en el cielo. Mientras salía el mozo, el gaditano
miró risueño a la señora.

"Nos han traído al palomar," dijo entre dientes.

Y levantando una cortina nívea que se veía en el fondo de la reducida estancia, descubrió un recinto más chico aún, ocupado por
35 un solo mueble, blanco también, más blanco que una azucena...

---

20 **Citerea**, Cythera in English, is a Greek island, which in ancient
Greece was the center of the cult of Aphrodite, the goddess of love, beauty
and sexuality.

"Mira el nido," añadió tomando a Asís de la mano y obligándola a que se asomase. "Gente precavida... Bien se ve que están en todo. No me sorprende que vivan y se sostengan tantos establecimientos de esta índole. Aquí la gente no viene un día del año como a San Isidro; pero digo yo que habrá abonos a turno. ¿Nos abonamos, 'cacho de gloria?°" darling

No sé cómo acentuó Pacheco esta broma, que 'en rigor,° dada strictly speaking la situación, 'no afrentaba;° lo cierto es que la señora sintió una was not insulting sofoquina...° vamos, una sofoquina de esas que están a dos de- intense mortification ditos de la llorera y la congoja. Parecíale que le habían arañado el corazón. La mujer es un péndulo continuo que oscila entre el instinto natural y la aprendida vergüenza, y el varón más delicado no acertará a no lastimar alguna vez su invencible pudor.

19

AL COLARSE° EN EL palomar los dos tórtolos,° no lo hi-
cieron sin ser vistos y atentamente examinados por una
taifa° de gente humilde, que a la puerta de la cocina del
5 merendero fronterizo° se dedicaba a aderezar un guisote de carnero puesto, en monumental cazuela, sobre una hornilla.¹ Es de
saber que ambos enseres° domésticos los alquilaba el dueño del
restaurant por módica suma en que iba comprendido también el
carbón: en cuanto al carnero y al arroz de añadidura, lo habían
10 traído en sus delantales las muchachas, que por lo que pueda importar, diremos que eran operarias° de la Fábrica de tabacos.

Capitaneaba la tribu una vieja pitillera,² morena, lista, alegre,
más sabidora° que Merlín;³ y dos niñas de ocho y seis años 'tra-
vesaban alrededor° de la hornilla, empeñadas en que les dejasen
15 cuidar el guisado, para lo cual se reconocían con superiores apti-
tudes. Toda esta gentuza, al pasar la marquesa viuda de Andrade
y su cortejo,° se comunicó impresiones con mucho parpadeo y
meneo de cabeza, y susurrados a media voz dichos sentencio-
sos. Hablaban con el seco y recalcado° acento de la plebe madri-
20 leña, que tiene alguna analogía con lo que pudo ser la parla de
Demóstenes⁴ si se le ocurriese escupir a cada frase una de las gui-
jas° que llevaba en la boca.

"Ay... Pus van así como asustaos...° Ella es guapetona, colorá°
y blanca."

"Valiente perdía° será."

	slip, turtledoves
	group
	opposite
	utensils
	workers
	= sabia
	passed around
	retinue
	marked
	pebbles
	= asustados
	colorada
	= perdida

---

1   **Aderezar un...** *to prepare a mutton stew in a huge earthenware
cooking pot over a stove*
2   **Capitaneaba la...** *the tribe was headed by an old woman cigarette
maker*
3   **Merlín**, or Merlin in English, is a famous wizard in Arthurian legend.
4   **Demóstenes**, Demosthenes in English, was a prominent statesman
and orator of Ancient Greece. It is said that he practiced giving speeches with
his mouth full of pebbles, which explains the mention of **guijas** here.

"Se ve caa° cosa... Hijas, 'la mar° son estos señorones de rango."   = **cada**, mucho

"Puee que sea arguna del Circo. Tié pinta de franchuta."[5]

"Que no, que este es un 'belén gordo,° de gente de calidá.°   big incident, = **calidad**

Mujer de algún menistro° lo menos. ¿Qué vus pensáis? Pus una   = **ministro**

5   conocí yo, casaa° con un presonaje° de los más superfarolíticos...°   = **casada**, = **personaje**,

de mucho coche, una casa como el Palacio Rial... y andaba como   refined

'caa cuala,° con su apaño.° ¡Qué líos, Virgen!"   = **cada cual**, cleverness

"No, pus° muy amartelaos° no van."   pues, in love

"¿Te quies° callar? Ya samartelarán° dentro. Verás tú las venta-   = **quieres**, = **se amarte-**

10   nas y las puertas atrancás,° como en los pantiones...° Pa que el sol   **larán**; = **atrancadas**

no los queme el cutis."   *barred closed*, = **pan-**

Desmintiendo las profecías de la experta matrona, los pos-   **teones**

tigos y vidrieras del palomar se abrieron, y asomó la cabeza de la

dama, sin sombrero ya, mirando atentamente hacia el merendero.

15   "Miala,° miala..., la gusta el baile."   = **mírala**

En efecto, el corredor aéreo de enfrente ofrecía curiosa esce-

na coreográfica. Un piano mecánico soltaba, con la regularidad

que hace tan odiosos a estos instrumentos, el duro chorro° de   stream

sus 'martilleadoras tocatas:° *Cádiz* 'hacía el gasto:° paso doble   hammering toccatas,

20   de *Cádiz*, tango de *Cádiz*, coro de majas de *Cádiz*... y hasta una   was played the most

veintena de cigarreras, de chiquillas, de fregonas muy repeinadas

y con ropa de domingo, saltaba y brincaba al compás de la música,

haciendo a cada zapateta° temblar el merendero... Asís veía pasar   jump

y repasar las caras sofocadas, las toquillas° azul y rosa; y aquel   shawls

25   brincoteo,° aquel tripudio° suspendido en el aire, sin hombres,   jumping, dance

sin fiesta que lo justificara, parecía efecto escénico, coro de zar-

zuela bufa. Asís se imaginó que las muchachas cobraban de los

fondistas algún sueldo por animar el cuadro.

"¡Calla!" secreteó minutos después el grupo dedicado a vigi-

30   lar la cazuela del guisote. "¡Pus° si también han abierto la puerta!   pues

Chicas... quien° que se entere too el mundo."   = **quieren**

"Estas tunantas ponen carteles."[6]

El mozo subía y bajaba, atareado.°   busy

"Mia° lo que los llevan. Tortilla... Jamón... Están abriendo la-   = **mira**

35   tas de perdices... ¡Aire!"°

---

5   **Puee que... Pues que sea alguna del Circo. Tiene pinta de fran-**
chuta (*francesa*)

6   **"Estas tunantas...** *these crafty women want to advertise it*"

"No se las cambio por mi rico carnero. A gloria huele."

"¡Chist!" mandó el mozo, imponiéndose a aquellas cotorras.°   get out!, chatterboxes
"Cuidadito... Si oyen... Son gente... ¡uf!"

Al expresar la calidad de los huéspedes, el mozo hizo una
5   mueca indescriptible, mezcla de truhanería° y respeto profundo a   buffoonery
la propina que ya olfateaba. La vieja cigarrera, de repente, adoptó
cierta diplomática gravedad.

"Y pué que sean gente tan honrá como Dios Padre. No sé pa
qué ha de condenar una su arma° echando malos pensamientos.   = alma
10   Serán argunos° novios recién casaos, u° dos hermanos, u tío y so-   = algunos, = o
brina. Vayasté° a saber. Oigasté,° mozo..."   = vaya usted, = oiga usted

Se apartó y secreteó con el mozo un ratito. De esta conferencia salió un proyecto habilísimo, madurado en breves minu-
tos en el ardiente y optimista magín° de la señá Donata, que así   imagination
15   se llamaba la pitillera, si no mienten las crónicas. Arriba dama y
galán empezaban a despachar° los apetitosos entremeses, las inci-   to finish off
tantes° aceitunas y las sardinillas, con su ajustada túnica de plata.   enticing
Aunque Pacheco había pedido vinos de lo mejor, la dama rehusa-
ba hasta probar el *Tío Pepe* y el amontillado, porque con sólo ver
20   las botellas, le parecía ya hallarse en la cámara de un trasatlántico,
en los angustiosos minutos que preceden al mareo total. Como
la señora exigía que puertas y ventanas permaneciesen abiertas, el
almuerzo no revelaba más que la cordialidad propia de una luna
de miel ya próxima 'a su cuarto menguante.° Pacheco había per-   on the wane
25   dido por completo su labia meridional, y manifestaba un abatimiento que, al quedar mediada la botella de *Tío Pepe*, se convirtió
en la tristeza humorística tan frecuente en él.

"¿Te aburres?" preguntaba la dama a cada vuelta del mozo.

"Ajogo° las peniyas,° gitana," respondía el meridional apuran-   = ahogo, = penas
30   do otro vaso de jerez, más auténtico que la famosa manzanilla del
Santo.

Acababa el mozo de dejar sobre la mesa las perdices 'en escabeche,° cuando en el marco de la puerta asomó una carita infantil,   marinated
colorada, regordeta, boquiabierta, guarnecida de un matorral de
35   rizos negrísimos. ¡Qué monada° de chiquilla! Y estaba allí hecha   little beauty
un pasmarote,° si entro si no entro. Asís le hizo seña con la mano;   dummy
el pájaro se coló en el nido sin esperar a que se lo dijesen dos ve-

ces. Y las preguntas y los halagos 'de cajón:° "Eres muy guapa...   usual
¿Cómo te llamas? ¿Vas a la escuela?... Toma pasas... Cómete esta
aceitunita por mí... Prueba el jerez... ¡Huy qué gesto más sala-
do° pone al vino!... Arriba con él... ¡Borrachilla! ¿Dónde está tu   amusing
5   mamá? ¿En qué trabaja tu padre?"
    De respuesta, ni sombra. El pajarito abría dos ojos como dos
espuertas,° bajaba la cabeza adelantando la frente como hacen los   baskets
niños cuando tienen cortedad y al par se encuentran mimados,[7]
picaba golosinas y daba con el talón del pie izquierdo en el em-
10   peine° del derecho. A los tres minutos de haberse colado el pri-   instep
mer gorrión migajero° en el palomar, apareció otro. El primero   crumb-eating
representaba cinco años; el segundo, más formal pero no menos
asustadizo, tendría ya ocho lo menos.
    "¡Hola! Ahí viene la hermanita...," dijo Asís. "Y se parecen
15   como dos gotas... La pequeña es más saladilla... pero vaya con
los ojos de la mayor... Señorita, pase usted... Esta nos enterará
de cómo se llama su padre, porque a la chiquita le comieron la
lengua los ratones."
    Permanecía la mayor incrustada° en la puerta, seria y recelosa,   embedded
20   como aquel que antes de lanzarse a alguna empresa 'erizada de°   plagued with
dificultades, vacila y teme. Sus ojazos,° que eran realmente árabes   large eyes
por el tamaño, el fuego y la precoz gravedad, iban de Asís a Diego
y a su hermanita: la chiquilla meditaba, se recogía, buscaba una
fórmula, y no daba con ella, porque había en su corazón cierta
25   salvaje repugnancia a pedir favores, y en su carácter una indómita
fiereza muy en armonía con sus pupilas africanas. Y como se pro-
longase la vacilación, acudióle un refuerzo, en figura de la señá
Donata, que con la solicitud y el enojo peor fingidos del mundo,
se entró muy resuelta en el gabinete refunfuñando:° "¡Eh! niñas,   grumbling
30   corderas, largo, que estáis dando la gran jaqueca a estos señores...
A ver si vus° salís afuera, u sino..."   = os
    "No molestan...," declaró Asís. "Son más formalitas... A esa
no hay quien la haga pasar, y la chiquitilla... ni abre la boca."
    "Pa comer ya la abren las tunantas...°"   mischievous girls
35   Pacheco se levantó cortésmente y ofreció silla a la vieja. El
gaditano, que entre gente de su misma esfera social pecaba de

---

7   **Cuando tienen...** *when they are bashful and being pampered at the
same time*

reservado y aun de altanero,° se volvía sumamente campechano°   arrogant, good-natured
al acercarse al pueblo.

"Tome usted asiento... Se va usted a bebé° una copita de Jerés°   = beber, = Jerez
a la salú° de toos."   = salud

5   ¡Oídos que tal oyeron! ¡Señá Donata, fuera temor, al ataque,
ya que te presentan la brecha franca y expedito el rumbo!⁸ Y tan
expedito,° que Pacheco, desde que la vieja puso allí el pie, pareció   clear
sacudir sus penosas cavilaciones y recobrar su cháchara,° dicien-   garrulity
do los mayores desatinos del mundo. Como que se puso muy for-
10   mal a solicitar a la honrada matrona, proponiéndole un paseíto
a solas por los tejares.° Oía la muy lagarta de la vieja, y celebraba   brick and tile factories
con carcajadas pueriles,° luciendo una dentadura sana y sin me-   childish
lla;° pero al replicar, iba encajando mañosamente aquella misión   gap
diplomática que bullía° en su mente fecunda desde media hora   was boiling
15   antes. Tratábase de que ella, ¿se hacen ustés cargo?⁹ trabajaba en
la Frábica° de Madrí... y tenía cuatro nietecicas,° de una hija que   = fábrica, = nietas
se murió de la tifusidea,° y el padre de gomitar° sangre, así, 'a gol-   = tifoidea, = vomitar
pás...,° en dos meses se lo llevó la tierra, ¡señores! que si se cuenta,   in fits and starts
mentira parece. Las dos nietecicas mayores, colocaas° ya en los   = colocadas
20   talleres; pero si la suerte la deparase una presona de suposición pa
meter un empeño...,¹⁰ porque en este pícaro mundo, ya es sabío,°   = sabido
too va por las amistaes° y las influencias de unos y otros... Llegada   = amistades
a este punto, la voz de la señá Donata adquiría inflexiones paté-
ticas: "¡Ay Virgen de la Paloma! No premita° el Señor que ustés   = permita
25   sepan lo que es comer y vestir y calzar cinco enfelices° mujeres   = infelices
con tristes ocho u nueve riales° ganaos 'a trompicones...° Si la se-   = reales , on and off
ñorita, que tenía cara de ser tan complaciente y tan cabal, cono-
ciese por casualidá al ministro... o al menistraor de la Frábica..., o
al contaor..., o algún presonaje de estos que too lo regüerven... pa
30   que la chiquilla mayor, Lolilla, entrase de aprendiza también...¹¹

---

8   **¡Oídos que...** *Did she really hear this? Señora Donata, since the
breach is open and the course clear, abolish fear, go to the attack!*

9   **¿Se hacen...** *do you understand?*

10   **Si la...** *if luck would present a person in your position to use his
influence...*

11   **Si la...** *If the young woman who had such an obliging and just face,
were to know by chance the minister... or the administrator of the factory..., or the
accountant..., or any one of these important people who get everything moving...
so that the older girl, Lolilla, could enter as an apprentice as well...*

¡Sería una caridá° de las grandes, de las mayores! Dos letricas, un   = caridad
cacho de papel..."[12]

    Pacheco respondía a la arenga° con mucha guasa,° sacando   harangue, humor
la cartera, apuntando las señas° de la pitillera detenidamente, y   address
5 asegurándole que hablaría al presidente del Consejo, a la infanta
Isabel[13] (íntima amiga suya), al obispo, al nuncio... Enredados se
hallaban en esta broma, cuando tras la abuela pedigüeña° y las   demanding
nietecillas mudas, se metieron en el gabinete las dos chicas mayores.

10   "Miren mis otras huerfanicas° enfelices," indicó la señá   = huerfanitas
Donata.

    Imposible imaginarse cosa más distinta de la clásica orfandad
enlutada y extenuada que representan pintores y dibujantes al
cultivar el sentimentalismo artístico. Dos mozallonas frescas, su-
15 dorosas porque acababan de bailar, echando alegría y salud a cho-
rros, y saliéndoles la juventud en rosas a los carrillos y a los labios;
para más, alborotadas y retozonas,° dándose codazos y pellizcán-   playful
dose para hacerse reír mutuamente. Viendo a semejantes ninfas,
Pacheco abandonó a la señá Donata, y con el mayor rendimiento
20 se consagró a ellas, encandilado° y camelador° como hijo legítimo   fascinated, seductive
de Andalucía. Todas las penas *ajogadas*° por el *Tío Pepe* se fueron   = ahogadas
a paseo, y el gaditano, entornando los ojos, derramando sales° por   witticisms
la boca y ceceando como nunca, aseguró a aquellas principesas
del Virginia[14] que desde el punto y hora en que habían entrado,
25 no tenía él sosiego ni más gusto que comérselas con los ojos.

    "¿Vienen ustés de bailar?" les preguntó risueño.

    "Pus ya se ve," contestaron ellas con chulesco desgarro.°   impudence

    "¿Sin hombres? ¿Sin pareja?"

    "Ni mardita° la falta."   = maldita

30   "Pan con pan...[15] Eso es más soso que una calabasa,° prendas.°   = calabaza, darlings
Si me hubiesen ustés llamao..."

    "¿Que iba usté a venir? Somos poca cosa pa usté."

---

12   **Dos letricas...** *a few words on a piece of paper*

13   La Infanta Isabel was the daughter of Isabel II and the sister of
Alfonso XII.

14   Virginia is a reference to Virginia tobacco.

15   **Pan con pan** is the first part of an expression that ends **comida de
tontos** which means here that activities engaged in without the opposite sex
are boring.

"¿Poca cosa? Son ustés... dos peasito del tersiopelo de que está forraa la bóveda seleste.[16] ¡Ea! ¿echamos o no ese baile? Ahora me empeñé yo... ¡A bailar!"

Salió como una exhalación; dio la vuelta al pasillo aéreo; cruzó el puente que a los dos merenderos unía, y en breve, al compás del horrible piano mecánico, Pacheco bailaba ágilmente con las cigarreras.

---

16   **Son ustés...** *You are... two pieces of velvet with which the firmament is lined*

20

ENTRE LAS CONDICIONES DE carácter de la marquesa viuda de Andrade, y de los gallegos en general, se cuenta cierto don de encerrar bajo llave toda impresión fuerte. Esto
se llama *guardarse* las cosas, y si tiene la ventaja de evitar choques,
5 tiene la desventaja de que esas impresiones archivadas y ocultas
se pudren dentro. Cuando el andaluz regresó después de haber
pegado cuatro saltos,[1] enjugándose la frente con su pañuelo y abanicándose con el hongo,° halló a la señora aparentemente tran-   bowler hat
quila y afable, ocupada en obsequiar con queso, bizcochos y pasas
10 a las dos gorrioncillas,° y muy atenta a la charla de la vejezuela,   little sparrows
que refería por tercera vez las *golpás* de sangre[2] causa de la defun-
ción° de su yerno. Pero el camarero, que era más fino que el oro y   death
más largo que la cuaresma,[3] se dio cuenta con rápida intuición de
que *aquello* no iba por el camino natural de almuerzos semejan-
15 tes, y adoptando el aire imponente de un bedel que despeja una
cátedra,[4] intimó a toda la bandada° la orden de expulsión.   flock

"¡Ea! bastante han molestado ustedes a los señores. Me parece
regular que se larguen."

"Oigasté...° ¡El tío este! Si yo he entrao° aquí, fue porque los   = oiga usted, = entrado
20 señores me lo premitieron,° ¿estamos? Yo soy así, muy franca de   = permitieron
mi natural..., y me arrimo aonde° veo naturalidá, y señoritos lla-   = adonde
nos y buenos mozos, sin despreciar a nadie."

"¡Ole las mujeres principales!" contestó con la mayor formalidad Pacheco, pagando el requiebro de la señá Donata. La cual
25 no soltó el sitio hasta que don Diego y la señora prometieron
unánimes acordarse de su empeño y procurar que Lolilla entrase en los talleres. Las gorrionas se dejaron besar y se llevaron las

---

1 **Después de...** *after having danced a bit*
2 **Golpás de sangre** is a reference to her son-in-law's bouts of vomiting
up blood, mentioned in the previous chapter.
3 **Más fino...** *very vigilant and very clever*
4 **De un...** *of a beadle clearing out a lecture room*

manos atestadas° de postres, pero ni con tenazas se les pudo sacar   cram full
palabra alguna. 'No piaron° hasta que fueron a posarse en el salón   they didn't make a peep
de baile.

El camarero también salió anunciando que "dentro de un ra-
5   tito" traería café y licores. Al marcharse encajó bien la puerta, e
inmediatamente los ojos de Pacheco buscaron los de su amiga.
La vio de pie, mirando a las paredes. ¿Qué quería la niña? ¿Eh?
"Un espejo."
"¿Pa qué? Aquí no hay. Los que vienen aquí no se miran a sí
10 mismos. ¿Espejo? Mírate en mí. ¿Pero cómo? ¿Vas a ponerte el
sombrero, chiquilla? ¿Qué te pasa?"
"Es por ganar tiempo... Al fin, en tomando el café hemos de
irnos..."
El meridional se acercó a Asís, y la contempló cara a cara, lar-
15 go rato... La señora esquivaba° el examen, poniendo, por decirlo   dodged
así, sordina° a sus ojos y un velo impalpable de serenidad a sus   muffle
facciones. Le tomó Pacheco la cintura, y sentándose en el sofá, la
atrajo hacia sí. Hablaba y reía y la acariciaba tiernamente.
"¡Ay, ay, ay!... ¿Esas tenemos? Mi niña está celosa. ¡Celosita,
20 celosita! ¡Celosita de mí la reina del mundo!"
Asís se enderezó en el sofá, rechazando a Pacheco.
"Tienes la necedad de que todo lo conviertes en substancia.
La vanidad te parte,[5] hijo mío. Yo no estoy celosa, y si me apuras,°   you press
te diré..."
25 "¿Qué? ¿Qué me dirás?" prorrumpió Pacheco algo inmutado
y descolorido.
"Que... es algo imposible eso de estar celoso cuando..."
"¡Ah!" interrumpió el meridional, más que pálido, lívido, con
voz que salía *a golpás*, según diría la señá Donata. "No necesitas
30 ponerlo más claro... Enterado, mujer, enterado, si yo adivino antes que hables. Pa miserables tres horas o cuatro que nos faltan de
estar juntos, y probablemente serán las últimas que nos hemos
de ver en este mundo perro, ya pudiste callarte y procurar enga-
ñarme como hasta aquí... Poco favor te haces, si viniste aquí no
35 queriéndome algo. Tú te habrás creído que yo 'me tragaba...° ¡Y   I believed it
me llamas necio! Yo seré un vago, un hombre que no sirve para

---

5   **Tienes la...** *you have the foolishness to interpret everything in your*
favor. Your vanity exceeds you

ná, un tronera, un perdido, lo que gustes; ¡pero necio! Necio yo...,
¡y en cuestiones de faldas! ¡Mire usted que es grande! Pero, ¿qué
importa? Llámame lo que quieras... y óyeme sólo esto, que te voy
a decir una verdá° que ni tú la sabes, niña. No me has querío° has-   = verdad, = querido
5 ta hoy, corriente... Hoy, más que digas por tema lo que te dé la
gana, me quieres, me requieres, estás enamoraa° de mí... Poquito   = enamorada
a poco te ha ido entrando... y así que yo te falte, se te va a acabar
el mundo. Esta es la fija...⁶ Ya lo verás, ya lo verás. Y por amor
propio y por soberbia sales con la pata e gallo...⁷ ¡Te desdeñas
10 de tener celos de mí! Bien hecho... Así como así, no hay de qué.
Boba serías si tuvieses celos. Algún ratito ha de pasar antes de que
yo me pierda por otras mujeres... ¡Maldita sea hasta la hora en
que te vi!... Dispensa,° ¡dispensa! No quiero ofenderte, ¿sabes?   pardon me
ahora ni nunca. No sé lo que me digo... Pero digo verdad."

15   Soltaba esta andanada° paseando por el pequeño recin-   barrage
to, como las fieras en sus jaulas de hierro; unas veces sepultaba
las manos en los bolsillos del pantalón, y otras 'las desenfunda-
ba° para accionar con violencia. Su rostro, descompuesto por la   took them out
cólera, perdiendo su expresión indolente, mejoraba infinito: se
20 acentuaban sus enjutas facciones, temblaba el bigote dorado, res-
plandecían los blancos dientes, y los azules ojos se obscurecían,
como el agua del Mediterráneo cuando 'amaga tempestad.° El   a storm is immanent
piso retemblaba bajo sus pasos; diríase que el aéreo nido iba a
saltar hecho trizas. Aquella tormenta de verano, aquella cólera
25 meridional, no cabía en el cuartuco.

     Al encajar la puerta el mozo, los amantes se habían olvidado
de que el nido tenía otro boquete,° la ventana, abierta por Asís y   entrance
dejada en la misma situación durante todo el almuerzo. Y la ventana justamente miraba al salón de baile, ocupado por parte de la
30 bandada de gorriones, entretenidísimas 'a la sazón en atisbar° la   at that time observing
riña amorosa, mientras abajo Lolilla se consagraba al carnero y al
arroz.

     "Anda..., ella está 'de morros° con él... Está amoscá.°"   upset, irritated
     "Porque bailó con nusotras... 'Me lo malicié,° hijas."   I corrupted him
35   "¡Jesús! Pus no se ha resquemao poco...⁸ ¡Qué gesto!"

---

6   **Esta es...** *the time has come to tell the truth*
7   **Sales con...** *you say something inappropriate*
8   **Pus no...** *well, she's very angry*

"¡Ay! ¡Miales!° Él le está haciendo cucamonas⁹ pa que se le   = **mírales**
pase... ¡Ole!... Hombre, no nos ponga usté el gorro...¹⁰ Siquiera
pa repichonear° podían tener la ventana cerrá."   be affectionate

"¿Quién os manda mirar?"

5   "Pa eso tiene una los ojos... ¡Calle!... Pus ella, 'en sus trece...°   persists
Que nones...° Las orejas le calienta ahora."¹¹   no

"¡Virgen! ¿Qué cosas le habrá icho,° pa que él se enfade así?   = **dicho**
Mueve los brazos que paecen° aspas de molino... ¿A que le pega?"   = **parecen**

"¿Que lae° pegar, mujer, que lae pegar? Eso a las probes.° A   = le ha de, = **pobres**
10   estas 'pindongas de señoronas,° los hombres les 'rinden el pabe-   gad-about women
llón.° Y eso que cualisquiera de nosotras les pue vender honradez   declare defeat
y dicencia.° Digo, me paece...°"   = **decencia**, = **parece**

"No, pus enfadao° ya está."   = **enfadado**

"¿Va° que acaba pidiendo perdón como los chiquillos? ¿No lo   = **a**
15   ije?° Miale... más manso que un cordero... Ella na, espetá,° seca-   = **dije**, stiff
tona...,° vuelta a la manía de ponerse el abrigo... Se quie° largar...   cold, = **quiere**
¡Madre e° Dios, lo que saben estas tunantas! Me lo maneja como   = **de**
a un fantoche...° ¡Qué compungío° que está!... ¿A que se pone   puppet, = **compungido**
de rodillas, pa que le echen la solución?° ¡Ay, qué mujer, paece la   = **absolución**
20   leona del Retiro! Empeñá en que me voy... Y se sale con la suya...
Mia... ¡Se largan!"

La turba se precipitó por la escalera del merendero. Verdad:
Asís se largaba, se largaba. Salía tranquilamente, sin prisa ni enojo: hasta sonrió a Lolilla, que armada del soplador° de mimbres   flame blower
25   avivaba el fuego. Con voz serena explicó al mozo, atónito° de se-   astonished
mejante deserción, que se les hacía tarde, que no podían aguardar
ni un minuto más; que avisase al cochero, el cual probablemente
estaría con el simón por allí, en alguna sombra. Mientras Pacheco,
demudado, con pulso trémulo, buscaba en el portamonedas un
30   billete, Asís trazaba en el piso rayas con la sombrilla, hasta dibujar una celosía complicada y menuda. Al terminarla extendió
la mano; cogió una ramita florida de la acacia que sombreaba el
merendero, y se la sujetó en el pecho con el imperdible. Acercóse
obsequiosa la señá Donata, ofreciendo a sus huérfanas, sus nietc-
35   citas, "pa juntar un ramo de cacias° y de mapolas,° si a la señorita   = **acacias**, = **amapolas**

---

9   **Él le...** *he is buttering her up*
10   **No nos...** *don't caress her in front of us*
11   **Las orejas...** *she's telling him off*

le gustan...." Dio Asís las gracias rehusando, porque se marcha-
ba acto continuo; y acercándose disimuladamente a la vieja, le
deslizó algo en la mano, recia y curtida cual la piel del arenque.°   herring
Acercóse el simón: sin duda el cochero se había atizado un par de
5   tragos,[12] porque su nariz echaba lumbre, reluciendo al sol como la
película roja que viste a los pimientos riojanos. La señora tomó
por la escalerilla que bajaba desde el puente; Pacheco la siguió...
    "En el coche harán las paces," piaron las gorrionas mayores.
"¿A que sí?"
10   "La fija. En entrando..."
    Grande fue el asombro de aquellas aves más parleras° que ca-   talkative
noras,° viendo que, tras un corto debate al pie de la portezuela, la   musical
señora tendió la mano a Pacheco, y este llevó la suya al sombrero
saludando, y el simón arrancó a paso de tortuga, bamboleándose
15   sobre la polvorosa carretera.
    "Pus ella vence... Me lo deja plantadito."
    "¿A que él se nos vuelve aquí?" indicó la gorriona primogé-
nita, alisando con la palma las grandes peteneras° de su peinado,   waves
untadas de bandolina.
20   No volvió el muy... Ni siquiera torció la cabeza para hacer-
les un saludo o enviarles una sonrisa de despedida. ¡Fantasioso!°   conceited
Estuvo pendiente del simón mientras éste no traspuso° los hor-   passed through
nos de ladrillo; luego, cabizbajo, echó a andar a pie.

---

12   **Se había...** *had guzzled down a couple of drinks*

21

LA BUENA FE, QUE DEBE servir de norma a los historiadores así de hechos memorables como de sucesos ínfimos, obliga a declarar que la marquesa viuda de Andrade se dedicó asiduamente –desde las dos de la tarde, hora en que llegó a su
5 casa, hasta cerca de las nueve de la noche— a la faena del arreglo definitivo de su equipaje, resolviendo la marcha para el siguiente día, sin prórroga. El trajín° fue gordo, y aumentó sus fatigas   haulage
el desasosiego moral de la señora. Anduvo hecha un zarandillo;[1]
removió hasta el último trasto° de la casa; mareó a la Diabla; atu-   small thing, flustered
10 rrulló° a los demás criados; y al agitarse así, la impulsaban sus nervios, tirantes como cuerdas de guitarra, al par que sentía una especie de punzada° continua en el corazón, un calor extraño en   stabbing pain
el epigastrio, un saborete amargo en la boca. Después de haber comido –por fórmula y sin ganas— pidiole Ángela licencia, ya
15 que era el último día, para decir adiós a su hermana. La negó en un arranque° de cólera; la otorgó dos minutos después. Y así que   fit
la chica batió la puerta,[2] la señora, rendida de cuerpo, más enca-
potada° que nunca de espíritu, se retiró a su dormitorio... Tenía   gloomy
que poner el S. D.[3] a un sinnúmero de tarjetas; pero ¡estaba tan
20 molida!° ¡de humor tan perro! Además la punzadita aquella del   worn out
corazón se iba convirtiendo en dolor fijo, intolerable... ¿Se aplacaría un poco recostándose en la cama? A ver...

Cerró los ojos, mascando unas hieles° que tenía entre la len-   bile
gua y el paladar. ¿A qué venían las hieles dichosas? Ella había
25 obrado bien, mostrándose digna y entera. En realidad, ningún desenlace mejor para la historia. De un modo o de otro ello iba a acabarse; era inevitable, inminente: mejor que se acabase así...

---

1   **Anduvo hecho...** *She moved around a lot.*
2   **Y así...** *As soon as the girl had slammed the door behind her.*
3   **S. D.** stands for *sine díe*, literally, **sin día**, and indicates an indefinite postponement.

Porque si aquella última entrevista fuese muy tierna, qué tristeza
y qué... Nada; mejor así, mejor cien veces. Ella había tenido razón
sobrada: una cosa son los celos, otra el amor propio y el decoro de
que nunca está bien prescindir. Y a quién se le ocurre, allí, en su
propia cara, ponerse a bailar con... Veía el salón de baile aéreo, el
brincoteo de las gorrionas, los incidentes del almuerzo... y las hieles se volvían más amarguitas aún. Cierto que ella fue quien abrió
puertas y ventanas: de todos modos, el proceder de Pacheco... Sí...
buen tipo estaba Pacheco. En viendo una escoba con faldas... ¡Ay
infeliz de la mujer que se fiase de sus exageraciones y sus locuras!
¡Requebrar a las cigarreras así, delante de...! ¡Y qué fatuo!° ¡Pues   conceited
no había querido convencerla de que estaba enamorada de él!
¿Enamorada? No, no señor, gracias a Dios... Conservaría sí un
recuerdo..., un recuerdo de esos que... Allí tenía, en el medallón
de oro, junto al pelo de Maruja,[4] una florecita de la acacia blanca...
¡Qué tontera! Lo probable es que a Pacheco no volviese a verle
nunca más... Y esta punzada del corazón, ¿qué será? Será enfer-
medad, o... Parece que lo aprieta un aro° de hierro... ¡Jesús, qué   ring
cavilaciones más simples!

    Bregando° con la imaginación y la memoria, se quedó tras-   struggling
puesta.° No era dormir profundo, sino una especie de somnam-   drowsy
bulismo, en que las percepciones de la vida exterior se amalga-
maban con el delirio de la fantasía. No era la pesadilla que causa
la ocupación de estómago, en que tan pronto caemos de altísi-
ma torre como volamos por dilatadas zonas celestes, ni menos
el sueño provocado por la acción del calor del lecho sobre los
lóbulos cerebrales, donde, sin permiso de la honrada voluntad, se
representan imágenes repulsivas... Lo que veía Asís, adormecida
o mal despierta, puede explicarse en la forma siguiente, aunque
en realidad fuese harto más vago y borroso.[5]

    Encontrábase ya en el vagón,° con la Diabla enfrente, la ma-   train
letita y el lío de mantas en la rejilla,° el velo de gasa inglesa bien   luggage rack
ceñido sobre la 'toca de paja,° calzados los guantes de camino,   straw hat
abrochado hasta el cuello el guardapolvo.° El tren adelantaba,   dust coat
unas veces 'bufando y pitando,° otras con perezoso cuneo,° al   puffing and whistling,
través de las eternas estepas amarillas, caldeadas° por un sol del   rocking; overheated

---

    4   **Junto al...** *next to the locket with Maruja's hair*
    5   The next two paragraphs relate the dream sequence.

trópico. ¡Oh Castilla la fea, la árida, la polvorosa, la de monó-
tonos aspectos, la de escuetas° lontananzas! ¡Oh sombría mole,°   unadorned, mass
región desconsolada del Escorial,[6] qué felicidad perderte de vista!
¡Oh calor, calor del infierno, cuándo acabarás! Asís sentía que
5 el sol, al través de las cortinas corridas° que teñían con viso azul   drawn
el departamento, se le empapaba° en los sesos como el agua en   soaked up
una esponja, y que en sus venas la sangre se volvía alquitrán,° y la   tar
punta de cada filete nervioso una aguja candente,° y que los ojos   red-hot
se le salían de las órbitas, igual que a los gatos cuando los escal-
10 dan... El polvillo de carbón, unido al de los páramos° castellanos,   wastelands
entraba en remolinos o en ráfagas violentas, cegando, desvane-
ciendo,° asfixiando. No valía manejar desesperadamente el abani-   making dizzy
co: como toda la atmósfera era polvo, polvo levantaba al agitar el
aire, y polvo absorbían los sedientos pulmones. "¡Agua! ¡Agua!
15 ¡Agua por Dios! Ángela, va una botella llena ahí en el cesto...."
Revolvía la Diabla el fondo de la canastilla..., nada: sin duda el
agua se había olvidado. ¡Ah! una botella... El vaso plano...[7] Asís
bebía. ¡No es agua, no es agua! Es manzanilla, jerez, 'brasa líqui-   liquid red-hot coal
da,° esas ponzoñas que roban el juicio a las gentes... Venga un río,
20 un río de mi tierra, para agotarlo de un sorbo...[8] Mientras la señora gemía, el inmenso foco del sol ardía más implacable, como
si estuviesen echándole carbón, convertidos en fogoneros,° los   stokers
arcángeles y los serafines. Y así atravesaban la pedregosa° tierra   rocky
de Ávila, con sus escuadrones de enormes cantos,° y las llanuras   stones
25 de Palencia, y los severos desiertos de León, y la vieja comarca de
la Maragatería. ¡Que me abraso!... ¡Que me abraso!... ¡Que me
muero!... ¡Socorro!...

    ¡Aah! ¿Qué ocurre? Salimos del país llano... ¡Montes que-
ridos! Cada túnel es una inmersión en la noche, un baño en un
30 pozo: al volver a la claridad, montañas y más montañas, revesti-
das de frondosos castañares, y por cuyas laderas... ¡oh deleite! se

---

    6   El Escorial is a reference to the town of San Lorenzo de El Escorial
located 28 miles Northwest of Madrid and home to the famous palace and
monastery of the same name.
    7   A **vaso plano** is a folding glass used for traveling; it can be contracted
for packing, and extended for drinking.
    8   **Venga un...** *bring a river, a river from my Galicia, so I can finish it
off in one gulp*

despeñan saltando manantiales, cascaditas, riachuelos,[9] mientras
allá abajo, caudaloso y profundo, corre el Sil...[10] Las mismas rocas
sudan humedad; de la bóveda de los túneles rezuman° gotas gor- °ooze
das; el suelo 'se encharca.° Al principio, Asís revive como el pez °becomes waterlogged
5 restituido a su elemento: su corazón se dilata, cálmase el hervor
de su sangre, se aplaca la horrible sed. Pero los riachuelos van en-
grosando; los túneles menudean,° lóbregos, pantanosos; al térmi- °abound
no se divisa un cielo color de panza de burro, muy bajo, en el cual
se acumulan nubes preñadas de agua, que al fin, abriendo su seno,
10 dejan caer, primero en delgados hilos, luego en cerrada cortina,
la lluvia, la eterna lluvia del Noroeste, 'plomo derretido y glacial,° °icy, melted lead, sobs
que solloza° escurriendo por los vidrios. Y aquella lluvia, Asís la
siente sobre el corazón, que se lo infiltra, que se lo reblandece,
que se lo ensopa, hasta no poder admitir más líquido, hasta que,
15 'anegado de° tristeza, el corazón empieza también a chorrear agua, °overflowing with
primero gota a gota, luego 'a borbotones,° con fúnebre ruido de °gushing
botella que se vacía...

❧

20
'Pan, pan.° Dos golpes en la puerta de la alcoba..., "¡Jesús!... °knock, knock
¿Quién? ¿Pero dormía o soñaba o qué es esto?" Y la señora pal-
paba la almohada. "Húmeda, sí... Los ojos... También los ojos...
¡Lágrimas! ¿Quién está?... ¿Quién?"
25 "Yo, amiga Asís... Gabriel Pardo... ¿He venido a molestar? Por
Dios, siga usted con sus preparativos... Me he encontrado a la chi-
ca; me dijo que mañana sin falta salía usted para nuestra tierra...
Cuánto sentiré incomodarla... Me retiro, me retiro."
"Por Dios... De ningún modo... Tome usted asiento... Salgo
30 en seguida... Estaba lavándome las manos."
Y en efecto, se oía ruido de chapuzón,° de lavaroteo.° Pero °splashdown, quick wash
nos consta que lo que lavaba la señora eran los párpados. Luego
se dio polvos, se compuso el pelo, se arregló los encajes de la gola.

---

9   **Más montañas...** *More mountains, covered with leafy patches of
chestnut trees, along whose sides... what a delight! run leaping springs, small
waterfalls and streams.*
10   The Sil is a river that flows in the northwest part of the Iberian
Peninsula.

Apareció muy presentable. Pardo había tomado un periódico, creo que *La Época*, y leía distraído, sin entender: "La dispersión veraniega ha comenzado. Parten hoy para Biarritz en el expreso, el duque de Albares, las lindas señoritas de Amézaga...."

5   Apenas habían tenido tiempo los dos paisanos para trocar°   to exchange
unas cuantas frases de excusa, cuando se oyó sonar la campanilla
y en el corredor retumbaron° pasos fuertes, varoniles. De sofo-   resounded
cada, la señora se volvió pálida: una sonrisa involuntaria y una
luz vivísima cruzaron por sus labios y sus ojos. Pacheco entró, y
10 al verle el comandante Pardo, reprimió el impulso de pegarse un
cachete en el hueso frontal.[11]

    "¡Ya pareció aquello! ¡Se despejó la incógnita![12] ¡Y decir que
no hará dos semanas que se conocieron en casa de Sahagún!
¡¡Mujeres!!..."

15   El gaditano –lo mismo que si se propusiese evidenciar lo que
Pardo adivinaba –apenas se hubo sentado sacó del bolsillo un tarjetero de piel inglesa, con monograma de plata, y se lo entregó a
Asís, murmurando cortésmente: "Marquesa... las señas que usted
me pidió que le trajese. Las señas de la pitillera... ¿no recuerda us-
20 ted? Puede usted copiarlas, o quedarse con el tarjetero, si gusta...
Viéndolo se acuerda usted más del empeñillo.°"   obligation

    ¡Ay! Asís trasudaba. Era para volarse.[13] ¡Vaya un pretexto que
daba a su visita nocturna el bueno del gaditano! Si lo quería más
claro don Gabriel...

25   Miró al comandante, que se hacía el sueco,[14] tratando de no
ver el tarjetero dichoso. No hay posición más desairada° que la de   spurned
tercero en concordia,° y don Gabriel, notando la ojeada° expresi-   group, glance
va que trocaron Pacheco y Asís, creía estar sentado sobre brasas,
tanto le apretaban las ganas de quitarse de en medio. Pero conve-
30 nía hacerlo con habilidad y educación. Un cuarto de hora tardó
en preparar la retirada honrosa, echándole el muerto[15] al Círculo
Militar, donde aquella noche había una conferencia muy notable.
Los círculos, ateneos y clubs, serán siempre instituciones benéfi-

---

11   **De pegarse...** *of slapping himself on the forehead*
12   **¡Se despejó...** *now the cause is revealed!*
13   **Era para...** *it was extremely unsettling*
14   **Se hacía...** *pretended not to notice*
15   **Echándole el...** *attributing the blame*

cas, por lo que se prestan a encubrir toda escapatoria masculina
–así la del que va en busca de la propia felicidad, como la del que
evita el espectáculo de la ajena— verbigracia,° Pardo.   for instance

Aflojó el paso al llegar a la esquina de la calle, y se puso a re-
5 flexionar acerca del impensado descubrimiento. Raro es que el
amigo de una dama, en caso semejante, no desapruebe la elección.
"¡Cómo escogen las mujeres! En dándoles el puntapié° el demo-   kick
nio... Indulgencia, Gabriel; no hay mujeres, hay humanidad, y la
humanidad es *así*... Esta desazón,° además, se parece un poquito   annoyance
10 a la envidia y al des... No, hijo, eso sí que no: despechado° no   indignant
estás: lo que pasa es que ves claro, mientras tu pobre amiga se ha
quedado ciega... ¡Cómo se transformó su fisonomía al entrar el
individuo! La verdad: no la creí capaz de echarse un amante... y
menos ese. O mucho me equivoco o le cayó quehacer a la infeliz.
15 Ese andaluz es uno de los tipos que mejor patentizan° la decaden-   make evident
cia de la raza española. ¡Qué provincias las del Mediodía,° señor   South
Dios de los ejércitos! ¡Qué hombre el tal Pachequito! Perezoso,
ignorante, sensual, sin energía ni vigor, juguete de las pasiones,
incapaz de trabajar y de servir a su patria, mujeriego, pendencie-
20 ro, escéptico a fuerza de indolencia y egoísmo, inútil para fundar
una familia, célula ociosa en el organismo social... ¡Hay tantos
así! Y sin embargo, a veces medran, con una apariencia de talento
y la viveza propia del meridional; no tienen fondo, no tienen seriedad, no tienen palabra, no tienen fe, son malos padres, esposos
25 traidores, ciudadanos zánganos,° y los ve usted encumbrarse° y   lazy, rise to a higher
hacer carrera... Así anda ello. Ya las mujeres... qué diablo, estos   position
hombres les caen en gracia... Eh, dejémonos de clichés... Asís,
que es de otra raza muy distinta, necesita formalidad y constancia; la compadezco... Bueno es que no se casará; no, casarse no lo
30 creo posible. De esa madera no se hacen maridos. Como aventura tendrá sus encantos... ¡Qué casualidad! Y dirán que no hay
coincidencias... ¡Tarjetero, tarjetero...!"

Así meditaba el comandante. ¿Era injusto o sagaz?° ¿Obedecía   discerning
a su costumbre de analizarlo todo, o 'a una puntita de berrinche?°   a bit of rage
35 Se caló los lentes y se retorció la barba. ¿A dónde iría?

"Al Círculo Militar, ya que me sirvió de pretexto para escurrir el bulto.[16] ¡Poco gusto que les habrá dado cuando yo tomé la

---

16   **Escurrir el...** *to avoid the awkward situation*

puerta...!"

Tras esta ingrata reflexión apretó a andar. La obscuridad de la
noche le exaltaba, y ese grupo que ve con la fantasía todo el que
sale huyendo de hacer mala obra a dos enamorados, se empeña-
5 ba en flotar, vaporoso e irónico, ante don Gabriel.[17] Fortuna que
este género de visiones no suele resistir a los efectos anodinos° de   soothing
una conferencia sobre "Ventajas e inconvenientes del escalafón°   seniority scale
en los 'cuerpos facultativos.°"   professional organiz-
                                                                              ations

---

17   **Ese grupo...** *that group that anyone who flees a bad encounter with
two lovers sees in his imagination, insisted on floating hazily and ironically in
front of don Gabriel*

Epílogo

No ENTREMOS EN EL saloncito de Asís mientras dure el tiroteo de explicaciones (¡cosa más empalagosa!°), sino cuando la pareja liba° la primera miel de las paces (empalagosísima también, pero paciencia). Ni Pacheco pregunta ya nada acerca de don Gabriel Pardo y su amistad, ni Asís se acuerda del baile en el merendero. El gaditano habla al oído de la señora.

"¿Pero tú te creíste que yo no sabía que mañana te vas? A Diego Pacheco no 'se la ha pegado° ninguna hembra... ¡Niña boba! Esta mañana ya habías dispuesto la marcha, claro que sí, y si te viniste a almorsá conmigo, fue que te di un poquillo de lástima... Decías tú allá en tus adentros: sólo faltan horas; vamos a complacer a éste, que tiempo habrá de que estalle la bomba y dejarlo plantao... ¡Y ahora también piensas en cosas así, muy tristes; en que ya no nos vemos, en que se acaba el cariñito y las fatigas° y el verme y el hablarme...! ¡Ay chiquilla! Me quieres tú mucho más de lo que te figuras. No te has tomado el trabajo de 'echar la sonda° ahí en ese pechito... ¡Tonta! ¡Cómo te acordarás de estos ratos, allá en tu país, entre aquella gente sosaina!° Aquí se queda un hombre que te quería también un poquitillo... ¡Pobrecita, la nena!"

No estaban los amantes abrazados, ni siquiera muy juntos, pues Pacheco ocupaba el sillón, y el diván Asís. Sólo sus manos, encendidas por la misma fiebre, se buscaban, y habiéndose encontrado, se entrelazaban y fundían. Callaron entonces y fue el instante más hermoso. Por el mudo diálogo de los ojos y por el contacto eléctrico de las palmas, se enviaban el espíritu en 'arrobo inefable.° Con la nueva y victoriosa dulzura de semejante comunicación, Asís sentía que se mezclaba un asombro muy grande. Miraba a Pacheco y creía no haberle visto nunca: descubría en su apostura,° en su cara, en sus ojos, algo sublime, que realmente no existía, pero que la señora debía encontrar en aquel instante, pues así sucede en toda revelación para que resplandezca su

sickly sweet

sips

deceived

suffering

to probe

dull

indescribable rapture

dashing appearance

origen superior a la materia inerte y al ciego acaso,° y a Asís se °chance
le revelaba entonces el amor. Poco a poco, sin conciencia de sus
actos, acercaba la mano de Diego a su pecho, ansiosa de apretarla
contra el corazón y de calmar así el ahogo suave que le oprimía...
5 Sus pupilas se humedecieron, su respiración se apresuró, y corrió
por sus vértebras misterioso escalofrío,° corriente de aire agitado °shiver
por las alas del Ideal.

"No estés tan tristón," tartamudeó con blandura mimosa.

"Sí que estoy triste, prenda. Y es por ti. Estoy 'de remate.° °utterly without hope
10 Estoy hasta enfermo. No sé por dónde ando. Parece que me han
'dao cañaso.° Es un mal que se me entra por el alma arriba. Si sigo °= dado cañazo
así, 'guardaré cama.° Después que te vayas la guardaré... Es cosa °I will be confined to bed
rara, chiquilla. ¡Válgame Dios, a lo que llega un hombre!"

"Te pones tan lejos... Aquí, cerquita," murmuró la señora con
15 el tono con que se habla a los niños.

"No..., déjame aquí... Estoy bien. Mira tú qué cosas más raras
hace la guilladura° cuando entra de verdad. Ni ganas tengo de °craziness
acercarme; la manita me basta..."

"¿No te gusto?"

20 "No como me gustarían otras. ¡Ah! Ya sabes si tengo ilusión
por ti... Y así y todo..., ahora prefiero callar y no acercarme, gloria... ¡Ay!... ¿Pero qué es eso? ¿Llora mi niña?"

Puede que llorase, en efecto. No debía de ser el reflejo de la
lámpara lo que tanto relucía en su mejilla izquierda... Pacheco
25 exhaló un suspiro y se puso en pie, desenclavijando° su mano de °separating
la de Asís.

"Me voy," pronunció con voz alteradísima, ronca, resuelta.

De un brinco se levantó Asís, echándole los brazos al cuello
y sujetándole.

30 "No, Diego, que no... ¡Vaya una ocurrencia! ¡Irte ya! ¡Pues
si apenas llegaste! ¿Cómo irte? ¿Tienes que hacer? No, irte no
quiero."

"Niña... El mal camino andarlo pronto.¹ No tengo ánimos
para más. Estoy que con una seda me ahogan.² ¿A qué aprove-
35 char unos minutos? Es la despedida. Yéndome ahora me ahorro

---

1   **El mal...** *it is best to get difficult things over with quickly*
2   **Estoy que...** *I am in such a state that I think I could be strangled with a piece of thread*

alguna pena. Adiós, querida... Cree que más vale así."

"No, no, no te vas... Por lo mismo que ya es la última noche... Diego, por Dios, mi vida... Tú quieres 'sacarme de quicio.° No puede ser."

5   Pacheco sujetó los brazos de la señora, y 'mirándola de hito en hito,° exclamó con firmeza: "Piénsalo bien. Si me quedo ahora, no me voy en toda la noche. Reflexiona. No digas después que te pongo en berlina.³ Te conviene soltarme. Tú decidirás."

    Asís dudó un minuto. Allá dentro percibía, a manera de
10 inundación que todo lo arrolla,° un torrente de pasión desatado.° Principios salvadores, eternos, mal llamados por el comandante *clichés*, que regís° las horas normales, ¿por qué no resistís mejor el embate° de este formidable torrente? Asís articuló, oyendo su propia voz resonar como la de una persona extraña: "Quédate."

15   El plan era absurdo, y sin embargo, los medios de realizarlo se presentaban entonces asequibles, rodados.° La Diabla, fuera de casa, por casualidad feliz; la cocinera lo mismo; cuestión de engañar a Imperfecto, que era la 'quinta esencia de la bobería,° y a la portera, que siempre estaba dormitando° a tales horas. Para
20 conseguir el apetecido resultado, combinóse un atrevido plan de entradas y salidas, de pases° y repases, que hizo reír a los dos delincuentes... Y a las doce de la noche, las puertas de la casa se hallaban cerradas, y dentro de ella el contraventor° de las pragmáticas° sociales y de las leyes divinas.

25   Si la cosa no hubiese pasado de aquí, creo sinceramente, lector amigo, que no merecía la pena, no ya de narrarla, sino hasta de mencionarla en estos libros de memorias y exámenes de conciencia de la humanidad, que se llaman novelas. Porque aun siendo el caso tan desatinado° y enorme; aun constituyendo una
30 atrevida infracción de todo lo que no debe, ni puede infringirse,° bien cabe suponer que en las fiebres pasionales tiene algo de necesario y fatídico,° cual en las otras fiebres, la calentura. Pero lo que me parece verdaderamente digno de tomarse en cuenta, como dato singular y curioso; lo que quizás convendría analizar sutil-
35 mente —si no es preferible dejarlo sugerido a la imaginación del lector para que lo deduzca y reconstruya a su modo— es la causa, la génesis y el rápido desarrollo de aquella *idea* inesperadísima,

drive me crazy

staring into her eyes

*knocks down, un-
leashed*

rule

sudden attack

opportune

*quintessence of foolish-
ness; dozing*

entrances

transgressor

ordinances

crazy

violate

ominous

---

3   **Te pongo...** *I made a fool of you*

que desenlazó precipitada y honrosamente la historia empezada
por tan liviano y censurable modo en la romería del Santo...

    ¿A cuál de los dos amantes, o mejor dicho, aunque la dis-
tinción parezca especiosa,° de los dos enamorados, se le ocurrió   specious

5 primero la *idea*? ¿Fue a él, como único paliativo, heroico pero
infalible, de su extraña guilladura? ¿Fue a ella, como medio de
conciliar el honor con la pasión, el instinto de rectitud y el respeto al deber que siempre guardara, con la flaqueza de su voluntad
ya rendida? ¿Fue que esa *idea*, profundamente lógica (y en el caso

10 presente tal vez expiatoria), se presenta 'a la vuelta del° amor, tan   after
fatalmente como sigue a la aurora° el mediodía, al crepúsculo° la   dawn, dusk
noche y a la vida la muerte?

    Que cada cual lo arregle a su gusto y 'rastree y discurra° qué   search and invent
caminos siguieron aquellos espíritus para no reparar en incon-

15 venientes, no recelar de lo futuro,[4] cerrar los ojos a problemas
del porvenir y mandar a paseo las sabias advertencias de la razón,
que tiembla de espanto ante lo irreparable, lo indisoluble, lo que
lleva escrito el 'letrero medroso:° "Para siempre," y avisa que de   fearful inscription
malos principios rara vez se sacan buenos fines. Y reconstruya

20 también a su modo los diálogos en que la *idea* se abrió paso, tími-
da primero, luego clara, imperiosa y terminante, después triunfa-
dora, agasajada° por el amor que, coronado de rosas, empuñando   favored
a guisa de cetro la más aguda y emponzoñada de sus flechas, velaba a la puerta el aposento, cerrando el paso a profanos disectores.[5]

25   Por eso, y porque no gusto de hacer mala obra, líbreme Dios
de entrar hasta que el sol alumbra con dorada claridad el saloncito, colándose por la ventana que Asís, despeinada, alegre, más
fresca que el amanecer, abre de par en par, sin recelo° o más bien   misgiving
con orgullo. ¡Ah! ahora ya se puede subir. Pacheco está allí tam-

30 bién, y los dos se asoman, juntos, casi enlazados, como si quisie-
sen quitar todo sabor clandestino a la entrevista, dar a su amor
un baño de claridad solar, y a la vecindad entera parte de boda...
Diríase que los futuros esposos deseaban cantar un himno a su
'numen tutelar,° el sol, y ofrecerle la 'primer plegaria matutina.°   patron deity, morning
   prayer

---

    4   **Para no...** *so as not to give heed to problems, so as not to fear the future*
    5   **Agasajada por...** *Favored by love, who, crowned with roses, clutching
the sharpest and most poisonous of his arrows like a scepter, watched over the door
of the room, closing off passage by inexperienced dissectors.*

"Está el gran día, chichi...," exclamaba Pacheco. "Vas a tener un viaje..."

"¿Y para el tuyo? ¿Hará buen tiempo?"

"Lo mismo que ahora. Verás."

5 "¿Despacharás° en ocho o diez días la ida a Cádiz?   *will you complete*

"'No que no.° Y la aprobación del papá y too. Muerto está   *absolutely*
él porque me case y siente la cabeza. Le diré que después de la
boda me presento diputao por Vigo con la ayuda del papá suegro.
Verás tú. Para despabilar un asunto me pinto solo...[6] cuando el
10 asunto me importa, ¿sabes?"

"¿Escribirás todo lo que prometiste?"

"Boba."°   *silly woman*

"Simplón,° monigote,° feo."   *gullible person, fool*

"Reina de España."

15 "En Vigo..., ya sabes... formalidad."

"Hasta que el cura...," (Pacheco hizo con la mano derecha un
ademán litúrgico muy significativo). "Entretanto... me dedicaré a
tu chiquilla. ¿Eh? A los dos días... te la he conquistao. Puede que
te deje plantiíta° a ti pa casarme con ella."   *= plantadita*

20 Siguieron algunas bromas y ternezas más, que ni hacen al
caso, ni deben figurar aquí en modo alguno. De repente, Diego
tomó la mano derecha de la señora, preguntando: "¿Te acuerdas
tú de una buenaventura° que te echaron en la feria?"   *prediction*

E imitando el acento y modales de la gitana, añadió: "Una
25 cosa diquelo° yo en esta manica, que hae° suseder mu pronto y   *= miro, = ha de*
nadie saspera° que susea...° Un viaje me 'vasté a jaser,° y no ae ser   *= espera, = suceda,*
para má,° que ae ser pa satisfasión e toos... Una presoniya° está   *= va usted a hacer;*
chalaíta° por usté..."   *= mal, = personilla;*
El gaditano, siempre presumido, agregó: "Y usté por ella."   *= chaladita*

---

6   **Para despabilar...** *when it comes to taking care of a matter quickly, I
am an expert*

Spanish-English Glossary

a que... I bet that... [20]
abajo down [15]
abalanzase to pounce [11]
abanicar to fan [7]
abanico fan [2]
abatimiento lowness of spirits [10]
abeja bee [7]
abertura opening [5]
abierto open [4]
abismo abyss [7]
abonarse to subscribe [18]
abonos a turno season tickets [18]
aborrecer to abhor [10]
abrasador burning [5]
abrasar to burn [1]
abrazado embraced [Ep]
abrazo hug [16]
abrochado buttoned [21]
abrochar to button up [7]
absolución absolution [20]
absolver to absolve [14]
absorber to absorb [21]
absorto absorbed in thought [13]
abundar to be plentiful [2], to abound [3], to have plenty [13]
acá here [2]
acabar to finish, to come to an end [2]; **— por** to end up [4]
acacia Acacia (tree or shrub) [3], acacia flower [20]
acaloramiento agitation [2]
acalorarse to get worked up [13]
acariciar to caress [11]

acaso perhaps [2], chance [Ep], **por si — ** just in case [3]
acatarrarse to catch a cold [14]
acaudalado wealthy [9]
acceder to consent [16], **— a** to agree to something [16]
acceso bout [7]
accesorio of secondary importance [13]
accionar to gesture [5]
aceite oil [3]
aceitoso oily [6]
aceituna olive [5]
acento accent [2]
acentuarse to become more noticeable [20]
acera sidewalk [3]
acerca de about [2]
acercar to bring close [1], **—se** to approch [2]
acero steel [17]
acertar to manage (to do something) [5]
achacar to attribute [2]
achicharrar to fry [2]
achisparse to get tipsy [2]
acicalarse to dress up [17]
aclaración clarification [1]
acoger to receive [1]
acogida welcome, reception [15]
acomodarse to install oneself [16]
acompañamiento accompaniment [18]

acompañante companion [3]
acompañar to accompany [3]
acompasado steady [16]
aconsejar to advise [13]
acontecer to happen [10]
acontecimiento event [10]
acoquinarse to become terrified [2]
acosar to pursue relentlessly [1]
acostumbrado accustomed to [1], usual [10]
acostumbrar to be in the habit of [13], —se to get used to [2]
acreditado reputable [18]
actitud attitude [3]
acto continuo immediately afterwards [20]
actualidad: en la — currently [3]
acuarela watercolor [11]
acudir to come [5], to turn (to somebody) [5]
acuidad acuity [10]
acuñación coining [1]
acurrucado curled up [1]
adecuado appropriate [1]
adelantar to move forward [5]
adelante moving on [3], ahead [18]
ademán gesture [3]
además besides [4]
adentro inside [Ep], para mis/tus/etc. — to myself/yourself/etc. [3]
aderezar to season [19]
adivinar to guess [4]
admitir to admit [1]
adoptar to adopt [2]
adorador admirer [16]
adormecido drowsy [21]
adquirir to acquire [6]
aducir to give, to furnish [14]
advertencia warning [17]
advertir to notice [2]
aéreo air [18], aerial [20]
afable agreeable [4], affable [20]
afán urge [7]

afanoso eager [18]
afectado affected [14]
afecto affection [1]
afectuoso affectionately [7]
afianzado secured [12]
afianzar to fasten [3], —se to steady oneself [12]
afición fondness [1], pastime [2]
afilado sharp [15]
afirmar to affirm [1], to declare [4]
afligido grieving [7]
aflojar to let loose [5], to loosen [7], to fork out (money) [9], to reduce [21]
afrentar to insult [18]
afufarse to run away [6]
agarrado a holding onto [7]
agarrar to grab [5], to grab onto [6]
agasajado favored [Ep]
agasajar to lavish attention on [2]
agasajo sign of affection [16]
agigantado gigantic [15]
agilidad agility [7]
ágilmente nimbly [19]
agitación agitation [13]
agitado jumpy [16], stirred up [Ep]
agitar to stir up [21], —se to become agitated [21]
aglomerar to bring together [11]
agotar to run out of [5], to finish off [21]
agradar to please [3]
agravar to worsen [1]
agredido victim [6]
agregar to add [Ep]
agreste rustic [9]
agricultor farmer [2]
agruparse to come together [14]
agua de colonia eau-de-Cologne [10]
aguantar to put up with [10]
aguar to ruin [3]
aguardar to wait [4]
agudeza witticism [4], shrewdness [18]

agudo sharp [1]

aguja needle [1]

agujero hole [6]

agujetas: tener — to be stiff [10]

agujón hairpin [7]

aguzar to sharpen [15]

ahogado drowned [19]

ahogar to drown [7], to strangle [Ep]

ahogo difficulty in breathing, distress [Ep]

ahorrar to save [Ep]

ahuecar to plump up [17]

aire song [13], **— por los —s** quickly [5], **al — libre** in the open air [4],

airoso graceful [3]

ajeno of others [2], **en pies —s** when someone else takes a person somewhere [15]

ajetreo hustle and bustle [15]

ajumarse to get drunk [2]

ajustado tight-fitting [19]

ajustar to settle [3], to adjust [6]

ala wing [Ep], **— del sombrero** brim of the hat [3]

alabar to praise [2], **—se** to brag [8]

alameda tree-lined avenue [6]

alargar to extend [4], to pass (something over to somebody) [5]

alarmado alarmed [18]

alazán chestnut horse [18]

albahaca basil [3]

alborotado excited [2]

alborotar to mess up [16]

alboroto din [16]

alcabala excise tax [18]

álcali alkali [16]

alcanfor camphor, substance used to repel moths [17]

alcanzar to reach [1]

alcarreña woman from Alcarria [15]

alcoba bedroom [1]

alcohol alcohol [2]

aldea small village [9]

alegar to claim [1], to allege [10], to put forward [16]

alemania Germany [2]

alfiler pin [3]

alforja saddlebag [12]

algazara uproar [3]

algodón cotton [6], **— en rama** raw cotton [17]

alguna que otra some [13]

alhaja gem [16]

alianza alliance contracted by marriage [9]

alifafe illness [1]

aliñado prepared, seasoned [5]

alisado smooth [4]

alisar to smooth down [7]

alistar to prepare [17]

aliviado relieved [13]

aliviar to relieve [1]

alivio relief [1]

allá over there [2]

alma soul [1]

almagre red ochre [3]

almendra almond [5], **pasta de —** almond paste [10]

almíbar sweetness [16]

almidonado starched [5]

almohada pillow [7]

almorzar to have a mid-morning snack [3]

almuerzo mid-morning meal [21]

alquilar to rent [5]

alquitrán tar [7]

alrededor around [19]

altanero arrogant [19]

alterado upset [13]

alto high [4], **por todo lo —** in an ostentatious way [10]

alturas heights [7]

aludido: darse por — to take it personally [2]

aludir to allude [13]

alumbrar to light up [10]

alumbre Alum, a mineral salt [5]
alzar to raise [1]
ama mistress [1]
amabilidad kindness [10]
amable pleasing [11]
amagar to be immanent [20]
amago sign, hint [15]
amalgamar to unite [21]
amanecer dawn [Ep]
amante lover [21]
amapola poppy [14]
amargo bitter [1]
amargura bitterness, sorrow [13]
amarillento yellowish [18]
amartelado in love [19]
amazona manly woman [6]
ambiente environment [13]
ambigú buffet [5]
ambos both [3]
amenazar to threaten [4]
ameno pleasant [3]
americana light-weight jacket [3]
amílico amyl alcohol [8]
amo master [18]
amodorrarse to become drowsy [7]
amontillado medium-dry sherry [19]
amontonarse to pile up [10], **— el estómago** to turn one's stomach [1]
amor propio self esteem [20]
amoroso gentle [5], amorous [9], loving [11], love [20]
amortiguado muffled [17]
amoscado irritated [20]
amoscarse to get into a huff [17]
amparar to assist [17]
amparo protection [4]
ampo whiteness [17]
ampolleta: tomar la — to monoplize the conversation [2]
amueblado furnished [11]
analizar to analyze [21]
analogía similarity [19]
análogo analagous [2]

anchamente freely [10]
ancho wide [3]
ancla anchor [3]
andadas: vuelto a las — back to one's bad old ways [18]
andaluz Andalusian [1], person from Andalucía [2]
andanada barrage [10]
andar to walk [Ep]
anegado overflowed [21]
anestesia anesthesia [14]
anfiteatro amphitheater [18]
ángel angel [2]
angelito little angel [2], child [18]
angosto narrow [15]
angustia anguish [6], **— del estómago** stomach pang [10]
angustioso distressing [19]
anheloso anxious [3]
anillo ring [5]
animación liveliness [2]
animado lively [1]
animar to liven up [19]
ánimo Come on! [3], vitality [5], energy [11], disposition [12], **cobrar — to liven up [11], con — de** excited to [6], **no tener —s para** to not feel like (doing something) [Ep]
aniquilado wiped out [7]
anochecer nightfall [12]
anodino dull [10], soothing [21]
anomalía anomaly [13]
anteayer the day before yesterday [2]
antecedente precedent [18]
antemano: de — beforehand [13]
antesala antechamber [3]
anticuado old [3], old-fashioned [10]
antiguo long-time [2]
antipático disagreeable [13]
antojársele (a alguien) to desire, to feel like [13]
antucá parasol [3]
anularse to renounce everything [13]

anunciar to announce [20]

anverso head side (of a coin) [10]

añadidura: de — extra [19]

añadir to add [2]

añil indigo [3]

apabullo crushing blow [14]

apacible gentle [2], placid [9]

apaño cleverness [19]

aparecer to appear [5]

aparejado prepared [10]

aparentar to feign [16]

apartar to move away [2], to set aside [15], **—se** to move out of the way [4], to move to one side [19]

aparte de apart from [3]

apearse to get out of (a carriage) [15]

apéndice encumbrance [4]

apestar to stink [2]

apetecible appealing [4]

apetecido desired [Ep]

apetitoso appetizing [5]

apicarado mischievous [3]

ápices details [3]

apiñado crowded together [3], pressed together [4]

apiñarse to crowd together [10]

aplacarse to subside [1], to quench [21], to calm down [21]

aplastar to crush [2]

aplazar to postpone [17]

aplicar: — el oído to listen carefully [2], **—se** to apply [5]

apoderarse to take hold of, to seize [6]

apolillarse to get moth-eaten [17]

aporrear to bang on [3]

aportar to arrive [8]

aposento room [Ep]

apostar to bet [6]

apostura dashing appearance [Ep]

apoyado leaning [6]

apoyar to lean [4]

aprecio appreciation [2]

aprendiza apprentice [19]

aprensión suspicion [2], apprehension [6]

aprensivo hypochondriac [14]

apresurado hastily [18]

apresuramiento eagerness [13]

apresurar to speed up [Ep]

apretado close [16], pressed close [16]

apretar to press [1], to squeeze [3], to urge earnestly [21], **— a andar** to set off walking [21], **— el paso** to quicken one's pace [3], **— la mano (a alguien)** to shake (somebody's) hand [2]

apretura crowding [10]

aprisa in a hurry, quickly [3]

aprobación approval [Ep]

aprovechado: ser — to be an opportunist [2]

aprovechar to take advantage [8]

apuesta bet [3]

apuesto dashing [12]

apuntar to jot down [19]

apunte sketch [11]

apurar to finish off [6], to press [20], **—se** to worry [3]

apuro difficult situation [13]

aquelarre Witches' Sabbath [2]

aquietar to calm down [1]

árabe Arab [19]

arañar to scratch [2], to claw [18]

árbol tree [3]

arboladura masts and spars [7]

arboleda grove [18]

arbusto bush [18]

arcángel archangel [21]

archipiélago archipelago [11]

archivado pushed to the back of one's mind [20]

arcilloso clay-like [4]

arco arch [6]

arder to burn [1]

ardid ruse [16]

ardiente burning [19]

ardoroso ardent [7]
arduo arduous [15]
arena sand [7]
arenga harangue [19]
arenque herring [20]
argadillo reel [1]
argamasa mortar [14]
argentino sounding like silver when it is hit [2]
argüir to argue [1]
aridez drought [18]
árido dry [3]
armadijo framework [18]
armar to set off [5], to organize (an event) [10]
armario de luna wardrobe with mirrors on either side of the doors [16]
armiño ermine [18]
armonizar to harmonize [11]
aro ring [7]
arqueo arching [10]
arquitectónico architectural [6]
arrabal slum [18]
arraigar to take root [16]
arrancar to pull out [1], to pull off [3], to start off [3], to tear off [3], to tear out [6], to set off [20]
arranque fit [21]
arrastrada fallen woman, tramp [6]
arrastrado rascally [16]
arrastrar to drag [6]
arrebol red glow [5]
arrechucho fit of rage [6]
arrecife reef [6]
arreglar to arrange [1], to repair [21], to adjust [Ep], — (a un niño) to get a child ready to go out [15], —se to sort itself out [8]
arreglo arrangement [21]
arremolinar to crowd [7]
arrepentimiento repentance [14]
arrepentirse to regret [3]

arriba up [15], — **de** more than [3]
arrimar to move something up against [2], to come closer [7], to approach [16]
arrinconar to put in a corner [18]
arrobo rapture [Ep]
arrojado thrown [13]
arrojar to throw [3], —**se** to hurl oneself [3]
arrollar to knock down [Ep]
arroz rice [19]
arruga fold [13]
arrugado wrinkled [18]
arrullarse to whisper sweet nothings [5]
arterias arteries [1]
articular to articulate [3]
artillero artilleryman [13]
artilugio gadget [6]
asado roast [2]
asar to roast [4]
asco: dar — to make sick [3]
ascua ember [5], **arrimar el — a su sardina** to look after one's own interests [2]
aseado clean [5]
asegurar to assure [2]
aseo cleanliness [5], personal hygiene [10]
asequible accessible [Ep]
asesinar to kill [13]
aseverar to assert [16]
asfixiar to suffocate [21]
así in this way [1], — **que** as soon as [2]
asiduamente assiduously [21]
asiduo regular [2]
asiento seat [7], **tomar —** to take a seat [7]
asilo asylum, sanctuary [10]
asirio Assyrian [2]
asistencia attendance [1]
asistente a soldier who attends an

officer as a servant [3], assistant [18]

asistir a to attend [2]

asomar to appear [2], to begin to appear [3], to peep out [5], to become visible [19]

asombro amazement [1]

asombroso surprising [13]

aspa wing [20]

ásperamente in a harsh manner [16]

áspero rough [1]

aspirar to aspire [10]

asqueroso disgusting [2]

astro star [1], luminous body of the heavens [5]

asueto break, rest [3]

asunto issue [2], matter [14]

asustadizo easily frightened [19]

asustar to scare [4]

ataque attack [19]

atar to tie [17]

atareado busy [17]

atarugado ashamed [17]

atascar to get stuck [5]

atavío attire [10]

atención: llamar la — to attract attention [3]

atender to pay attention [1], to attend to [2]

ateneo athenaeum [2]

atentamente attentively [5]

atento attentive [20]

atenuante extenuating [1]

atenuar to lessen [1]

atestado packed, full [18], cram-full [20]

atezado tanned [6]

atildado elegant [9]

atisbar to observe [20]

atizar to guzzle [20]

atmósfera atmosphere [21]

atolondramiento bewilderment [5]

átomo atom [16]

atónito astonished [7]

atractivo attractive [13]

atrancado barred closed [19]

atrapar catch [1]

atrás backward [16], **quedarse —** to be left behind [16]

atravesado pierced [5]

atravesar to cross [7]

atrever to dare [1]

atrevido cheeky person [4], daring [13]

atrevimiento daring [6]

atribuir to attribute [7]

atrocidad atrocity [2]

atropellado trampled on, disregarded [10]

atroz terrible [1], atrocious [6]

atufarse to get angry [1]

aturdido bewildered [4], stunned [7]

aturdimiento bewilderment [1]

aturrullado bewildered [11]

aturrullar to fluster [21]

aumentar to increase [2]

aun even [1]

aún still [3]

aunque although, even though [1]

aurora dawn [Ep]

ausencia absence [18]

auxilio help [2], aid [7], assistance [11]

avante: salir — to get ahead [16]

avanzar to advance [10]

avasallador overwhelming [16]

ave bird [16]

avellana hazelnut [5]

aventura adventure [4], affair [14]

aventurero adventurous [2]

avergonzarse to be ashamed [16]

averiguar to find out [16]

avezado accustomed [11]

avinagrado bitter [9]

avisar to notify [1], to call ahead [3], to call for [4], to send for [4], to warn [Ep]

avispado sharp [15]

avispero: meterse en —s to get in a mess [1]
avivar to stoke up [20]
axiomático self-evident [2]
ayunas: quedarse en — to remain in the dark [2]
ayuno fast [1]
azorado flustered [16]
azoramiento embarrassment [13]
azotar to whip [7]
azucena white lily [5]
azulado bluish [6]
azumbre a measure of liquid equivalent to about a little over two liters [3]

B
babel disorder [17]
babilonia Babylon [18]
baboso idiotic [7]
bahía bay [5]
bailador dancing [7]
bajar to go down [3], **—se** to bend down [5]
bajo below [3], in a low voice [4], **por lo —** in a low voice [7]
balance rocking [7]
balancear to rock, to roll [6]
balanceo rocking [7]
balbucir to babble [11]
balde: de — free (of charge) [5], **en — in vain** [16]
bálsamo balm [10]
bambolearse to wobble [20]
banco bench [5]
banda: a la — de in the area of [4], **cerrarse a la —** to put one's foot down [8]
bandada flock [20]
bandeja tray [10], **—s** movable pieces, in the shape of an open-face box, that divide a trunk or suitcase horizontally [17]
banderillero member of the matador's

team who set the *banderillas* [10]
bandolina viscous substance used as a hair fixative [20]
bandurria small, 12-string guitar [5]
bañadera bathtub [10]
bañero bathing attendant [6]
baño bath [Ep]
baranda railing [18]
barba beard [21]
barbaridad stupid thing [2], barbarism [10]
barbarie barbarism, savagery [2]
bárbaro barbarous [13]
barbecho fallow field [7]
barbianería audacity [2]
barra bar [18]
barrabasada intrigue [8]
barraca stall [6]
barracón tent [4]
barrenar to drill [1]
barreno drill [1]
barreñon large earthenware tub [2]
barrer to sweep [6]
barrio neighborhood [2]
barroco Baroque [3]
barullo tumult [4]
bascas nausea [1]
bastar to be sufficient [3]
basto coarse [5]
bata robe [10]
batahola: armarse una — to produce an uproar [13]
batir to slam shut [21]
batista batiste (type of fabric) [1]
baúl trunk [17]
bausán fool [15]
bautizar to baptize [3]
bebedizo potion [16]
becerrada bullfight with young bulls [10]
bedel beadle [20]
beduino Bedouin, Arab of the desert [2]

belén incident [19], **estar en —** to be in the clouds [13]

beleño Henbane, a narcotic plant that produces sleep [12]

belleza beauty [2]

benéfico charitable [21]

beodo drunk [18]

berlina carriage [3], **poner a alguien en —** to make someone look ridiculous [11]

bermellón vermillion, vivid red to reddish orange [3]

berrear to bellow [6]

berrinche rage [21]

bestialidad beast-like nature/behavior [2]

besugo sea bream [5]

bicho animal [11]

bienaventurado blessed [3]

bienestar well-being [1]

bienhechor beneficial [1]

bigote moustache [20]

bigotera folding front seat [10]

billete bill [20]

bisagra hinge [15]

bizantino Byzantine [2]

bizco cross-eyed [13]

bizcocho sponge cake [18]

blanco: dejar en — to pass something over in silence [11]

blandamente softly [11]

blandura softness [Ep]

blanqueado whitened [18]

blasfemia blasphemy [2]

blasón coat of arms [9]

bledo: no importarle a uno un — to not give a damn [13]

boba foolish woman [13]

bobería foolish speech or action [Ep]

bobo fool [20]

boceto sketch [5]

bochorno embarrassment [18]

boda marriage [Ep]

bodegón tavern [5]

bofetada slap [6]

bogar to sail [7]

bohemio Bohemian [5]

bola ball [5]

bolsillo pocket [3]

bondad goodness [2]

boqueada act of opening the mouth [4]

boquete entrance [20]

boquiabierto open-mouthed [19]

boquifresco shamelessly outspoken [6]

borbotones: a — in a bubbling manner [11], gushing [21]

bordado embroidered [3]

borde edge [1]

borrachera drunkenness [2]

borrachilla slight intoxication [19]

borracho drunk [3]

borrico donkey [18]

borroso blurred [21]

bostezo yawn [10]

botar to bounce [7]

botecillo little boat [6]

botería shop where they make leather bags and bottles for wine [3]

botica pharmacy [7]

botijo earthenware vessel with spouts for drinking [3]

botita small wineskin [3]

bóveda vault [13], **— celeste** firmament [19]

bramador roaring [7]

bramante packthread, a strong thread made of hemp [17]

brasa red-hot coal or wood [21]

bravata bravado [2]

bravío wild [14]

bravo wild [5]

brea tar [7]

break type of English carriage [10]

brecha breach [19]

bregar to struggle [21]
bribón vagrant [5]
brillante diamond [5], shiny [6]
brillar to shine [4]
brincar to jump [1]
brinco leap [13], **pegar el —** to jump [7]
brincoteo jumping (*invented word*) [19]
brío verve [16]
brisa breeze [7]
broma joke [1], joking [4], **echar a —** to take as a joke [4]
bromear to joke [9]
bromista fond of joking [6]
bronca fight [2]
bronce bronze [6]
bronceado bronze-colored [3]
bronco gruff [4]
bruja witch [5]
bruma mist [12]
brusco abrupt [16]
brutal brutal [2]
bruto brutish [13]
bu: hacer el — to frighten [16]
búcaro vase [5]
buenaventura fortune [5], fortuneteller's prediction [Ep]
bufar to puff [21]
bufo comic [2]
bullanguero rowdy [6]
bullicioso boisterous [5]
bullir to bustle [7], to bubble [9], to boil [19]
bulto blurred shape [16]
buñolera fritter maker [4]
buñuelo fritter [3]
buque ship [6]
burbuja bubble [7]
bureo amusement [6]
burlar to mock [16]
burro donkey [21], **color panza del —** grey [21]

busca: en — de in search of [7]
buscar to look for [3]
butaca seat in a theater [3], armchair [10], seat [16]

C

cabal complete [8], just [19]
caballero gentleman [2]
caballeroso genteel [6]
cabalmente precisely [2]
cabe: no — duda there is no doubt [1]
cabecear to rock back and forth [7]
cabecera head [7]
caber to be possible [7]
cabeza: dolor de — headache [3], **sentar la —** to settle down [Ep]
cabizbaja pensive [13], downcast [20]
cabo: al fin y al — after all [6]
cacahuete peanut [3]
cacerola stew pan [6], pot [10]
cacharro pot [3]
cachete cheek [21], **pegar un —** to slap [21]
cachito morsel [5]
cachivache knick-knack [3]
cacho piece [19], **— de gloria** darling [18]
cadera hip [5]
caer to realize something [10], to fall upon [21], **—le bien (a alguien)** to sit well (with somebody) [3]
cafre brute [3]
caída fall [14]
cairel a kind of trimming of a woman's dress [2]
caja box [17]
cajón drawer [17], **de --** usual [19]
calabaza pumpkin [19]
calamidad nuisance (person) [6]
calaña character [2]
calar to see through [11], **—se** to put on [13]
calavera rake [16]

calaverada crazy escapade [3], foolish action [10]

calaveresco characteristic of a rake [16]

calaverón rake [2]

calculado planned beforehand [6]

calcular to reckon [13]

caldeado overheated [21]

caldera caldron [2]

caldo broth [3]

calendario: hacer —s to make predictions [11]

calentar: —le las orejas a alguien to tell somebody off [20], **—se los cascos** to worry [2]

calentura temperature [1]

calicó Calico [18]

calidad quality [19]

caliente heated [11]

callado silent [1]

callar to keep silent [2], to be quiet [5]

callejero street [16]

callos tripe [5]

calma calm [3]

calmante calming [1]

calurosamente warmly [16]

calva bald patch [9]

calzado footwear [14], worn [21]

calzar to wear shoes, to provide (someone) with shoes [3], **—se** to put on (shoes) [10]

cama: guardar — to be confined to bed [13]

cámara cabin (of a ship) [19]

camarero waiter [20]

camarote room on board a ship [7]

camastro ramshackle bed [7]

cambiar to change [3]

cambio: a las primeras de — at the first opportunity [11], **en —** on the other hand [2]

camelador seductive [19]

camino path [2], **— de** on the way to

[3], **— de hierro** railroad [16]

camisón nightgown [1]

campana bell [1]

campanario bell tower [10]

campear to be camped out [4]

campechano good-natured [5]

campo countryside [7]

canalla mob [4]

canastilla little basket [21]

candente burning [1]

canela cinnamon [3]

canícula hot days [17]

canora musical [20]

cansar to tire out [3], to tire [5]

cantaor flamenco singer [5]

cantaora female flamenco singer [2]

cante jondo traditional flamenco singing [2]

cantidad quantity [2]

canto stone [21]

caña small glass [5], **— del timón** tiller [7]

cañazo blow with a cane [4]

cañita small glass used for serving alcoholic beverages [2]

capa lamina [10]

capaz capable [2]

capitanear to head [19]

capote cape with sleeves [10]

capricho whim [8]

caprichoso whimsical [1]

caracol snail [5], spiral staircase [15]

carácter character [3]

caramillo commotion [2]

carátula mask [11]

carbón coal [5], charcoal [19]

carcajada outburst of laughter [2], hearty laughter [19], **reírse a —s** to laugh heartily [6]

cárcel prison [16]

carecer to lack [7]

cargado strong [1], **— de** loaded with [18]

cargante annoying [15], demanding [17]

cargo: hacerse — to agree [13], to be careful [17], to understand [19], **hacerse — de** to be aware of [1], to become aware [2],

caricia caress [16]

caridad charity [16]

cariñazo great affection [7]

cariño affection [13]

cariñoso affectionate [1]

carmesí crimson [10]

carne flesh [3]

carnero mutton [19], **—s: no había... tales —** it was not true [7]

carnicero butcher [3]

carrera: — de caballos horse race [3], **hacer —** to succeed [21]

carretela a four-wheeled carriage on springs [10]

carretera road [18]

carretero wagoner [3]

carretilla: de — by heart [1]

carricoche old-fashioned coach [18]

carrillo cheek [19]

carro: — de violín type of carriage [7]

carromato wagon [18]

carruaje carriage [3]

cartel poster [19], **pegar —es en las esquinas** to go around announcing everything to everyone [8]

carteo exchange of letters [9]

cartera portfolio [15]

cartilla: leerle a uno la — to give one a lecture [11]

cartón tapestry cartoon [10], cardboard [18]

cartulina cardboard [10]

casaca: agarrar a la — to ride someone's coattails [16]

casacón frock coat [3]

casaquín short jacket for women, fitted like a bodice [3]

casar to fit together [3], **—se** to marry [Ep], **—se con** to marry (someone) [3]

cascada waterfall [21]

cáscara shell [2]

cáscara de nuez nut shell [6]

casero domestic [15]

caso: el — es que the thing is that [3], **hacer — a** to pay attention [2], **hacer al —** to be relevant [Ep]

castaña bun [6], chestnut [14]

castañar place with chestnut trees [21]

castañetear los dedos to snap ones fingers [14]

castaño chestnut tree [3]

castañuelas: repicar las — to click castanets [2]

castillo castle [18]

castor beaver [15]

casualidad coincidence [21], **por —** by chance [19]

casuca shack [7]

catafalco catafalque [18]

cataplum bang [13]

catar to try, to taste [16]

cátedra lecture room [20]

caudal wealth [13]

caudaloso flowing with water [3], with a large flow [21]

causa cause [Ep]

cautela caution [7]

cavilación deep thought [1], pondering [19]

cazo saucepan [6]

cazuela earthenware cooking pot [19]

cecear to speak with *ceceo* [4]

ceceo phenomenon found in a few dialects of southern Spain in which the <s>, <z>, and soft <c> are all pronounced as /θ/ [4]

cecina dried salted meat [5]

ceder to yield [1], to comply [17], **— el paso** to give way [1]

céfiro zephyr, a type of thin cotton
    cloth. [3]
cegar to blind [21]
ceja eyebrow [6]
cejar to give up [4]
celda cell [1]
celebrarse to celebrate [3]
celeste celestial [21]
celestial heavenly [2]
celosía lattice [11], latticework [20]
celoso jealous [9]
célula cell [21]
cencerrada an unpleasant noise made
    with cowbells, horns, and other
    things to make fun of widows and
    widowers on the wedding night of
    their new marriages [16]
cénit zenith [6]
ceniza ash [5]
censurable reprehensible [10]
centelleo sparkle [13]
centinela sentry [11]
céntrico central [13]
ceñido fitted [21]
ceñir to circle [16], to fasten around
    one's waste [16]
cepillar to brush [10]
cepo idiot [2]
cera wax [3]
cercado enclosed [18]
cercar surround [7]
cerebro head [3]
ceremonioso formal [3]
cero a la izquierda useless [16]
cerquillo little ring [9]
cerrado thick [2], closed [21]
cerrajero locksmith [17]
cerrarse to be kept [3]
cerril coarse [15]
cerro hill [2]
certero certain [17]
cerveza beer [2]
cesar to cease [7]

cesto basket [21]
cetrino sallow [5]
cetro scepter [Ep]
chabacano coarse [1]
cháchara garrulity [19]
chacota uproar [2]
chalado crazy [5]
chaleco vest [7]
chancear to joke [13]
chaparrón shower [17]
chapuzarse to take a dip [3]
chapuzón splashdown [21]
chaquetilla short jacket [3]
chaquetón long jacket [3]
charco puddle [6]
charla talk [20]
charlar to chat [2]
chasco disappointment [14]
chato flat [6]
chaval kid, youngster [10]
chicharrero hot place [1]
chiflado crazy [16]
chifladura madness [6], crazy idea [16]
chillar to yell [11]
chillido scream [6]
chillón screeching [16]
chiné a fabric with flower designs or of
    various colors [17]
chinelas slippers [10]
chiquilla small child [9]
chiquillada childish act [1]
chiquillo small child [3]
chiribitil tiny room [7]
chisme rumor [13]
chismografía gossip [15]
chispa spark [5], tiny amount [7], **ni**
    — nothing at all [11]
chispero ironsmith [3]
chist ssh [17]
chistar to make a sound with the
    intention of speaking [11], **sin —**
    without a word [6]
chiste joke [2], **con —** in jest [2]

chiticallar to keep silent [17]
chito hush [16]
chocar to shock [17]
choque clash [20]
chorrear to drip [21]
chorro stream [19], a —s in gushes
    [19]
chulapo lower-class *madrileño* [3]
chulesco relating to lower-class
    Madrid life [19]
chuleta chop [3]
chulo/a working class madrileño/a
    with a unique manner of dress,
    speech and behavior, lower-class
    man/woman from Madrid [3]
churretazo glob [5]
churri noisy [8]
churumbeliyo child [5]
chusco funny [10]
ciego blind [Ep]
cielo heaven [2], sky [3]
cierre fastener [13]
cierto: por — by the way [2], for sure
    [4]
cifra monogram [13]
cigarrera cigarette maker [19]
cinc zinc [10]
cinco: decir cuántos son — to tell it
    like it is [11]
cincuentón a man in his fifties [9]
cinta ribbon [3]
cinto lifebelt [16], belt [18]
cintura waist [11]
circo circus [18]
circunloquio circumlocution [1]
cita date [12]
citerea Cytherea [18]
clandestinidad secrecy [18]
clandestino clandestine [4]
clarens type of carriage [18]
claridad light [5], clarity, splendor
    [Ep]
claro clear [2], light [3]

clase type [5]
clavado splitting [1], fixed [16]
clavar to fix (one's gaze) [5], to drive
    [6], to fasten [17], —la mirada to
    fix one's gaze [7]
clavel carnation [3]
clavelería bunch of carnations
    (*invented word*) [3]
clavijas: apretar a uno las — to push
    home an argument [14]
clavo nail [11]
cliché cliché, trite expression [14]
cloroformo chloroform [14]
cobalto cobalt, a silver-white metallic
    color [3]
cobrar to aquire [2], to get paid [2], to
    charge [19], —le miedo (a alguien)
    to become afraid (of someone) [2]
cobrizo copper-colored [5]
coche carriage [3]
cochera garage [3], carriage [4]
cochero coachman [3]
cochina dirty, nasty, filthy [6]
cocina kitchen [17]
codazo a blow or nudge with the
    elbow [3]
codo elbow [6]
coger to grab [4]
cogido joined [3]
cogote nape of the neck [3]
cohete rocket [6]
cohibido inhibited [3]
cojín cushion [10]
colarse to filter [1], to seep through
    [6], — por to slip through [5]
colchón mattress [1]
cólera anger [20], montar en — to
    get angry [6]
coletazo flick of the tail [6]
coleto: echarse al — to drink [5]
colgado hanging [11], hung [18]
colgadura hanging [18]
colgante hanging [18]

colgar to hang [2]
coliseo coliseum [6]
colmado eating house, inexpensive restaurant [18]
colocación job [3]
colocado placed [11]
colocar to place [1]
coloquio conversation [16]
colorado red [2], **ponerse —** to blush [3]
coloradote ruddy [3]
colorín bright color [3]
columpio swing [2]
comandante de artillería artillery commander [2]
comarca district [18]
combatiente combatant [6]
comedido restrained [11]
comedimiento restraint [7]
comedor dining room [5], **mozo de — waiter** [13]
cometer to commit [2]
comezón urge [7]
comido corroded [13]
comistrajo medley of eatables [5]
comitiva retinue [10]
compadecer to pity [21]
compadre buddy [4]
compañero companion [4]
comparar to compare [2]
compás: al — de in time with [19]
competencia competition [18]
competir to compete [13]
complacer to please [Ep], **—se en** to take pleasure in [16]
complaciente obliging [19]
completo: por — completely [2]
cómplice accomplice [18]
complicidad complicity [11]
componenda compromise [1]
componer to compose [1], to mend [21], **—se** to get ready [17]
comprarle (a alguien) to win

(someone) over [6]
comprender to include [14]
comprendido included [19]
comprimir to compress [7]
comprobar to verify [3]
comprometedora a person who puts one in a jeopardizing situation [4]
comprometer to jeopardize [5]
comprometido engaged to be married [13], obligated [16]
compromiso compromising situation [7]
compuesto repaired [15]
compungido contrite [1], remorseful [3]
comunicar to connect [18]
comunicativo communicative [3]
conato attempt [16]
cóncavo concave [6]
concebir to imagine [14]
conceder to concede [2]
concertar to agree on [3], to harmonize [16], **—se** to arrange [17]
concha shell [1]
conciencia conscience [Ep], **hacer examen de —** to take a good look at oneself [1]
conciliar to reconcile [Ep], **— el sueño** to get to sleep [1]
concordia group [21]
concurrente person present [2]
concurrir to coincide [17]
condenada wretch, condemned woman [6]
condenar to condemn [2]
conducto: por — de through [4]
conductor driver [18]
conejo rabbit [18], **risa del —** fake laugh [6]
conferencia lecture [21]
confesar to confess [3]
confesionario confessional [14]

confiadamente trustingly [7]
confianza trust [6], **de —** trustworthy [18]
confiar to confide [9]
confidencial confidential [16]
confite sweetness [18]
conforme agreed [1], suitable [13]
confundirse to mix [6]
confusamente confusingly [13]
confusión confusion [2]
confuso bewildered, confusing [5], confused [6]
congeniar con to get along with [9]
congoja anguish [18]
coníferas coniferous trees [13]
conjunto group [10], collection [16]
conjuro spell [16]
conmoción commotion [16]
conocimiento meeting [3]
conque so [6]
conquistar to win the heart of [Ep]
consabido usual [5]
consagrar to devote [1]
consecuente consistent [2]
conseguir to achieve [3], to be able to [3]
consejero advisor [9]
Consejo Council [19]
conservar to keep [21]
consideración importance [10]
considerar to consider [2]
consignar to record [12]
consistir en to consist of [2]
consola console table [10]
consolar to console [7]
constancia consistency [21]
constar to be clear [13]
consternado extremely upset [16]
consuelo solace [7]
contador accountant [19]
contar to count [16], **— con** to count on [17]
contemplar to contemplate [3]

contemporizar to comply [11]
contenerse to hold back [3], to restrain oneself [3]
contenido content [7]
contentarse to be content with [3]
conterráneo fellow countryman [4]
contestar to answer [1]
contorno contour [6]
contrabando illicit escapade []
contrariedad annoyance [17]
contrario opposite [3]
contrata government contract [9]
contrato contract [4]
contraventor transgressor [Ep]
contrito contrite [11]
convencer to convince [1]
convencido convinced [5]
convencimiento conviction [10]
convención convention [2]
convenido agreed [1]
conveniencia advantage [2], something suitable [4], social convention [10]
convenir to agree [2], to be suitable [9], **— en** to agree on [3]
convertido converted [5]
convertir to convert [2], to direct [18]
convexo convex [6]
convidar to invite [3]
convite invitation [5]
convulsivo convulsive [7]
conyugal conjugal [9]
copa top (of a tree) [12]
copete: de alto — distinguished, noble [15]
copla folksong [5]
coquetería flirtation [9]
coquetón attractive [11]
corazón heart [2]
corazonada feeling, hunch [3]
cordera meek girl [19]
cordero lamb [20]
cordial friendly [3]

cordialidad intimacy [19]
cordón cord [1]
coreográfico choreographic [19]
cornúpeta having horns [2]
coro chorus [19]
coronado crowned [18]
corpiño bodice [3]
corpulento corupulent [3]
corrección correctness [5]
correcto polite [15]
corredor passage [18]
correr to run [3], to flow [6], — **a mares** to flow abundantly [2]
corrida bullfight [2], promiscuous woman [13]
corrido: de — by heart [14]
corriente certainly [2], current [13], agreed [15], draft [Ep], **ir contra la —** to go against the tide [13]
corrillo small group of people [3]
corro circle [2]
corsé corset [7]
cortado broken off [9]
corte court [1], shape [3]
Corte government (fig.) [9]
cortedad brevity [16], bashfulness [19]
cortejo retinue [19]
cortes parliament [9]
cortesano courtly [14]
cortesía good manners [2], courtesy [16]
cortésmente courteously [19]
corteza coarseness [8]
cortina curtain [18], sheet [21]
corto short [3]
cosa: como quien no quiere la — pretending not to give it much importance [2]
cosmorama cosmorama, an exhibition of perspective pictures of different places in the world, usually world landmarks [6]
cosquilleo tickling sensation [3]

costa coast [16]
costado side [6], **—s: por los cuatro —** throughout, on all sides [13]
costar to cost [16]
costilla rib [7]
costumbre habit [21], **de —** usual [10]
cotorra chatterbox [19]
coz kick [2]
cráneo skull [1]
crecido overgrown [5]
crepúsculo dusk [Ep]
crespo choppy [7]
crespón crepe [5]
creyente believer [14]
criatura child [5]
crin horsehair [10]
cristal glass [3], windowpane [12]
cristiano: hablar en — to speak straightforwardly [2]
crónica chronicle [19]
cruz cross [16]
cruzar to cross [6]
cuadrarse to put one's foot down [4]
cuadritos: a — checkered [3]
cuadro painting [2], scene [19]
cuákera Quaker [2]
cual like [18]
cualquier any [3]
cualquiera anyone [8]
cuánto: — más the more [8], **por —** not for anything [1]
cuarenta: acusarle a uno las — to give someone a piece of one's mind [11]
cuaresma lent [1]
cuartel barracks [15]
cuarto-ropero walk-in closet [17]
cuarto-tocador powder room [1]
cuartos cash [5], money [18]
cuartuco little room [10]
cubierta cover [13]
cubierto cutlery [5], **a —** protected [5]
cubrir to cover [1]

cucamonas sweet words and/or caresses [20]

cucharear to plunge [7]

cucharilla teaspoon [7]

cucharita little spoon [10]

cuchichear to whisper [18]

cuchicheo whispering [16]

cuchillo knife [11]

cuco pretty [3]

cuello neck [3]

cuenta calculation [2], account [3], responsibility [4], **caer en la —** to realize [4]

cuento story [10]

cuerda string [21], **dar —** to encourage [4]

cuerno bone [6]

cuerpo body [3], organization [21]

cuestión matter [13]

cuidado care [1], attention [7], fear [7], concern [10], careful [13]

cuidadosamente carefully [10]

cuidadoso careful [7]

cuidar to take care of [6]

culata butt of a gun [7]

culebra snake [6]

culminante culminating [10]

culpa: echar la — to blame [1]

culpable guilty [1]

cultivar to cultivate [19]

cumplido perfect [2], courteous [11] **de —** formal, curteous [3], **gente de — formal** acquaintances [13]

cumplir to carry out [15]

cuneo rocking [21]

cuña *fig.* driver's seat [12]

cura priest [3]

curiosidad object of curiosity [6]

curioso curious [Ep]

curtido sun-damaged [20]

cutis complexion [5], skin [10]

cuyo whose [3]

D

dale there you go again [7], **y — *expression of displeasure at the obstinacy of another*** [16]

dama lady [2]

danza: meter en — to involve [2]

dañado damaged [14]

daño damage [8], **hacerle — (a alguien)** to hurt somebody [5]

dar to hit [6], **— con** to find [19], **— le (a alguien) por (hacer algo)** to take to doing something [2], **—le (a uno) por** to get it into (one's) head [7], **—le pie (a alguien) para que (haga algo)** to give somebody cause to do something [4], **—se por** to give into [2], **—sela a alguien** to deceive somebody [17]

dátil date [3]

dato piece of information [Ep]

deber duty [10], obligation [15]

debido due [5], owing [16]

debilidad weakness [4]

debilitado weakened [1]

decadente decadent [2]

decencia decency [20]

decente proper [2], respectable [3]

decidor witty [2]

declamar to declaim [16]

declarar to declare [2], **—se** to declare oneself [3]

decoro decorum [10], decency [21]

decoroso proper [13]

dedicatoria dedication [11]

deditos: a dos — very near to [18]

dedo: mamarse el — to be a fool [7]

deducir to deduce [Ep]

defenderse to defend oneself [2]

deferente deferential [6]

déficit deficit [2]

deforme deformed [6]

defunción death [20]

dehesa meadow [2]

dejar to allow [3], to drop off [3], — **a un lado** to leave aside [2], — **de (hacer algo)** to stop (doing something) [3], — **en paz** to leave alone [4]

delantal apron [19]

delante de in front of [2]

delantero front [3]

delatado given away [3]

delatar to give away [13]

deleite delight [14]

delgado thin [3]

delicadeza attentiveness [6]

delicado sick [13], sensitive [18]

delincuente delinquent [Ep]

delirio delirium [21]

delito crime [16]

demás other [1]

demonio devil [1], **a —s coronados** really badly (fig.) [5]

demostración display [2]

demudado with the color and/or expression on one's face changed [20]

dentadura teeth [10], set of teeth [19]

dentición teething [15]

deparar to present [19]

departamento compartment [21]

depositar to place [5], **—se** to settle [17]

depósito water tank [1]

derogar to repeal [7]

derramar to spill [5], to shed [11]

derrame seroso hemorrhage of the serous membranes [9]

derredor: en — around [17]

derretido melted [21]

derretir to melt [3]

derribar to knock down [6]

derrochar to waste [1]

derrotado shabby [18]

desabrigado uncovered [16]

desacato incivility [2]

desafinar to be out of tune [16]

desaforadamente furiously [1]

desagradable desagreeable [3]

desagradar to displease [4]

desagravio amend [15]

desaguisado mess [6]

desahogarse to tell one's troubles to someone [13]

desahogo relief [7]

desairado rude [10], spurned [21]

desalentado discouraged [2]

desalentarse to become discouraged [3]

desapacible unpleasant [16]

desaprobación disapproval [12]

desaprobar to disapprove [21]

desarmar to disarm [11]

desarrollar to develop [4]

desasosiego unease [1]

desatado untied [18], unleashed [Ep]

desatarse to loosen up [11]

desatento inattentive person [16]

desatinado unruly [3], crazy [Ep]

desatino foolish action [11], foolish remark [16]

desazón annoyance [21]

desazonado ill-suited [1]

desbaratar to mess up [17]

desbocado wild [2]

descalabrar to attack [2], to wound in the head [6]

descampado open countryside [18]

descansar to rest [4]

descanso relief [10]

descarado cheeky devil [8], cheeky, impertinent [12]

descendencia descendant [9]

descifrar to work out [13]

desclavar to unfasten [17]

descolgarse to hang out of [11]

descolorido pale [20]

descomponer to mess up [5]

descompuesto distorted [20]

descompuesto insolent [6]

descomunal tremendous [7], enormous [18]

desconocido unknown [2]

desconsolado disconsolate [21]

desconsolador disappointing [15]

desconsuelo distress [6]

descorchar to uncork [5]

descortesía impoliteness [6]

descosido falling off [17]

descuajarse to work hard for [16]

descubierto discovered [2], open [18]

descubrimiento discovery [21]

descubrir to discover [5], to reveal [13]

descuidarse to be forgetful of one's duty [1], to fail to keep up appearances [3], to not pay attention [16], not to worry [17]

desdecirse to recant [2]

desdén disdain [5]

desdeñar to disdain [20]

desdibujado blurred [6]

desembarcar to disembark [7]

desembocar to flow in [3]

desembozar to uncover the face [16]

desencanijarse to get stronger (invented word) [9]

desenclavijar to separate [Ep]

desenfundar to take something out [20]

desengañado disillusioned [5]

desengaño disappointment [13]

desenlace denouement [21]

desenlazar to give resolution (to a story) [Ep]

desenredar to untangle [10], —se to extricate oneself [16]

deseoso desirous [3]

deserción desertion [20]

desertar to desert [14]

desesperadamente desperately [21]

desesperado intense [3]

desfallecido weak [7]

desfile parade [3]

desgarrado impudent [6]

desgarro impudence [19]

desgreñado disheveled [5]

deshacer to break down [16], to melt [17], —se to undo [11], —se en to lavish [7]

desierto desert [11], deserted [13]

desigual uneven [5]

desinteresado uninterested [13]

deslenguado scurrilous [3]

desliz indiscretion [1]

deslizar to slip [3], to glide [6]

deslucir to obscure one's merit [16]

deslumbrar to glare [6]

desmantelado dilapidated [18]

desmayado unconscious [3]

desmentir to convince of the falsehood [19]

desmenuzar to examine carefully [10]

desnudez nudity [10]

desnudo bare [5]

desolación desolation [18]

desorientar to disorient [5]

despabilado quick [1], smart [2]

despachadera opportunity [15]

despachar to dispatch [4], to complete quickly [Ep]

despachar to finish off, to send away, to serve, to dismiss [5]

desparramado scattered [17]

despavorido terrified [7]

despechado indignant [21]

despecho indignation [8], displeasure [17]

despedazar to tear apart [6]

despedida farewell [7]

despedirse to say goodbye [2]

despegarse to come unstuck [2]

despeinado with hair disheveled [Ep]

despejado alert, spacious [6], clear [7]

despejar to clear [1]

despeñarse to fall over a cliff [21]

desplomar to collapse [12]
despoblado uninhabited place [13]
despreciar to scorn [20]
desprender to detach [3], —**se** to unfasten [3]
destacarse to stand out [3]
destartalado dilapidated [18]
destellar to throw out (rays of light) [5], to give off [7]
desteñido discolored [5]
destrozo damage [17]
destructor destructive [14]
desvanecer to dissipate [1], to make dizzy [21], —**se** to faint [4]
desvanecimiento dizziness [6]
desventaja disadvantage [20]
desvergonzado shameless [5]
desvergüenza shamelessness [8]
desviación deviation [13]
desviar to change direction [3], to divert [6], —**se** to turn away [16]
detalle detail [2]
detener to detain [6], —**se** to stop [16]
detenidamente carefully [19]
detenido stopped [18]
detenimiento, con carefully [15]
determinarse to determine itself [2], to make up one's mind to do something [17]
detestar to detest [8], to hate [13]
devanar to wind [1]
devaneo affair [16]
devoción devotion [3]
devocionario prayer book [3]
devota devout woman [9]
devoto devotee [2]
diabla she-devil [1]
diablo: dar al — to scorn [6]
diablura diabolical undertaking [16]
dialogar to dialogue [3]
diapasón standard pitch given by a tuning fork [17]; **bajar el —-** to lower one's voice [17]

dibujante drawer [19]
dibujar to draw [16]
dicharachero talkative [4]
dicharacho vulgar expression [10]
dicho declaration [3], word [6], **lo —** that's settled [8]
dichoso blessed (often used ironically) [5]
dictar to issue [15]
dientes: hablar entre — to mumble [3]
diestra right hand [4]
dificultar to obstruct [7], to hinder [11]
difteria diphtheria [15]
difunto diseased [2]
digno suitable [5], dignified [21], worthy [Ep]
dilatado extensive [21]
dilatarse to dilate [21]
diplomático diplomatic [19]
diputado member of parliament [Ep]
diquelo look [Ep]
director de escena stage manager [6]
dirigir to direct [5], —**se** to head for [1], to speak to [3]
discordante clashing [16]
discretamente prudently [14]
discreto discrete [8], moderate [11]
disculpa excuse [1]
disculpar to excuse [2], —**se** to apologize [13]
discurrir to reflect [1], to think [4], to wander [4], to invent [Ep]
discutir to discuss [3]
disector dissector [Ep]
disertar to lecture [14]
disfrazar to disguise [12]
disfrutar to enjoy [1]
disgustar to upset [5]
disgusto displeasure [17]
disimuladamente reservedly [20]
disimular to hide [2], to dissemble [6]

disimulo dissimulation [15], **con —** surreptitiously [3]

disipar to dispel [10], to dissipate [16]

disiparse to dissipate [6]

dislate nonsense [16]

disminuir to decrease [12]

disolvente solvent [14]

disparado shot [14]

disparar to fire, to shoot [16]

disparate crazy idea [13], **—s** nonsense [3]

dispensa pardon me [20]

dispersión scattering [21]

displicente unenthusiastic [17]

disponer to arrange [17], **—se a** to prepare [5]

disposición disposition [5]

dispuesto ready [2], disposed [10], arranged [Ep]

disputa quarrel [2], dispute [5]

disputador argumentative [2]

disputar to argue [2]

distancia distance [3]

distar de to be far from [3]

distinguido distinguished [2]

distinguir to distinguish [1], to make out [3], **—se** to distinguish oneself [2]

distraer to distract [1], **—se** to enjoy oneself [3]

distraído distracted [3]

distrito electoral district, constituency [9]

disuelto dissolved [2]

diván couch [11]

divertido fun [3]

dividirse to divide up [5]

divino divine [9]

divisa motto [18]

divisar to spy, to make out [6]

doblado folded [15]

doblemente doubly [5]

doler to hurt [13]

doliente grieving [17]

dolor pain [1]

dolorido hurt [5]

domador type of luxurious carriage [18]

dominguero Sunday [3]

dominio control [17]

donación donation [15]

donaire grace [16]

doncella maid [1]

donoso pleasant [2]

dorado golden [3]

dormitar to doze [Ep]

dormitorio bedroom [1]

dorso backside [5]

dosel canopy [13]

dote talent [2]

drácena Dracaena, a palm-like plant belonging to the lily family [11]

ducha shower [7]

duda: sacar de — to remove doubt [1]

dueña mistress [2], owner [3], **poner como digan (a alguien) —s** to insult somebody [2]

dueño owner [7], **ser muy — de hacer algo** to be free to do something [17]

dulce sweet [2], soft [15]

dulzura sweetness [Ep]

duque duke [2]

duquesa duchess [2]

duramente harshly [10]

durar to last (a certain amount of time) [1]

duro harsh [5], hard [7], **— de pelar** hard to fool [1]

E

echar to emit [1], to throw [2], to give off [4], to tell [5], **—las de** to boast of (a certain quality) [16], **—se** to throw oneself [6], **—se a** to begin [4]

Edad Media Middle Ages [18]

edificio building [4]

educación good manners [8], upbringing [9]

efecto effect [3], **en —** in fact [1]

efigie effigy [3]

efusión effusion [4]

egipcio Egyptian (*it was believed that gypsies were of Egyptian origin*) [5]

egoísmo selfishness [21]

ejecutar to carry out [5], to perform [16]

ejemplar exemplary [2]

ejército army [1]

elección choice [21]

eligir to chose [5]

elixir elixir [17]

elogiar to praise [5]

elogio praise [9]

emanación smell [3]

embajador ambassador [2]

embarazoso embarrassing [13]

embarcación boat [7]

embarcarse (en algo) to get oneself involved (in something) [8]

embargo halt [16]

embate sudden attack [Ep]

embazado shaded [18]

embestir to charge [16]

embocar to swallow in haste [1]

embozarse to cover oneself [2]

embozos strips of wool, silk, or other cloth which line a cape from the neck down on each side [15]

embriaguez intoxication [5]

embrollar to complicate [14]

embuste artful tale [5]

embustero liar [3], imposter [5]

empalagoso sickly sweet [15]

empalizado pale [18]

empapado soaked [1]

empapar to soak up [21]

empapelado wallpaper [11]

empecatado bad [6]

empeine instep [19]

empeñado determined [6]

empeñarse to insist [2], to persist in [2]

empeño influence [19], desire [20], obligation [21]

empezado begun [Ep]

empezar to begin [3]

empingorotar to raise something and put it atop another thing [10]

empíreo heaven [18]

empleado employee [10]

emplear to use [7]

emponzoñado poisonous [Ep]

emprender to undertake [5], to start [10]

empresa undertaking [19]

empujar to push [7]

empuñar to take hold of [6], to grasp [10], to clutch [Ep]

enagua petticoat [3]

enamorado lover [21], lovebird [Ep], **estar — de** to be in love with [2]

enano midget [6]

enarbolado raised [12]

enarbolar to brandish [7]

encabezado strengthened (with alcohol) [8], **— y compuesto** made stronger by being mixed with another alcoholic beverage [5]

encajar to force [5], to set into motion [19], to close (the door) [20]

encaje lace [11]

encandilado fascinated [19]

encandilar to dazzle, to impress [11]

encanto charm [3], **por —** by magic [10]

encapotado gloomy [21]

encargado de in charge of [6]

encargo: como de — meeting all the conditions for [6]

encarnado red [4]

encarnizamiento fleshing [10]

encefálica: masa — brain matter [1]
encender to light [5]
encendido bright [3], burning [5]
encerrado enclosed [7]
encerrar to shut in [20]
encharcarse to become waterlogged [21]
enclenque frail [9], sickly [16]
encoger to contract [7]
encogimiento reserve [16]
encomienda embroidered cross worn by certain military orders [13]
encontrarse to find oneself [6]
encubierto concealed [17]
encubrir to conceal [21]
encumbrarse to rise to a higher position [21]
enderezarse to sit straight up [20]
endiablado wicked [1]
endilgar to dish out [5]
enemigo devil [6]
enfadarse to get angry []
enfado anger [2]
enfadoso burdensome [15]
enfermero male nurse [7]
enfriar to cool down [8], to kill [16]
engallado erect [12]
enganchado hooked [12]
enganchar to hook [1], to hitch up [3]
engañar to deceive [13], —se to be wrong [3]
engaño deception [15]
engatusar to coax [5]
engranar to engage [17]
engrosar to swell [21]
enigma enigma [2]
enjabelgado whitewashed [18]
enjambre swarm [7]
enjugarse to wipe off [5], to dry oneself off [10]
enjuto lean [3]
enlazado linked [13], connected [Ep]
enlutado in mourning [19]

enmienda: propósito de — intention to mend one's ways [1]
enojo anger, annoyance [5]
enorme enormous [Ep]
enormidad crass remark [11]
enredado entangled [19]
enredar to tangle up [1]
enredo complicated affair [5], mess [18]
ensalmo incantation [5]
ensanchar to widen [14]
ensangrentado bloody [6]
ensañarse con to torment [5]
ensartar to string together [5]
ensayo test [16]
ensenada cove [7]
enseñar to show [3]
enser utensil [19]
ensoñador dreamy [13]
ensopar to soak [21]
entablar to strike up (a conversation) [16]
enteco sickly [18]
entendederas intellect [1]
entenderse con (algo) to make use of [5]
entendimiento understanding [14]
enterado aware [20]
enteramente completely [13]
enterar to inform [3], —se to find out [2]
entero whole [3], complete [6], entire [Ep]
enterrarse to hide oneself away [13]
entierro burial [18]
entontecer to grow foolish [16]
entornar to half-close [7]
entrada entrance [3]
entrañas entrails [7]
entrar to enter [20]
entre sí to himself [5]
entreabierto half-open [11]
entreabrir to half-open [1]

entregado a absorbed in [6]
entrelazar to entwine [Ep]
entremés hors d'œuvres [19]
entremetido busy-body [5]
entreoír to half-hear [3]
entresuelo mezzanine [15]
entretanto meanwhile [Ep]
entretener to entertain [5], **—se** to entertain oneself [3]
entretenido entertained [2], entertaining [2]
entrever to glimpse [5]
entrevista interview [16]
envanecido proud [9]
enviar to send [Ep]
envilecer to debase [14]
envolver to wrap up [10], to envelope [12] **—se en** to wrap oneself in [5]
epidemia epidemic [2]
epigastrio region of the abdomen and stomach [21]
equidad fairness [18]
equipaje luggage [17]
equivocar to be wrong [4]
equívoco equivocal [5]
erguir to raise up [18]
erizado de plagued with [19]
ermita hermatage [3]
esbelto slender [9]
escabeche marinade [5], **en —** marinated [19]
escalafón seniority scale [21]
escaldar to scald [21]
escalera staircase [10]
escalofrío shiver [Ep]
escama deep sense of injury [13]
escamarse to get suspicious [3]
escanciar to serve, to pour out [5]
escandalizar to scandalize [13]
escándalo: armarse un — to make a fuss [11]
escaparate window display [3]
escapatoria escape [3]

escape: a — in a hurry [15]
escapulario scapular, a monk's sleeveless outer garment that hangs from the shoulders [3]
escénico: efecto — scenic effect [19]
escenográfico scenographic [18]
escéptico skeptic [21]
escoba broom [7]
escocer to hurt [1]
escocés Scottish [3]
escoger to pick out [3], to choose [5]
escollo hidden danger [4]
escombros rubble [18]
escotada wearing a very low neckline [6]
escote neckline [1]
escribiente clerk [3]
escritor writer [2]
escrúpulo scruple [4], **con —** scrupulously [18]
escuadra squadron [9]
escuadrón squadron [21]
escuálido filthy [18]
escueto unadorned [21]
escupir to spit [19]
escurrir to slip away [16], to drip [21], **— el bulto** to shirk, to evade [21]
esencia perfume [13]
esfera sphere [19]
esfinge sphinx [11]
esfuerzo effort [7]
esmeradamente carefully [10]
esmeralda emerald green [3], emerald [5]
esmero great care [6]
espacio: por — de over a period of [3]
espalda back [10], **de —** with one's back turned [16], **volver la — (a alguien)** to turn one's back on somebody [9]
espantar to frighten [2], to scare [5]
espanto fright [1]
espantoso frightful [5]

esparcirse to amuse oneself [13]
esparto esparto grass [1]
especie type [1]
especioso specious [Ep]
espectáculo spectacle [2]
espejo mirror [6]
esperar to wait [3]
espeso thick [10]
espetado stiff [20]
espiar to watch closely [15]
espichar to die [4]
espíritu spirit [3]
esponja sponge [10]
esponjar to fluff up [7]
espontaneidad spontaneity [16]
espuerta basket [19]
espuma foam [7]
espumarajo foam [7]
espumoso foamy [7]
esquife boat [7]
esquina corner [13]
esquinazo cold shoulder [8]
esquivar to dodge [20]
establecimiento establishment [18]
estallar to explode [Ep]
estambre wool yarn [17]
estampar to throw [16]
estancia room [18]
estar: no — para to not be in the
    mood for [1]
estepa steppe [21]
estera matting [5]
Estigia a mythical river in Hades [17]
estilo: por el — like that [7]
estimar to value [2], to appreciate [4]
estío summer [16]
estirar to stretch, to straighten [3]
estocada sword thrust [17]
estorbar to be in the way [16]
estorbo obstacle [13], hindrance [18]
estornudar to sneeze [14]
estrafalario eccentric [2], outlandish
    [13]

estrechar to squeeze [7], to bring
    closer [16], **— la mano (a alguien)**
    to shake someone's hand [4]
estrecho tight [3]
estrellarse to crash [6]
estremecer to shudder [9], to shake
    [11]
estrenar to wear for the first time [3],
    to open for the first time [16]
estrépito noise [7]
estrepitosamente noisily [10]
estrepitoso noisy [6]
estropajo dish rag [5]
estropear to ruin [6]
estruendo noise [16]
estrujar to squeeze [7]
eterno eternal [16]
eucologio book containing the service
    for all the Sundays, and festivals in
    the year [3]
evangelio gospel [16]
evaporado evaporated [3]
evaporarse to evaporate [17]
evitar to avoid [3]
exaltar to get excited [21]
examen examination [Ep]
exánime exhausted [7]
exasperar to exasperate [17]
excentricidad eccentricity [8]
excepto except [2]
exceso excess [3]
excitación agitation [2]
exclamar to exclaim [2]
excomunión excommunication [2]
excursión excursion [3]
exento de free from [9]
exhalación exhalation [19]
exhalar to give off [6], to exhale [Ep]
exigencia requirement [16]
exigir to demand [5]
expansivo expansive; open [3]
expedito clear [19]
experimentar to experience [1]

experto expert [5]
expiatorio expiatory [Ep]
explanar to explain [14]
explayar to expand upon [13]
explicar to explain [2]
explotar to exploit [13]
expresado expressed [2]
expreso overnight train [21]
expulsión expulsion [20]
exquisitez exquisiteness [6]
exquisito exquisite care [7]
extender to extend [4]
extenuado extenuated [19]
exterior exterior [3]
extracto extract [16]
extranjero foreigner [2]
extravagancia extravagance [3]
extravío excess [13]
extremo extreme [9], extreme care [16]

F
fábrica factory [2], — **de dinero** mint [1]
facciones features [20]
facha appearance [16], look [17]
fachada façade [3]
fácil easy [3]
factible feasible [15]
facultativo professional [21]
faena task [10]
falda skirt [20]
fallar to pass sentence on [13]
fallecimiento death [10]
falso: en — falsely [12]
falta offense [13], **hacer —** to be necessary [2]
faltaba: lo que le — that's all you/he/she needed [3]
faltar to be lacking [1], **—le (a alguien)** to be rude to someone [4]
falúa small boat [6]
fama fame [10]
familiar overly familiar [6]

fanfarronería bragging [2]
fantasioso conceited [20]
fantasma ghost [1]
fantasmón presumptuous constructions [3]
fantástico fanciful [10]
fantoche puppet [3]
faralá ruffle [5]
farol lamp [7], streetlamp [13]
farolero lamplighter [12]
farsa farce [15]
farsante deceitful person [3]
fastidiar to bother [1], to disgust [3]
fastidio annoyance [10]
fastidioso annoying [10]
fatalidad inevitability [1]
fatalmente fatally [Ep]
fatídico ominous [Ep]
fatiga fatigue [4], hard labor [16], **—s** suffering [Ep]
fatuo conceited [21]
fauces jaws [11]
favor: a — de with the help of [16]
faz face [4]
fe faith [21], **— de bautismo** document that certifies that one has been baptized [16]
fecha date [2]
fecundo fecund [19]
felpa plush [11]
fenómeno freak [4]
feria festival [2]
ferocidad savageness [2]
feroz ferocious [2], savage [2], terrible [3]
ferozmente ferociously [10]
ferrocarril railroad [2]
festividad festivity [3]
fiado en trusting [17]
fiador one who trusts another [9]
fiarse to trust [21]
fiebre fever [1]
fielato station at the entrance of a town,

city or village, where excise taxes were paid [18]

fiera wild beast [2]

fiereza ferocity [19]

figón eatery [5]

figonera female restaurant keeper [7]

figura face [6]

figurar to appear [1], —**se** to imagine [3]

fija: ser ésta la — expression used to indicate that the time has come to do something feared or expected [20]

fijamente: mirar — to stare [7]

fijarse to pay attention to [2], — **en** to notice [3]

fijo fixed [5], — **en** fixed upon [2], **de** — for sure [3], permanent [20]

fila: en — in line [10]

filete nervioso bundle of nerves [21]

filípica invective [1]

filo edge [6]

filósofo philosopher [5]

filoxerita intoxication [6]

filtrar to filter [13], —**se por** to seep through [5]

fin end [Ep], **a** — **de** in order to [1], so that [3]

fingido faked [10], feigned [19]

fingir to pretend [2]

fino thin [1], refined [2], delicate [3], gourmet [4], **ser más** — **que el oro** to be very vigilant [20]

finura refinement [2], fineness [11]

firmamento sky [13]

firme: en — firmly [7]

firmeza stability [7], **con** — with firmness [Ep]

fisgón nosy [17]

fisonomía physical appearance [3]

fístula fistula [1]

flamante brand-new [15]

flamenquería flashiness [2]

flamenquismo fondness for flamenco customs [10]

Flandes Flanders [2]

flaqueza weakness [4]

flecha arrow [1]

flechar to shoot [18]

fleco fringe [3]

flema: con — sluggishly [4]

flor blossom [3], compliment paid to a woman (*piropo*) [6]

florera female flower vendor [5]

florido flowery [18], full of flowers [20]

flotar to float [6]

flote: a — afloat [7]

foco source [21]

fogón stove [5]

fogonero stoker [21]

fogosidad passion [2]

fogoso lively [10]

follaje foliage [13]

folleto crazy [16]

fonda small restaurant [4]

fondeado anchored [7]

fondear to anchor [9]

fondista tavern-keeper [19]

fondo depth [2], back [13], bottom [21], depth [21], **en el** — deep down [4], basically [14]

forastero foreigner [2]

forcejear to struggle [7]

forma manner [2]

formal proper [19]

formalidad formality [2], seriousness [21]

formalizarse to become serious [4]

formar to form [5]

formidable tremendous [13]

fórmula formality [2], prescribed model [13], polite expression [19], — **cortés** polite expression [16], **por** — keeping up appearances [21]

forrado lined [10], covered [11]

forro upholstery [18]
fortuna good luck [13], **por —** fortunately [5]
forzoso obligatory [10], inevitable [16]
fósforo match [5]
frac dress-coat [2]
fracción fraction [3]
francesilla common yard crowfoot, type of flower [18]
franchuta French [19]
franco frank [3], open [19]
francote blunt [13]
franja strip [18]
franqueza frankness [5]
frasco bottle with a narrow neck [17]
frase phrase [2]
fraternizar to fraternize [5]
frecuentar to frequent [2]
fregona kitchen maid [6]
fregoteado washed [5]
freno bit [12]
frente forehead [1], facing [3]
frescachón robust [3]
fresco cool, coolness [1], cheeky, audacious [8], **—s: guantes —** thin gloves [3], **con viento —** curtly [4], **estar —** *expression used to indicate that one's hopes have been dashed* [5], **tomar el —** to get a breath of fresh air [13]
frescura coolness [10], freshness [18]
fricción rub [10]
frío: en — in the cold light of day [1]
friolera: hace la — de... for no less than... [1]
frisar to be around (a certain age) [18]
frito fried [3]
frondosidad luxuriance of branches and leaves [18]
frondoso leafy [21]
fronterizo opposite [19]
frontis façade [18]
frotar to rub [5], to scrub [10]

fruición fruition [1]
fruncir to purse [17]
fruto product [9]
fuego fire [19]
fuente fountain [3], platter [5]
fuera outside [3]
fuero power [1], code of laws [18]
fuerza intensity [7], **a — de** by dint of [21], **en — de** because of [3]
fuga escape [17]
función show [7]
funcionar to work [1]
funda cover [12]
fundar to establish [21], **—se en** to base on [13]
fundirse to melt [11], to merge [Ep]
fúnebre sad [21]
furibundo frantic [11]
furor: hacer — to be all the rage [2]
fusta riding whip [12]
fuste social standing [15]

G

gabán overcoat [17]
gabinete private room [19]
gaditano person from Cádiz [2]
galaico Galician [9]
galán attractive young man [3]
galante: mujer — licentious woman [13]
galantear to woo [16]
galanteo gallantry [6], courting [13]
galantería gallantry [2], compliment [5], politeness [18]
galera type of carriage [7]
galgo: echarle un — expression that indicates the difficulty of finding something [17]
gallardo dashing [3]
gallego person from Galicia [2]
galleta cookie [18]
gallo: salir con la pata de — to say something inappropriate [20]

galo Gaul [18]

gana desire [3], **con —s** willingly [3]

ganancia earning [5], **no les arriendo la —** I wouldn't like to be in their shoes [10]

gandul good-for-nothing [11]

ganga bargain [10]

gansada silly thing [11]

garbo: con — gracefully [1]

garfio hook [7]

garganta throat [3]

garra claw [5]

garrote club [7]

gasa thin, transparent cloth [21]

gaseosa carbonated beverage [5]

gastador spendthrift [2]

gastar to possess [16]

gasto: hacer el to be repeated [19]

gatuno catlike [17]

gazapo error [18]

gaznate throat [5]

gazuza famishment [4]

gemido moan [1]

gemir to groan [7]

generación generation [2]

generalidad generality [2]

género kind [1], **— humano** human race [2]

génesis genesis [Ep]

genialidad temperament [2]

genio disposition [1], **tener mal —** to be bad tempered [16]

gentil genteel [2]

gentileza gentility [16]

gentío crowd [3]

gentuza mob [3]

germen germ [13]

gesto gesture [19], **torcer el gesto** to make a face of disapproval [9]

gigantesco giant [7]

girar to pivot, to spin [7], to turn [18]

giro direction [2]

gitanería gypsy saying [5]

gitanilla little gypsy girl [6]

gitano gypsy [4]

gitanuela little gypsy girl [6]

glacial icy [21]

gloria heaven [5], glory [16], **oler a —** to smell divine [19]

glosar to comment on [13]

gola adornment worn around the neck here made of tulle and lace [21]

golfín dolphin [6]

golfo gulf [6]

golosina something more pleasurable then useful [16], candy [19]

goloso sweet-toothed [10]

golpás: a — in outbursts [20]

golpe blow [6], **de —** suddenly [7], **a —s** in fits and starts [19]

goma rubber [2], hair gel [5]

gomosería affectation [16]

gordo serious [13]

gorra cap [4]

gorrilla small cap [9]

gorrión sparrow [19]

gorro: poner el — to caress one's partner in the presence of others [20]

gota drop [19]

gozar to enjoy [1]

gozne hinge, **encajar los —s** to tighten the hinges [7]

gozoso joyful [5]

gracia elegance [2], **caerle en —** to take a liking to [2], **darle las —s** to thank [3], **hacer —** to make laugh, to amuse [3]

graciosamente graciously [12]

gracioso amusing [2], funny [4]

grado: de buen — willingly [9], **mal de su —** in spite of herself [10]

grana scarlet [16]

granado distinguished [15]

granate garnet [3]

grano: al — to the point [3]

gratamente graciously [11], pleasantly [18]

gratificar to tip [6]

gratitud gratitude [18]

grato pleasant [9]

gravedad gravity [7], seriousness [18]

greda sand [5]

gregoriana Gregorian mass [3]

greguería out-cry [2]

gremio group, league [13]

grifo faucet [1]

gringo foreigner, especially someone from England [2]

gris grey [3]

gritar to shout [3], to yell [5]

grito shouting [5], **declarar a —s** to yell [1]

grosería coarseness [10]

grosero crude [2], rude [3], poorly-sculpted [3]

grotescamente grotesquely [6]

grueso thick [17]

gruñir grumble [17]

gruñón grumpy [15]

guantes gloves [3]

guardado guarded, hidden [5]

guardapolvo dust coat [21]

guardar to keep watch over, to maintain [5], to store [17], to guard [Ep], **—se** to keep to oneself [20]

guardián guardian [11]

guarecerse to take shelter [3]

guarnecer to decorate [3]

guarnecido decorated [17]

guarnición harness [3], flounce [7]

guasa irony [2], humor [16]

guerra: dar — to act up [7]

guiar to lead [7], **—se por** to be guided by [2]

guija pebble [19]

guilladura craziness [Ep]

guindilla policeman (*colloquial*) [4]

guiñar to wink [1], **— los ojos** to squint [3]

guisa: a — de as [Ep]

guisar to cook [5]

guiso dish [5]

guisote meat dish [19]

guitarreo casual, simple strumming of a guitar [2]

gula gluttony [2]

gustar to like [2], to taste [18], **— de** to enjoy [2]

gusto taste [2], pleasure [7], **a —** at ease [1], **buen —** good taste [5], **por — ** for the sake of pleasure [2]

gutapercha gutapercha [18]

H

haber de to have to [2]

hábil clever [13]

habilidad ability [12], skill [21]

hacendado landowner [2]

hacia toward [1]

hacienda Treasury [2]

hala *interjection*, all ready [13]

halago flattery [11]

hallar to find [4], to discover [5], **—se** to find oneself [6]

hallazgo discovery [13]

hambre hunger [4]

haragán lazy person [16]

harapiento in rags [4]

haraposo ragged [5]

hartar: — de to overwhelm with [6], **—se de** to get fed up with [2]

harto tired of [16], extremely [21]

hato herd [6]

haz bundle [5]

hazaña feat [2]

hebilla buckle [17]

hebra: pegar la — to start chatting [3]

hechizo charm [16]

hechura shape [3]

heliotropo heliotrope (type of flower) [3]

hembra female [3]
hereje heretic [14]
herejía heresy [13]
herida wound [13]
hermosura beauty [3]
heroico heroic [Ep]
herrete point of metal at the end of a chord [17]
hervir to boil [1], to be crowded with [3], **— a borbotones** to be boiling hot [6]
hervor boiling [21]
héteme I am [7]
heterogéneo heterogeneous [18]
hidalgo noble, courteous [16]
hiel bile [5]
hierba herb [16]
hierro iron [7], **—s** iron bars [16]
hígado liver [6]
higo: de —s a brevas from time to time [9]
hilo trickle [6]
himno hymn [Ep]
hincapié: hacer — to focus on [1]
hipócrita hypocrite [3]
historia story [2]
hito: mirar de — en — to stare [Ep]
hocico mouth [4], muzzle [10]
hoguera bonfire [14]
holgorio merriment [3]
hombro shoulder [1]
hondura complicated situation [8]
honestidad honorableness [9]
hongo bowler hat [16]
honor honor [Ep]
honra honor [10]
honradez integrity [20]
honrado honorable [2]
honrar to honor [18]
honrosamente honorably [Ep]
hora: a primera — first thing in the morning [3], **—s muertas** free time [13]

horizonte horizon [4]
hormiguear to swarm [7]
hormigueo bustle [2], sensation of pins and needles [10]
hormiguero crowd [7]
hornilla small stove [5]
horno oven [18]
horrorizado horrified [3]
hortera grocer [3], shop assistant [10]
hospedarse to take residence, to stay [9]
hueco space [17], **ponerse —** to feel proud or flattered [14]
huérfano orphaned [9], orphan [19]
hueso bone [1], **— frontal** bone that forms the front, top part of the skull [21]
huésped guest [19]
huevo: —s revueltos scrambled eggs [5]
huir to flee [10], to escape [13], to avoid [17]
humanidad humanity [Ep]
humedad humidity [21]
humedecer to moisten [1]
húmedo humid [17]
humo smoke [1], **hacer la del —** to disappear [5]
humo: hacerse — to disappear [12]
humorada whim [3]
humorístico humorous [16]
hundido sunken [3]
hundir to sink [16]
hurgar to stir up [15]
hurtadillas: a — furtively [3]
húsar hussar [5]
ibérico Iberian [2]

I
idas y venidas comings and goings [17]
ideal ideal [2]
igualar to equate [14]

iluminar to light up [5]
ilusión: tener — to be thrilled [Ep]
imaginación imagination [Ep]
imitar to imitate [2]
impacientar to make impatient [17]
impalpable impalpable [20]
impasibilidad impassivity [1]
impecable impeccable [14]
impedir to prevent [3]
impensado unexpected [16]
imperdible safety pin [7], decorative pin [13]
imperio empire [17]
imperioso imperious [Ep]
impermeable raincoat [17]
impertinencia impertinence [3]
impertinente impertinent [6]
implacable implacable [21]
implícito implied [12]
imponente awe-inspiring [2], impressive, imposing [15]
imponer to impose [2], **—se** to do whatever one wants [8], to command respect [13], to show authority [19]
importancia: darse — to give oneself airs [5]
importar to matter [3]
importunidad importunity [18]
importuno troublesome [13], inappropriate [15]
impregnado saturated with [10]
impremeditadamente not premeditated (*invented word*) [6]
imprenta printing press [18]
impreso printed [10]
imprevisión lack of foresight [9]
imprevisto unexpected [4], unforeseen [16]
impropio inappropriate [9]
impulsar to stimulate [21]
impulso impulse [3], momentum [13]
inaguantable unbearable [3]

inalterable unshakeable [10]
inaudito unheard of [1]
incalificable indescribable [8]
incapaz incapable [11]
incendiario incendiary [14]
incesante incessant [15]
incitante enticing [19]
inclinar to tilt [2], **—se** to lean over [6]
incógnita unknown [21]
incógnito: guardar el — to remain unknown [3]
incomodar to bother [5], to inconvenience [10]
inconexo unconnected [11]
inconstante inconsistent [17]
inconveniencia impropriety [10], inappropriate [11]
inconveniente disadvantage [21], problem [Ep]
incorporado sitting up [10]
incorporarse to sit up [1]
incorregible incorrigible [17]
increpar to reproach [16]
incrustado embedded [19]
incrustar to embed [7]
incurable incurable [2]
incurrir en to commit [1]
indecente filthy [5], indecent [18]
indecible indescribable [17]
indeciso undecided [3], indecisive [13]
indecoroso unseemly [4]
indescriptible indescribable [19]
indicación signal [2]
indicar to point out [7], to indicate [20]
indicio indication [2], trace [17]
indiferencia indifference [6]
indiscreto indiscreet [15]
indisoluble indissoluble [Ep]
indispensable essential [5]
índole nature [4], type [18]
indolencia laziness [2]

indolente indifferent [20]
indómito untamable [19]
indulgencia indulgence [2], fond
  kindness [11]
inefable indescribable [Ep]
inesperado unexpected [1]
inevitable unavoidable [21]
inexplicable inexplicable [7]
infalible certain [Ep]
infamado defamed, dishonored [13]
infamante defaming [14]
infamar to defame [14]
infanta infanta [19]
infeliz wretch [2], unfortunate [13]
infernal infernal [2], hellish [5]
infierno hell [14]
infiltrar to infiltrate [21]
ínfimo minimal [21]
infinito infinitely [20]
inflamado inflamed [18]
inflexión inflection [16]
influir to influence [3]
informalidad informality [3]
infracción infraction [1]
infringir to violate [Ep]
infructuoso unsuccessful [16]
infundado unfounded [4]
infusión herbal tea [1]
ingenio ingenuity [2]
ingenioso ingenious [18]
Inglaterra England [2]
inglés English [2]
ingrato unpleasant [21]
injuria insult [6]
injusto unjust [21]
inmenso immense [5]
inminente impending [21]
inmundo filthy [18]
inmutado upset [13]
innoble ignoble [10]
inocente ingenuous [8]
inocentón credulous [2]
inquieto worried [16]

inquietud worry [1]
insensato foolish [16]
insensible imperceptible [7]
inservible useless [18]
insigne distinguished [1]
insinuarse to ingratiate oneself [9]
insolación sunstroke [1]
insolencia insolence [7]
insolente insolent [3], haughty [12]
insólito unusual [6]
instigador instigating [18]
insufrible intolerable [3]
insulsez insipidity [3]
insulso bland [10]
intachable irreproachable [1]
intención intention [5]
intentar to try [1]
interceptar to block [5]
interminable never-ending [15]
intermitentes intermittent fevers [14]
internarse en to go into [6]
interno: estar — to go to boarding
  school [9]
interrogador questioning [3]
interrogar to question [4]
interrumpir to interrupt [2]
intervalo interval [7]
intimar to order [4]
intimidad intimacy [10]
íntimo intimate [16]
intransitable impassable [11]
intrincado involved [2]
introducir to introduce [3], to enter
  [5], to insert [7]
inundación flood [Ep]
inundado inundated [18]
inundar to inundate [18]
inútil useless [21]
invencible invincible [7]
inverosímil unbelievable [5]
ir y venir comings and goings [17]
irreparable irreparable [14]
irresoluto irresolute [16]

irritar to irritate [5]

J

jabón soap [10]

jacarandoso graceful [18]

jactar to brag [10]

jaculatoria short prayer [5]

jalear to cheer on [2]

jamás ever again [9]

japonés Japanese [11]

jaqueca migraine [1]

jarcia rigging [7]

jardín garden [3]

jardinera planter [11]

jardines aéreos hanging gardens [18]

jarra pitcher [5]

jarro jug [5]

jaula cage [20]

jerarquía hierarchy [5]

jerez sherry [19]

jeta face [6]

jilguero goldfinch [18]

jondo: cante — traditional flamenco singing [5]

joya jewel [13]

júbilo jubilation [15]

juerga revelry [6]

jugada trick [11]

jugar to make use of [3]

juicio judgment [8], sound judgment [16]

juntar to put together [20]

juramento curse [3], oath [17]

jurar to swear [7], **— y perjurar** to swear [5]

justicia: rendirle — (a alguien) to be fair (to someone) [6]

justo deserved [3], exact [16]

juventud youth [19]

juzgar to judge [8]

L

labia smooth talk [5]

labios lips [19]

lacayo lackey [3]

lacónicamente laconically [18]

laconismo terseness [2]

lacre red [10]

ladeado tilted [12]

ladera slope [21]

ladino cunning [1]

lados: por todos — on all sides [4]

ladrido bark [11]

ladrillo brick [16], **hornos de —** brick ovens [20]

lagarta scheming woman [19]

lamido thin [11]

lana wool [5]

lance incident [7]

lancha boat [6]

lánguido disinterested [11]

lanzado hurled [6]

lanzarse to embark on [19]

largarse to leave quickly [4], to get lost (*fig.*) [5], to leave [5], to go away [6], to beat it [6], to make oneself scarce [15]

largo get out of here [19], **— de** abundant in [1], **ser más — que la cuaresma** to be very clever [20]

lástima shame [5], pity [6]

lastimar to hurt [12], to offend [14]

lata can [5]

latido throbbing [1]

latir to beat [1]

lato lengthy [5]

lavabo bathroom [1], sink [17]

lavadero washing place [3]

lavar to wash [5]

lavaroteo quick wash [21]

lazo bond [11]

leal loyal [13]

lecho bed [21]

legislatura legislature session [9]

legua league, unit of measurement equivalent to about 5 kilometers [4]

lengua tongue [1], **hacerse —s de** to

praise highly [2], **írsele a alguien
la —** to reveal information that one
shouldn't [13], **tirarle (a alguien) de
la —** to get (somebody) talking [5]
lentes glasses [21]
leona lioness [5]
leonera lion's cage [27]
lerdo slow-witted [16]
letra letter [19]
letrero inscription [7]
levantar to bring on [3]
leve slight [10]
levita frock coat [9]
liarse con to get involved with [5]
libertad freedom [2]
libertinaje licentiousness [2]
librar to free [Ep], **—se** to escape [6]
libre licentious [6]
librea livery, clothes worn by servants
[4]
licencia permission [21]
lidia fight [17]
liebre hare [18]
lienzo painting [3], canvas [6]
ligado tied [13]
ligereza rashness [3], lightness [6],
levity [9]
ligero light [3]
lila lilac [10]
limar to file [10]
limbo limbo [18]
limosna charity [3], handout [4]
lindero boundary, limit [13]
línea line [6]
lío mess [7], affair [16], bundle [21]
líquido liquid [21]
lira lyre [10]
lista stripe [3]
listo quick [6], ready [17], clever [19]
litera bed [7]
literata woman of letters [2]
litúrgico liturgical [Ep]
liviandad imprudence [8]

liviano frivolous [Ep]
lívido livid [20]
llama flame [4]
llaneza familiarity [4]
llano natural, straightforward
(person) [20], flat [21]
llanura plain [21]
llave: bajo — under lock and key [20]
llegar to arrive [3]
lleno fulfilled [2], full [3]
llevar to wear [2], to take [3], to carry
away [6], to bring [17], **—le la
corriente (a alguien)** to humor
someone [6]
llorera crying fit [18]
llover to rain [2]
lluvioso rainy [17]
loado praised [17]
lobo wolf [4]
lóbrego murky [21]
lóbulo lobe [21]
locuaz talkative [2]
locura craziness [7], madness, frenzy
[9]
lograr to achieve [3]
lomo: de tomo y — of importance [2]
lona canvas [5]
lontananza distance [18]
loza earthenware [3]
lucecilla little light [7]
lucero bright star [13]
lucia shining [9]
lúcido lucid [7]
lucir to show off [2], to wear [3], to
shine [7] **—se** to outdo oneself [1]
lugar: en — de instead of [3]
lugueso person from Lugo [1]
lujo: de — luxurious [18]
lumbre fire [1], spark [5], brightness
[20]
luna mirror [6], **— de miel**
honeymoon [19]
luto mourning [1]

luz light [1]

M

machete machete [7]

madeja skein [1]

madera shutter [1], wood [5]

madroño tassle [2]

madrugada early morning [7]

madrugador early riser [3], morning [17]

madrugar to rise early [10]

maestro master [16]

mágico magician [11]

magín imagination [9]

magosto open fire [14]

magra slice of pork, bacon, or ham served with eggs [5]

maja pretty [15], young woman [19]

majadería irritating remark [3], nonsense [10]

majadero foolish [7]

mal oliente bad smelling [3]

maldiciente foul mouthed [3]

maldición curse [6]

maldito damned [1], —s cursed people [16]

maletilla small suitcase [17]

malicia malice [13]

maliciar to corrupt [20], —se to suspect [10]

malicioso malicious [5]

maligno malignant [2]

malvado wicked person [6]

manantial spring [21]

manaza giant hand [7]

mancha stain [10], —s type of painting, on canvas or wood, with paintbrush and colors, which observes the effect of light [11]

manchado stained [13]

mandamiento commandment [14]

mandar to order, to send [3], to offer [4]

mandil apron [18]

manejar to operate [21]

manera: a — de by way of [6]

manga sleeve [3], **en —s de camisa** in shirt sleeves [18], **ensanchar la —** to be lenient [14], **gastar — estrecha** to be strict [1] **mangonear** to be bossy [16]

manía obsession [2], madness [5], bad habit [10], craze [16]

maniático maniacal [1], fanatical [9]

manica little hand [Ep]

manifestar to show [3], **—se** to show oneself to be [4]

mano: frotarse las —s to rub one's hands together [5], **si viene a —** if the opportunity arises [2]

manojo bunch [18]

manotear to gesticulate [11]

manso gentle [7], docile [11], calm [20]

manta blanket [1]

mantel tablecloth [6]

mantener to maintain [3]

mantilla mantilla is a lace or silk scarf worn by women over the head and shoulders [2]

mantón shawl [5]

manuela carriage for hire [10]

manzanilla a type of Spanish sherry [3]

maña skill [12], trick [16]

mañosamente dexterously [19]

máquina: por — mechanically [10]

maquinal mechanical [15]

maquinalmente mechanically [13]

maquinaria machinery [1]

mar: en alta — high seas [6]

maraña entanglement [13]

marca mark [10]

marcha departure [2], course [17]

marcharse to leave [1]

marchitar to wither [13]

marchito withered [18]

marco frame [11]

mare mágnum abundance [10]

marea flood [3], tide [4]

mareado dizzy [16]

marear to make dizzy [3], —**se** to get dizzy [6]

mareo dizziness [4], seasickness [6]

marfil ivory [10]

marido husband [21]

marino sailor [9], sea (adj.) [9]

mariposa butterfly [7]

marisabidilla bluestocking [2]

marítimo maritime [6]

mármol marble [17]

marqués marquis [1]

marquesa marchioness [2]

martilleador hammering [19]

Marusiña overly demure woman [16]

mas but [1]

más: de — too much [16], **— vale** it is better [Ep]

masa mass [13]

mascar to chew [3]

mastín Mastiff [18]

matadora murderess [11]

matar to kill [2]

materia material [2], matter [Ep]

materia primera raw material [5]

matinal morning [3]

matón a noisy quarrelsome fellow [11]

matorral thicket [19]

matricular to enter a list [13]

matritense of Madrid [18]

matrona matron [19]

matutino morning [Ep]

maula cheat [5]

mayor greater, greatest [2]

mayoral head shepherd [8]

mazo bundle [18]

mecer to rock [7]

mechón lock (of hair) [6]

medalla medal [3]

medallón medallion [21]

medianamente moderately [17]

mediano medium [5]

medias stockings [10]

medio half [3]

mediodía noon [4], south [21]

medios de locomoción means of transportation [3]

meditabundo pensive [13]

meditar to meditate [1], to ponder [19]

mediterráneo Mediterranean Sea [20]

medrar to prosper [21]

medroso fearful [Ep]

mejilla cheek [1]

mejor que mejor so much the better [10]

mejorar to improve [20]

melancolía melancholy [11]

melancólico melancholic [10]

mella gap [19]

memo stupid [16]

memoria: hacer — to try to remember [6]

memorias memoirs [Ep]

mencionar to mention [Ep]

mendigo beggar [4]

meneo shaking [1], movement [19]

menguante: en cuarto — on the wane [19]

menguar to lessen [1]

mengue demon [6]

menos: al — at least [4], **lo —** the least [8]

menta mint [13]

mente mind [6]

mentir to lie [19]

menudear to repeat [16], to abound [21]

menudencia trifle [1]

menudo small [17], **a —** often [9]

meollo essential part [7]

mequetrefe good-for-nothing [16]

merced a thanks to [9]

merecer to be worthy of [3], to deserve [6]

merendero open-air café [4]

meridional southerner [3]

mérito merit [9], **hacer — de** to mention [1]

meritorio worthy [1]

merma decrease [1]

mero mere [6]

meter to put in [7], **— en prensa** to squeeze [1], **—se con** to give a hard time to [4], **—se en** to get into [8], to meddle [10] **—se en líos** to get into trouble [1]

mezcla mix [3]

mezclado mixed [3]

mezclarse en to get mix up in [2]

mezcolanza strange mixture [13]

mezquindad paltriness [7]

mezquino miserable [18]

miaja little bit [1]

mico monkey [18]

microscópico microscopic [11]

miel honey [5]

mientes mind [10]

mientras while [2]

migaja bit [11]

migajero crumb-eating (*invented word*) [19]

migas: hacer buenas/malas — to get on well/badly[2]

milagro miracle [3]

millares thousands [1]

milord type of English carriage [10]

mimado pampered [19]

mimbre wicker [20]

mimo show of affection [7]

mimoso affectionate [11]

mínimo slightest [3]

ministerio department (in government) [10]

ministro minister (*politics*) [3]

miope near sighted [10]

mirado: ser bien — to be well regarded [9]

miramiento consideration [2], circumspection [6]

mirón onlooker [6]

misa mass [1]

misericordioso merciful [2]

misión mission [19]

mismo: por lo — for that reason [8]

misterioso mysterious [Ep]

mitad middle [6], **en — de** in the middle of [5]

moda fashion [2], **de —** in fashion [3]

modales manners [5], **buenos —** good manners [9]

modesto of modest means [15], modest [16]

módico modest [19]

modista dressmaker [9]

modo manner [3], **de — que** so that [2], **de todos —s** in any case [1]

modorra drowsiness [7]

mohín grimace [17]

mojado wet [18]

mole mass [21]

moler to pester [2]

molestar to bother [2]

molido shattered [1], worn out [21]

molinillo: tragarse (alguien) el — to be overly stiff in one's demeanor and actions [5]

molino windmill [20]

mollera head [1], top of the head [7]

mona pretty [11], pretty girl [16], **pintar la —** not to do anything of importance [16]

monada little beauty [19]

moneda coin [5], **casa de la —** mint [1]

monigote rag doll [3], fool [Ep]

monótono monotonous [13]

montaña mountain [21]

monte mountain [5]

monumental huge [19]

moño bow [3], bun (*hair*) [5], **ponerle a alguien en el —** to feel like [7]

morado purple [10]

morder to bite [11]

mordisco bite [6]

moreno dark [5]

morisco Moorish [16]

moro Moor [2], **no hay —s en la costa** the coast is clear [17]

morros: estar de — to be upset [20]

mortecino dull [11]

mosaico mosaic [16]

motivo reason [3], motive [5]

móvil motive [17]

moza young, unmarried woman [5], young (adj.) [9]

mozalbete young lad [13]

mozallona robust girl [19]

mozo young man [4], waiter [19]

mudanza: estar de — to be moving [17]

mudar move [1]

mudéjar style of Iberian architecture and decoration of the 12th to 16th centuries greatly influenced by the Moors [2]

mudo silent [13], mute [19]

mueca expression [19]

muela molar [14]

muellemente gently [7]

muequera making faces (*invented word*) [18]

muerto: echarle el — a to attribute blame to [21]

mugido bellowing [6]

mugriento dirty [7]

mujeriego womanizing [21]

mujerota coarse woman [6]

mujerzuela loose woman [3]

mula mule [18]

multitud masses [3]

mundano mundane [1]

mundo large trunk [15]

mundología worldly wisdom [9]

muñón stump [6]

muralla wall [4]

murga group of unskilled musicians who go from door to door performing, on occasions such as Easter, birthdays, etc., in the hopes of receiving a tip [16]

murmullo murmur [7]

murmurar to murmur [3], to mutter [5], to gossip [10]

murmurio murmuring of a stream [13]

muro wall [7]

mutis silence [8]

mutismo silence [12]

mutuamente mutually [19]

mutuo mutual [13]

N

nadie: como — like nobody else [2]

naipes cards [5]

najensia scram [15]

nanita: año de la — a long time ago [2]

narices nose [15]

nariz nose [20]

narrar to narrate [Ep]

naufragar to be shipwrecked [7]

náufrago shipwrecked person [16]

náutico nautical [6]

navaja knife [2], blade [7]

navajazo stabbing [2], knife fight [3]

nave nave (of a church) [3]

navegar to sail [7], to navigate [11]

navío large ship [9]

necedad stupidity [20]

necio foolish [11]

negar to deny [1], to be denied to persons who call to see one [15], **— se** to refuse [4]

negativa refusal [4]

negociante businessman [9]
negocios business [18]
nena baby [16]
nervios nerves [21]
neutralidad neutrality [2]
ni not even [13], **ni... ni...** neither... nor... [1], — **que** as if [7], — **siquiera** not even [2]
nicho niche [3]
nido nest [5]
niebla fog [1]
nieta granddaughter [19]
nieve snow [18]
nihilista nihilist [14]
ninfa nymph [19]
niní baby [16]
níquel nickel [5]
nítido clear [1]
nivelarse to even out [2]
níveo snow-white [18]
no obstante nevertheless [1]
no que no *expression used to affirm what is said*
noche de perros rough night [7]
noción notion [5]
nogal walnut tree [3]
nones no [20]
notar to notice [1]
novedad novelty [3]
novelesco new [3]
novena novena [10]
novia sweetheart, girlfriend [16]
novicia novice [13]
novillada bullfight with young bulls [10]
novillo a young bull [2]
nube cloud [3]
nublar to cloud [4], to darken [5]
nudo knot [11]
numen deity [Ep]
nunca never [3]
Nuncio Pope's envoy [5]
nutria otter fur [17]

O
obedecer to obey [7]
obispo bishop [19]
objeto objective [1]
oblicuo oblique [6]
obligar to oblige [2]
obscuras: a — in the dark [7]
obscurecerse to obscure [13], to become dark [20]
obscuridad darkness [7]
obscuro dark [15]
obsequiar to present with [3]
obsequio offering [5], obliging [7], gift [16]
obsequioso obliging [20]
observar to observe [3]
obstante: no — however [16]
ocasión opportunity [2]
occipucio the back part of the head where it joins the spine [1]
ochavo an old, Spanish coin [3], eighth one [4]
ocio free time [9]
ocioso lazy [21]
ocultar to hide [5], —**se** to cover up [3]
oculto hidden [3]
ocupado occupied [20]
ocupar to occupy [16], —**se de** to concern oneself with [13]
ocurrencia witty remark [5], idea [Ep]
ocurrir to happen [3]
oficio profession [18]
ofrecer to offer [2], to present [3]
oído ear [3]
oído: al — in one's ear [5]
oír to hear [3]
ojal buttonhole [3]
ojazo large eye [19]
ojeada glance [4]
ojo: echar un — to glance [10]
ola wave [6]
oleadas: a — in waves [5]

oleaje swell [5], waves [6]
oler to smell [3], — **a** to smell of [3]
olfatear to smell [5], to sense [13]
oliente smelling [18]
olita little wave [7]
olor smell [3]
oloroso fragrant [13]
olvidar to forget [6]
ómnibus type of carriage that carried many passengers and was more affordable [7]
ondita little wave [7]
opacamente obscurely [1]
opaco gloomy [17]
operaria worker [19]
opio opiate [10]
oportuno timely [6]
oprimir oppress [Ep]
óptica lens [13]
optimista optimistic [19]
opuesto opposite [6]
oración prayer [1]
oráculo oracle [5]
orate lunatic [16]
órbita orbit [21]
ordenanza law [8], **de** — official [16]
ordenar to order [4]
órdenes, a sus at your service [13]
ordinariez coarseness, rude thing [2], barbarity [5]
ordinario coarse [3], low-class [3]
orfandad orphanhood [19]
organillo barrel organ [6]
organismo organism [21]
orgullo pride [Ep]
orgulloso proud [10]
orilla shore [3]
orín rust [13]
oro: de — exquisite [2]
ortográfico spelling [18]
osadía bold action [4], boldness [10]
oscilar to swing [18]
oste: sin decir — **ni moste** without

saying anything [7]
ostentar to possess [5], —**se** to show off [3]
ostra oyster [5]
otorgar to grant [11]
oxigenado oxygenated [13]

P

pabellón: rendir — to admit [13], to declare defeat [20]
paces peace [Ep], **hacer las** — to make up [20]
pacífico peaceful [2]
padecimiento suffering [7]
padre: de — **y muy señor mío** very big [7]
padrenuestro Lord's prayer [15]
pagador payer [1]
pagar tributo [2], —**se de** to be pleased with (something) [3]
paisana fellow country-woman [13]
paisano compatriot [2], fellow countryman [3]
paja straw [3]
pajazón straw hat [17]
palabra promise [17], reliability [21]
palabrería empty talk [11], words [16]
palabrota coarse expression [14]
palacio palace [19]
paladar palate [21]
paladear to savor [10]
paliar to mitigate [1]
paliativo mitigation [1], palliative [Ep]
palidecer to grow pale [16]
pálido pale [4]
palique chat [3]
palito little stick [3]
palma palm [20]
palo handle [4], stick [5]
palomar pigeon-house [18]
palpar to touch [21]
pamela sun hat [17]
pamplina unimportant thing [16]

pan knock [21]

pandereta tambourine [2]

panolis chump [16]

panorama picturesque scene painted in a hollowed cylinder [6]

pantalla lampshade [11], screen [13]

pantanoso marshy [21]

panteón vault [19]

panza belly [21], **color — del burro** grey [21]

paño cloth [3], **darle — (a alguien)** to give someone the opportunity [2]

pañolito small handkerchief [3]

pañolón shawl [3]

pañuelo handkerchief [5], shawl [5], scarf [17]

Papa Pope [2]

papel role [2]

papeleta slip of paper on which something is written [10]

paquete de vapor boat that carries mail and passengers [7]

par couple [1], pair [7], **a la —** at the same time [10], **al —** together [13], at the same time [19], **de — en —** wide open [3]

para siempre forever [Ep]

para: estar — to be in the mood for [5]

parado standing [3]

parador roadside inn [3]

páramo wasteland [21]

parar to stop [3], **—se en** to pay attention to [1]

parchazo deception [7]

parecer: al — apparently [1]

pared wall [1]

pareja couple [18]

paréntesis break [1]

parla loquacity [5]

parlamentar to converse [15]

parlera talkative [20]

parodia parody [2]

parpadeo blinking [19]

párpado eyelid [1]

parrilla grid iron [1], grill [3]

parroquiano patron [5]

parte: de — a — from one side to the other [1], **echar a mala —** to interpret incorrectly [13]

particular particular [7], peculiar [13]

partida: comer — to understand and play along with one's hidden intention [7]

partidario supporter [2]

partir to break open [20], to leave [21]

pasa raisin [5]

pasar to experience, to pass by, to spend (time) [3], to come in [19]

pasársele a alguien to slip somebody's mind [3]

pase movement of the bullfighter's cape [17], entrance [Ep]

paseo avenue [3], walk [19], **irse a —** to go away [19], **mandar (a alguien) a —** to send (somebody) packing [Ep]

pasillo hallway [17]

pasional passionate [Ep]

pasmado amazed [5], astonished [11]

pasmarote dummy [19]

pasmo chill [14]

paso step [7], pace [21], passage [Ep], **— doble** Paso Doble, a typical Spanish march-like musical style as well as the corresponding dance style danced by a couple [3], **— redoblado** double time [14], **abrirse —** to make one's way through [Ep], **dar un mal —** to take a false step [9]

pasta: ser de la misma — to be two of a kind [2]

pastelería pastry shop [18]

pata leg or foot [1], **—s arriba** upside down [13], **salir con la — de gallo**

to say something inappropriate [20]

patatas: de echarles — very badly [10]

patatín: que (si) — que (si) patatán
and so on and so forth [1]

patena: limpio como una — as clean
as a whistle [10]

patente certificate, deed [16]

patentizar to make evident [21]

patético pathetic [19]

patilla sideburn [4]

patilludo having large sideburns [15]

patrimonial patrimonial [11]

patrón patron saint [3]

pavo: subirle un — (a alguien) to
blush [10]

paz peace [11], **dejar en —** to leave
alone [6]

pecadillo peccadillo [1]

pecador sinner [14]

pecaminoso sinful [2]

pecar de reservado to be overly
reserved [19]

pecho chest [3], breast [5], bosom [20]

pedacito little piece [19]

pedazo piece [1]

pedigüeño demanding [3]

pedir to ask for [3]

pedregoso rocky [21]

pedrería precious stones [13]

pegado to stick on [2], stuck [5]

pegajoso sticky [1], clingy [7]

pegar to stick [3], to be transmitted
[6], to glue [14], **—la a alguien** to
deceive somebody [13], **no — ojo**
to not get a wink of sleep [11]

peina decorative hair comb [5]

peinado hairdo [16]

peineta decorative comb worn in the
hair [2]

pelado bare [3], bald [6]

pelea fight [6]

pelear to fight [2]

película thin membrane [20]

peligro: correr — to run the risk [13]

peligroso dangerous [3]

pellizcar to pinch [19]

pelo: a medios —s a little tipsy [2], **no
tocar un — de la ropa a alguien**
not to lay a finger on someone [16],
por cima de los —s completely
[16], **por encima de los —s** a lot,
too much [14], **sin —s en la lengua**
bluntly [9]

pelota ball [7]

peludo furry [18]

peluquería hair salon [17]

pena sorrow [19], **merecer la —** to be
worthwhile [Ep]

pendencia quarrel [2], fight [7], **armar
—** to debate [2]

pendenciero who always gets in fights
[21]

pendiente attentive [20]

péndulo pendulum [16]

penetrar to penetrate [10]

península peninsula [2]

penitenciaría prison [18]

penitente penitent [14]

penoso distressing [16]

pensamiento thought [5]

penumbra semi-darkness [1]

pepita nugget [3]

percal percale [5]

percibir to perceive [1]

perder to be the ruin of [6], to be
beyond salvation, **echar a —** to
ruin [8], **—se** to waste [4]

perdición perdition [16]

perdida lost woman [13]

perdido lost [2], reprobate [20]

perdis libertine, rake [16]

perdiz partridge [5]

perdón: pedir — to ask forgiveness
[20]

perdonar to forgive [2]

perezoso lazy [2]

pérfido treacherous [17]

perfumar to perfume [10]

pergamino parchment [10]

pericón large fan [7]

perifollos frills [2]

peripecia a sudden change in fortune [6], incident [17]

perjuicio damage [2]

perla pearl [5]

permanecer to remain [1]

pernicioso harmful [2]

perrera bangs (hair) [5]

perro (adj.) bad [5], **humor —** bad mood [21], **ser — viejo en** to be experienced at something [16]

perseverancia constancy [2]

personaje personage [18], important person [19]

personal personal [3]

perspectiva perspective [6]

pertenecer to belong [2]

pertinacia obstinacy [3]

pervertir to pervert [14]

pesadilla nightmare [7]

pesado difficult [10], difficult person [16]

pesar: a — de in spite of [1]

pesaroso remorseful [4]

pescado fish [5]

pescar to pick up on something [17]

pescuezo neck [3]

peseta type of Spanish currency that is no longer used [5]

peso weight [10], **llevar en —** to carry the burden [1]

pestañear to blink [17]

pestillo bolt [10]

petenera wave [4], popular song [5]

piafar to stomp [17]

piar to make a peep [20]

pica picador's spear [2]

picadillo minced meat [6]

picado annoyed [6]

picador is one of the pair of horsemen that jab the bull with a lance in order to wear the bull down in the early stages of the bullfight. [3]

picar to bite [6], to nibble [19]

pícaro vile [6], mischievous [19]

picarona mischievous woman [11]

pico corner [15], peak [18], **cincuenta y —** fifty-something [10], **ir de —s pardos** to go out celebrating in places of ill repute [10]

pie: al — near [3], **dar — (a alguien para que haga algo)** to give (somebody cause to do something) [8]

piedra stone [2]

piel leather [13], **— de perro** dog leather [17]

pienso feed [12]

pies: poner — en polvorosa to flee quickly [5]

pieza: quedarse de una — to remain speechless [11]

píldora pill [3]

pillastre rogue [8]

pillo crafty fellow [3]

pilón basin of the fountain [3]

pimienta pepper [17], **listo como — to** be very smart and quick in response and action [1]

pimiento pepper [20]

pinchar to incite [16]

pindonga loiterer [6], gad-about woman [20]

pingo: hecho un — dressed in rags [17]

pinguito small garment of little value [17]

pinta suit (of a deck of cards) [5], appearance [19]

pintado portrayed [13]

pintar to pretend [16], **—selas solo para algo** to be an expert at something [Ep]

pintor paintor [2]

pintoresco picturesque [2]

pintorreado to be poorly painted [3]

pirineos Pyranees [2]

piropo flirtatious remark [3]

pisar to step [1]

piso floor [5]

pisoteado trampled on [10]

pisto: darse — to put on airs [10]

pitar to whistle [21]

pitillera cigarette maker [19]

pito whistle [3], **importar un —** not to be important at all [16]

pizca tiny bit [14]

pizpireta lively (said of a woman) [6], zippy [15]

placer pleasure [10]

plagado de infested with [5]

plano flat surface [2], flat [21]

plantación plantation [18]

plantado standing [3], **dejar —** to stand up [20]

plantarse to plant oneself [5]

plantificarse to remain [4]

plantón being stood up [12]

plátano banana tree [3]

platillo cymbal [10]

plazuela small plaza [3]

plebe common people [19]

plegaria prayer [Ep]

pliegue fold [1]

plomizo leaden color [7]

plomo lead [21]

Plutón Pluto [2]

poblachón large village [13]

poco: de — más o menos contemptible [5], **por —** almost [10]

poeta poet [2]

polémica controversy [2]

polilla moth [17]

polisón bustle, pad worn underneath a

woman's skirt [17]

polo old, popular, flamenco song [5], type of Andalusian song [16]

polvillo fine dust [21]

polvo dust [1], powder [21]

pólvora gun powder [1]

polvoriento dusty [17]

polvoroso dusty [20]

pomada ointment [3]

ponerse to become [1], to put on [3], to settle [5] **— a (hacer algo)** to start (doing something) [2], **— contento** to become happy [2]

poniente: sol — setting sun [7]

ponzoña poison [21]

popa stern [7]

populachero popular [3], common [8]

populacho masses [2]

porcelana piece of china [2]

pordiosero beggar [5]

porfiar to persist [3], **— en** to insist on [3]

pormenor detail [4]

porta port [6]

portal entrance hall [3], entrance, door [15]

portalón large doors or gate [3]

portamonedas small purse, wallet [20]

portante quick pace of a horse [15], **tomar el —** to leave [15]

portarse to behave [1]

porte demeanor [6]

portera gate-keeper [12], porter [15]

portería porter station [15]

portero doorman [15]

portezuela a little door [3]

portón large door or gate [15]

porvenir future [Ep]

posarse to rest [20]

poseer to possess [2]

posición position [19]

posta: por la — rapidly [1]

poste post [18]

postigo gate, shutter [18]

postizo detachable [2], false [3], hairpiece [16]

postre desert [20]

postrero last (in a series) [10]

potable potable [1]

potencia power, ability [16]

potro colt [2]

pozo well [8]

pradera meadow [2]

pragmática ordinance [Ep]

precaución precaution [5]

precaver to take precautions [8]

precavido prudent [18]

preceder to precede [19]

precioso beautiful [3]

precipitadamente hastily [Ep]

precipitarse to rush [3]

precisar to require [17]

preciso necessary [7]

precoz precocious [19]

precursor precursor [5]

predicador preacher [13]

predicar to preach [3]

preferir to prefer [3]

pregón announcement [6]

preguntar to ask [3]

preguntón inquisitive [17]

prenda token [1], talent, gift [3], accessory [13], garment [15], darling [16]

prendarse de to fall in love with [16]

prender to arrest, to fasten [3], to grasp [5], to take root [16], to get caught [17]

prendería shop in which used items are sold [11]

preñado full [21]

preocuparse to worry [3]

preparativos preparations [17]

prescindir to do without [2]

presencia presence [11], **buena —** good looks [2]

presentir to foresee [5]

preservativo protection [4]

presidir to precide over [3]

presión pressure [7]

preso prisoner [7]

prestar to lend [21]

presumido vain [Ep]

presumir to presume [1]

pretender to aspire [3], **— que alguien haga algo** to want someone to do something [16]

pretendiente suitor [13]

pretexto pretext [16]

prevalecerse de to take advantage of [13]

prevenido prepared [7]

prevenirse to take precautions [3]

primera: de — first class [2]

primogénito first-born [20]

principal main, principal [13]

príncipe prince [6]

principesa princess [19]

principio beginning [1], principle [13]

prisa urgency [15], rush [18], **a toda — very** quickly [6]

probar to prove [2], to try [7], to taste [19]

procedente originating from [3]

proceder behavior [21]

procedimiento procedure [16]

procesión procession [3], **¿Qué — le andaba por dentro...?** What was really going on inside of him/her...? [1]

procurar to try [1], to secure [4], to obtain [20]

prodigar to lavish [13]

producir to produce [3]

profano inexperienced [Ep]

profecía prophecy [19]

profesión: de — by profession [13]

profetisa prophetess [5]

profetizar to predict [3]
profundizar to dig deeper [5]
profundo deeply [1], profound [3], deep [7]
prójimo fellow person [7]
prolongar to prolong [19]
prometido promised [4]
prontitud promptness [4]
pronto quickly [4], quick [6], **al —** at first [11], **de —** suddenly [18]
pronunciar to pronounce [2], to state [4]
propina tip [19]
propio own [2], suitable [19]
proponer to propose [1], **—se** to plan [16], to determine [21]
proporción opportunity [2]
proposición proposal [3]
propósito intention [13]
prórroga deferment [21]
prorrumpir to burst out [16]
prosaico prosaic [16]
proseguir to continue [3]
protestar to protest [2]
provecho utility [16]
provinciano provincial [9]
provisto fitted with [17]
provocar to provoke [13]
proximidad proximity [13]
prudencia caution [14]
prudente circumspect [7]
prueba proof [2], **dar buena — de** to give proof of [3]
pseudocólera pseudo anger [11]
puchero cooking pot [2]
pudor (sense of) shame [18]
pudrir to rot [13]
pueblo common people [3]
puente bridge [19]
pueril childlike [19]
puerto port [9]
puesta del sol sunset [3]
puesto stall [3], **— ambulante**

travelling stall [3]
puf chair without back or arms [16]
pujo desire [6]
pulido polished [5], manicured [14]
pulir to polish [8]
pullitas: soltarle — to make cutting remarks [3]
pulmón lung [21]
pulmonía pneumonia [2]
pulso pulse [7]
punta point [1], end [21], tiny bit [21], **—s de París** small nails [17]
puntapié kick [21]
punteo plucking (of a guitar) [5]
puntera toecap [12]
puntiagudo pointed [4]
puntilla point lace [6], **en —s** on tiptoe [7]
punto: al -- immediately [1], **— en boca** and that's all I'm going to say, and that's that [13], **— redondo** end of discussion [16], **al — que** as soon as [3], **poner los —s sobre las íes** to dot the i's and cross the t's [2]
punzada stabbing pain [21]
punzante sharp [16]
puñal poniard [5]
puñetazo punch [6]
puño fist [3]
pupila pupil [7]
purificación purification [3]
puro cigar [3], pure [3], **de —** out of sheer [3]

Q
qué: — más da who cares [3], **— sé yo** what do I know, whatever! [2], **yo — sé** what do I know [3]
quebradero de cabeza headache [16]
quechemarín coasting lugger [7]
quedarse to remain [1], to be left [6], **— con** to be left with [3]
quedo softly, still [1]

quehacer task [21]

queja complaint [17]

quejumbroso plaintive [7], whining [11]

quema: a — ropa point blank [10]

quemado burnt [3]

quemar to burn [6]

querida darling [Ep]

querubín cherub [18]

queso cheese [20]

quevedos eyeglasses [13]

quicio: sacar de — to drive crazy [Ep]

quieras no quieras ignoring one's desires [16]

quieto still, quiet [1], keep still [16]

quietud stillness [10]

quimera: armarse — to start a fight [2]

quincalla trinkets [3]

quinqué oil lamp [11], **— de petróleo** oil lamp [10]

quinta esencia quintessence [Ep]

quirúrgico surgical [14]

quitar to relieve [3], to remove [10], to get out of the way [17]

R

rabia rage [10]

rabiar por (hacer algo) to be dying (to do something) [2]

rabillo stem [3], **— del ojo** corner of the eye [10]

rabioso gaudy [3], loud [18]

rabo stem [3], handle [6], tail [17]

racimo bunch [18]

ráfaga gust of wind [21]

raíz root [1]

raja slice [5], **a — tabla** at any cost [1], **sacar —** to profit [5]

rajarse to crack [6]

ralea breed [3]

rama branch [3]

ramillete bouquet [11]

ramo bouquet [13]

rango rank [19]

rareza rarity [7]

raro strange [2]

rasgado torn [6]

rasgo characteristic, feature [3], trait [16]

rasgueo strumming (of a guitar) [3]

raso satin [3], flat [10]

rastrear to search [Ep]

rastro trace [3], sign [4]

rata thief [4]

ratificar to ratify [4]

rato while [4], period of time [6], **a cada —** ever so often [16], **al poco —** shortly after [2], **pasar el —** to pass the time [11]

ratonera: música — bad music [16]

raya stripe [3], line [5]

rayar en to border on something [15]

rayo ray [2], lightening bolt [6]

raza race [2]

razón reason [14], **tener —** to be right [2]

real old Spanish coin [19], royal [19]

realizar to carry out [3]

realzar to elevate [14]

reblandecer to soften [21]

rebosarse to overflow [3]

rebullicio great tumult [3]

recado message [4], **hacer —s** to run errands [17]

recalcado emphasized [5], marked [19]

recaliente heated [16]

recalmón sudden decrease in the force of the wind [12]

recatar to rescue [12]

recato modesty [7]

recelar to mistrust [4], to fear [Ep]

recelo mistrust, suspicion [15], misgiving [Ep]

receloso suspicious [4], mistrustful [11]

rechazar to reject [3]
rechazo: de — incidentally [13]
rechinar to grind [6]
recién recently [5]
reciente recent [16]
recinto area [11], enclosure [18]
recio strong [20]
recitar to recite [5]
reclinado reclined [7]
reclinatorio reclination [10]
recobrar to recover [10], to regain [11]
recodo bend [3]
recoger to pick up [3], to collect [15],
   —se to withdraw [19]
recogido tied back (hair) [6], gathered
   [12], collected [13]
recogimiento seclusion [15]
reconocer to recognize [1]
reconstruir to reconstruct [Ep]
reconvención reprimand, reproach
   [17]
recordar to remember [1]
recorrer to go around [3]
recorrido scolding [6]
recostar to lean [7], to lean against
   [11]
recostarse to lie down [16]
recrearse to take delight [3], to amuse
   oneself [16]
rectificar to rectify [7]
rectitud uprightness [Ep]
recuerdo memory [1]
recurso recourse []
redactar to write [9]
redoblar to redouble [7]
redondo complete [6], round [6],
   caerse — to collapse [10]
reducido small [18]
referir to recount, to tell [2], **— a** to
   refer to [2]
refinado refined [2]
reflejar to reflect [6]
reflejo gleam [18], reflection [Ep]

reflexión reflection [5], thought [21]
reflexionar to reflect [21], to think
   [Ep]
refrescar to refresh [1], to cool down
   [5]
refresco cold beverage [5]
refuerzo reinforcement [19]
refugiarse to take refuge [12]
refugio refuge [13]
refunfuñar to grumble [19]
refutado refuted [14]
regañar to tell off [11]
regar to sprinkle [12]
regazo lap [5]
regenerar to regenerate [10]
regir to rule [8]
registrar to search [3], to inspect [10]
registro topic to be explored [14], civil
   office [16]
reglamentario proper [12]
regocijar to delight [5]
regordete chubby [19]
regresar to return [3]
regulador regulator [17]
regular normal [20]
rehacerse to recover [11]
rehenchido cushioning [10]
rehuir to avoid [14]
rehusar to refuse [4]
reinante prevailing [16]
reincidencia relapse [15]
reincidir to fall back into error [14]
reír to laugh [2], **—se** to laugh [3]
rejas bars [13]
rejilla luggage rack [21], **silla de —**
   chair with a wicker seat [10]
relato story [1]
relincho neigh [2]
rellenar to fill [17]
relleno filler [16]
reloj clock [2]
relucir to shine [3], **sacar a —** to bring
   up [2], **salir a —** to come out [2]

remaldito very cursed [6]

remate: de — utterly without hope [Ep]

remedar to imitate [14]

remediar to remedy [8]

remedio cure [7], **no hay más —** it is unavoidable [2], **no tener más —** to be unavoidable [2]

remendado patched [5]

remilgo affectation [3]

remiso reluctant [9]

remitir to put off [17]

remolacha beet [3]

remolino crowd [7], whirlwind [21]

remolón leisurely [18]

remoto remote [18]

remover to turn over [21]

renacer to be reborn [8]

Renacimiento Renaissance [11]

rencor resentment [1]

rendido exhausted [10], submissive [Ep]

rendija crevice [6]

rendimiento obsequiousness [19]

renegar to detest [15], **— de** to renounce [16]

renovar to restore [6], **—se** to renew [7]

renunciar to give up [3]

reñir to reprimand [5]

reo de muerte prisoner condemned to death [17]

reojo: mirar de — to look at obliquely [13]

reparar to observe [3], to heed [Ep], **— en** to notice [3]

repartir to give out [10]

repeinado dolled up [19]

repente: de — suddenly [3]

repentino sudden [7]

repicar to ring [17]

repichonear to be affectionate [20]

repiqueteo pealing (of bells) [10]

replicar to reply [2]

reposado calm [2]

reposar to rest [16]

reposo rest [10]

representar to appear [6]

reprimenda reprimand [11]

reprimido repressed [2]

reprimir to suppress [15]

repugnancia disgust [6], repugnance [19]

requebrar to woo [11]

requiebro flirtatious remark [3], endearing language [20]

resalada sweetheart [5]

resaltarse to stand out [5]

resbalar to slip [2]

resbalón slip [7], offense [13]

resentido resentful [2]

reserva reserve [4], discretion [5]

reservado reserved [5]

resfriarse to catch a cold [14]

residente resident [2]

residir to reside [1]

resignado resigned [12]

resistir to resist [5], to tolerate [8], to withstand [21]

resolver to decide [13]

resonar to resound [Ep]

resorte spring [17]

respaldo back (of a seat) [5]

respeto respect [3]

respiración breathing [7]

respirar to breathe [4]

resplandecer to shine [5]

resplandor gleam [7]

responder to respond [2], to take responsibility for [8]

respuesta answer [5]

resquebrajado cracked [18]

resquemarse to become angry [20]

resquemazón misgiving [1]

restituido restored [21]

resto rest [2], remainder [7]

resueltamente resolvedly [16]
resuelto determined [19]
resultar to turn out [2]
retablazo large altarpiece [3]
retahíla series [5]
retemblar to shake [20]
reticencia reticence [1]
retirada departure [21]
retirado secluded [10]
retirarse to leave [1]
retorcer to twist [21]
retorcido complicated [2]
retorno return [18]
retortero: traer (a alguien) al — to not leave (someone) alone [2]
retortijón stomach cramp [6]
retozón playful [19]
retrasado behind, delayed [17]
retrato portrait [2]
retrechero flattering [6]
retroceder to go back [7]
retumbante pompous [11]
retumbar to resound [21]
reunido together [13]
reunirse to combine [3]
revelación revelation [Ep]
revelar to reveal [19]
reverberación reverberation [18]
reverente respectful [4]
revés: al — in the opposite way [3]
revestido covered [21]
revisar to examine [15]
revista display [3], **— de salón** society columns [9]
revivir to revive [9]
revoloteo fluttering [7]
revoluto disorder (*invented word*) [17]
revolver to stir [7], to get moving [19], to move things about [21], **—se** to shift about [10]
revuelto in a mess [1], unruly [2], mixed up [11]
rey king [2]

rezar to pray [1], **— con** to concern [13]
rezumar to ooze [21]
riachuelo stream [3]
Ribera a painting by José de Ribera (1591-1652) [11]
ribete detail (of a story) [1]
rico delicious, select [5]
riendas reins (of a horse) [12]
riesgo risk [3]
rígido strict [9]
rigolada amusement (*Gallicism*)[6]
rigor: con — strictly [14], **en —** strictly speaking [18]
rigoroso rigorous [9]
rincón corner [1]
rinconcito a little spot [3]
riña quarrel [5]
riojano from the region of Rioja [20]
ripio, no perder to not miss an opportunity [4]
risa laughter [3]
risotada guffaw, smiling [5], loud laugh [15]
risueño pleasing [18], smiling [19]
rizado choppiness [7], curled [15]
rizo curl [3]
roble oak tree [13]
robo robo [2]
robustecerse to strengthen [10]
robusto robust [6]
roca rock [21]
rocío dew [14]
rodado opportune [Ep]
rodar to move forward [3], to roll [6], to travel [10]
rodeado surrounded [18]
rodear to surround [3], to hang around [18]
rodilla knee [6], **ponerse de —s** to get on one's knees [4]
rogar to beg [7]
rojiza reddish [18]

romería pilgrimage [2]
romper por entre to cut through [3]
ron rum [7]
ronco hoarse [1]
ronquido snore [12]
ropa: — de abrigo warm clothing [17], **— interior** underwear [10]
ropero closet [17]
rorro baby [16]
rosa pink [3], rose [19]
rosado pink [13]
rosario rosary [6]
rosbif roast beef [3]
rosquilla fried ring-shaped pastries [5]
rostro face [3]
rotulado labeled [5]
rótulo sign [5]
rudo uncultured [2]
rueda slice [3], wheel [12]
rugir to roar [16]
ruido noise [1], **meter —** to cause a stir [5]
rumbo course [19]
rumor sound [6]

S
sábana sheet [1]
saber to taste [5]
sabidora knowledgeable [19]
sabio wise person [2], wise [Ep]
sable saber [5]
sabor flavor [Ep]
saborear to savor [14]
saborete slight taste [21]
sabueso bloodhound [13]
sacacorchos corkscrew [1]
sacar to stick out [3], to take out [7]
saco bag [17], **— de paja** insignificant [2]
Sacramental Hermitage [4]
sacramental usual [9], cemetery [18]
sacudida tremor [10], jolt [16]
sacudimiento shaking up [10]

sacudir to do away with [2], to shake off [10], to shake [12]
saeta arrow [14]
sagaz discerning [21]
sainete short, popular, comic play [2]
sajón Saxon [3]
sal friendliness, charm [5], salt [16], witticism [19]
sala room [1]
salado charming, amusing [2]
salchichera sausage seller [8]
salchichón cured pork sausage similar to salami [5]
saldado settled [15]
saldar to settle (a bill) [6]
salero wit [4]
salir to leave [1], to go out [3], **— por la puerta o por la ventana** to say something off topic [13], **—se con la suya** to get one's way [16]
salón sitting room [17], **— de baile** dance hall [20]
salpicado de peppered with [7]
salpicar to splatter [10]
saltado jutting out [6]
saltar to jump [1], to blurt out [2], to say suddenly [4], to fall off [17]
salto jump [16], **pegar un —** to jump [20]
saludable healthy [2]
saludar to greet [3]
saludo greeting [3]
salvador redeeming [Ep]
salvajada unmannerly behavior [2]
salvaje savage [2]
salvajismo savagery [6]
salvar to pass over [7], to go down [18]
sandunguero amusing [3], alluring [10]
sangre blood [2], **— de toro** deep red [3], **a — fría** calmly [4], tranquility [8]
sanguíneo red [3]

sano healthy [19], **cortar por lo —** to make a clean break [8]

santiagués of or from Santiago de Compostela [13]

santo saint [2]

saque foray [16]

sarao ball [1]

sardina sardine [5]

sardónico sardonic [18]

sargento: hecho un — taking charge [11]

sarta string [5], **echar una —** let out a string [3]

sartén frying pan [2]

sastre tailor [15]

satisfacción satisfaction [Ep]

satisfecho satisfied [4]

saturnal orgy [2]

saya skirt [5]

secas: a — solely [5]

secatona cold [20]

seco dry [1], barren [18], brusque [19]

secretear to talk secretly [19]

secuestrador kidnapper [16]

secuestrar to kidnap [16]

sed thirst [21]

seda silk [4], thread [Ep], **— cruda** raw silk [17]

sediento thirsty [21]

sedoso silky [5]

seguida: en — right away [1], **de —** straight off [4]

seguir to follow [2], to continue [3]

segundo second [3]

seguro: a buen — certainly [1], **de —** assuredly [1]

semanal weekly [2]

semblante face [7]

sembrado scattered [3], sown [13]

semejante similar [2], such [19]

semejanza similarity [15]

semidesierto almost deserted [18]

sencillo simple [3]

senda path [9]

sendero path [7]

Senegal Senegal, country in western Africa [4]

seno cavity [21]

sensato sensible [2]

sentarle bien (a alguien) to look good (on somebody) [3]

sentencioso sententious [19]

sentido sense [2], meaning [7], **doble —** double meaning [5], **en — contrario** opposite direction [7]

sentimentalismo sentimentalism [19]

sentir to feel [1], to hear [7]

seña sign [17]

señal sign [1]

señalado indicated [11]

señalar to point out [7]

señas address [19], **por más —** to be precise [7]

señorito rich kid [3], person [20]

señorona great lady [20]

sepulcral gloomy [18]

sepultar to bury [20]

sepultura tomb [5]

sequedad brusqueness [17]

serafín seraphim [21]

serenata serenade [16]

serenidad serenity [20]

sereno calm [7], night watchman [16], **al —** in the open air [14]

serie series [6]

seriedad seriousness [3]

serio serious [2]

serrana highlander [11]

serranada mountain man behavior (invented word) [8]

servicial accommodating [4]

servidor servant [3]

servir to be of use [1], to serve [2]

sesera brains [3]

seso brain [1], **dar de comer —s de borrico** to brainwash, to case a spell on [16], **devanarse los —s** to rack one's brains [8] **severidad** strictness [9], severity [14]

severo strict [14]

siempre: para forever [9]

sien temple [1]

sierpe serpent [16]

siglo: por los —s de los —s for ever and ever [13]

significar to mean [2], to express [9]

significativo significant [Ep]

sigue: que — that follows [1]

siguiente following [3], next [5]

silbar to whistle [13]

silbido whistle [12]

silla de Vitoria simple chair [7]

sillón armchair [10]

silvestre wild [13]

simón carriage for hire [15]

simpatía affection [13]

simpático friendly [3]

simple simpleton [8]

simplón gullible person [Ep]

síncope fainting fit [7]

singular peculiar [6], unique [6]

siniestramente perversely [3]

sinnúmero countless [21]

síntoma symptom [1]

siquiera: ni — not even [6]

sirena siren, mermaid [16]

sitiado besieged [18]

sitial stool [11]

sitio place [3], **estado de —** state of siege [8]

situarse to get oneself established [3]

soberano supreme [15]

soberbia pride [20]

sobrado more than enough [8]

sobrar to be superfluous [3], to have more than is necessary [14]

sobre aviso on alert [3]

sobrealiento difficult breathing [15]

sobremesa: de — table (adj.) [10]

sobrepujar to exceed [1]

sobresalto fright [13], **con —** startled [2]

sobrio sober [12], simple [16]

socorro assistance [7], help [21]

soez vulgar [3]

sofisma sophism, fallacious argument [14]

sofocación suffocation [4]

sofocado annoyed [2], grasping for breath [3], flushed [16]

sofocar to smother [7]

sofoco suffocation [1], fit, attack [8], mortification [13]

sofoquina intense mortification [18]

solar undeveloped plot of land [18], solar [Ep]

solas: a — alone [6]

solazarse to enjoy oneself [2]

soldado soldier [7]

solear type of Andalusian song [16]

solemne solemn [3]

solemnidad solemnity [14]

soler to be customary [1]

solicitar to request [19]

solícito attentive [1], obliging [5]

solicitud solicitude [19]

soliloquio soliloquy [14]

solitario solitary [13]

sollozar to sob [21]

soltar to burst out (into laughter) [2], to release [3], to let go of [5], to break free from [9], to go off [19]

solterona spinster [10]

soltura ease [11], **con —** confidently [2]

sombra shade, shadow [3], **de buena —** friendly [4]

sombreado shady [3]

sombrear to shade [18]

sombrero hat [3]

sombrilla parasol [4]

sombrío somber [13], gloomy [21]

somero superficial [3]

someterse a to yield to [15]

somnambulismo sleepwalking [21]

sonámbulo sleepwalking [13]

sonar to make a noise [7], to sound [10], **— la media noche** to strike midnight [16]

sonda probe [Ep], **echar la —** to probe [Ep]

soniche silence [3]

sonido sound [16]

sonoridad resonance [10]

sonreír to smile [3]

sonrisa smile [4]

sonrojo blushing [7]

sonsonete hint of sarcasm [4]

soñar to dream [1]

soplado spruced up [17]

soplador flame blower [20]

soplo blow, gust [7]

soponcio fainting fit [5]

sopor drowsiness [7]

soporífero soporific [1]

sorbo sip [6], gulp [21]

sordina muffle [20]

sordo muffled [1], **hacerse el —** to turn a deaf ear [10]

sorprender to catch [6]

sosegado calm [15]

sosegar to calm down [7]

sosería insipidity [2]

sosiego calm [19]

soso dull [7], bland [19]

sospechar to suspect [3]

sospechoso suspicious [13]

sostener hold up [1], to defend [2], to hold [5]

sostenido supported [7]

suavemente gently [2]

suavidad softness [5]

suavizado softened [10]

suavizar to soften [16]

subasta auction [18]

subida ascent [3]

subir to go up [1], to rise [2]

súbito sudden [12], **de —** suddenly [7]

sublime sublime [Ep]

subsistir to survive [2]

subterfugio evasion [1]

suburbio suburb [18]

subvertido subverted [5]

suceder to happen [1]

suceso event [10]

sudar to perspire [21]

sudor sweat [1], labor [16]

sudoroso sweaty [5]

sueco, hacerse el to pretend not to notice or understand [21]

suegro father-in-law [Ep]

suela sole [14]

sueldo salary [19]

suelo ground [6], floor [10]

suelta: dar — to let loose [2]

suelto loose [5], **los días —s** working days [18]

sueño sleep [21]

suerte type [2]

sufrir to bear [10]

sugerido suggested [Ep]

sujetar to hold in place [1], to fasten [3], to stay in place [3], to hold [4]

sujeto attached [10]

suma: en — in short [3]

sumar to add [13]

sumiso submissive [3]

superfarolítico refined [19]

súplica plea [16]

suplicante supplicant [13]

suplicar to plead [2]

suponer to suppose [2], to imagine [5]

suposición assumption [3]

suprimir to lift [6]

supuesto: por — of course [6]

surá fine, flexible, silk fabric [7]

surco furrow [7]

surgir to appear [6]
susodicho aforementioned [6]
suspendido hanging [18], suspended [19]
suspirar to sigh [1], to breathe [3]
suspiro sigh [7]
susto fright [3], fear [7]
susurrado whisper [19]
susurro whisper [16]
sutil fine [3], subtle [17]
sutilmente subtly [Ep]

T

tabaco tobacco [19]
tabernáculo dwelling [2]
tabernera tavern-keeper [7]
tabernilla small tavern [3]
tablita small painting on wood [11]
taburete stool [10]
tachar de censure for [1]
tácitamente tacitly [3]
taconacitos: pegar — to stamp one's feet [17]
taconeo footsteps [7], noise made with the heels of one's shoes [15]
tafetán Taffeta, a thin silk [3]
taifa group [19]
tal such [1], **con — de que** as long as [11]
taladrar to drill [1]
tálamo marriage bed [9]
talante disposition [1]
talavera de botica ceramic Talavera medicinal jar [13]
talegas money [9]
talento intelligence [9]
talle waist [16]
taller workshop [19]
talón heel [16]
tamaño size [3]
tambalearse to waver [14], to stagger [18]
tan so [3]

tantico small quantity [12]
tanto so much [1], **— monta** *an expression used to signify that one thing is equivalent to another* [18], **otro —** just as much [3], **sin —** just like that [8]
tapaboca any action or observation which interrupts the conversation and cuts one short [11]
tapadillo: con — covered [18]
tapar to cover [3]
tapia wall [4]
tapiz tapestry [2]
tapizado upholstered [10]
tapón cork [1]
tapujo false excuse [10]
tarambana ne'er do well [16]
tarbesa type of horse [18]
tardar to delay [4]
tarjeta card [10]
tarjetero cardcase [10]
tartamudear to stutter [7], to stammer [11]
tartamudez stammer [15]
taurino relating to bullfighting [10]
taurómaco tauromachian [2]
taza cup [1]
techo roof [4], ceiling [5]
tecleo playing of the keyboard [3]
tecnicismo techncial terminology [2]
tedio boredom [15]
tejar brick and tile factory [19]
tejemaneje fuss, to-do [3]
tela cloth [1], material [10]
telaraña cobweb [17]
telégrafo telegraph [2]
tema topic [20]
tema (f.) idée fixe [2], contention [13], **tener la — morena** to insist on an idea [13]
temblar to tremble [4], to shake [19]
temblequeteo trembling [6]
temblor trembling [10]

temer to fear [19]

temor fear [2]

tempestad storm [20]

tempestuoso stormy [7]

temple: estar de buen — to be in a good mood [5]

temporada season [6], — de baños bathing season [6]

temporero temporary [3]

tenacillas instrument used to curl hair [15]

tenazas pliers [20]

tenazazos: pegar — to pull out [1]

tender to offer [5], to hold out [7], to stretch out [20]

tendido hanging [5], hung [18]

tener: no — nada que ver con to have nothing to do with [3]

teniente lieutenant [9]

tentado tempted [3]

tentador tempting [13]

tentar to tempt [3], to feel [7]

tentarse to touch [3]

teñir to tinge [21]

teológico theological [18]

tercia three centimeters (approximation of an old form of measurement) [3]

terciado worn diagonally [5]

terciana intermittent fever [16]

terciopelo velvet [19]

terminante conclusive [8]

terminantemente categorically [4]

ternera: chuletas de — veil chops [5]

ternero calf [6]

terneza delicacy, term of endearment [16], affection [Ep]

terno three-piece suit [3]

terquedad stubbornness [2]

terreno sphere [13], land [18]

terreno terrain [2]

terrón de azúcar lump of sugar [16]

terroncito small lump [16]

tertulia regular social gathering [2]

tertuliano member of a tertulia, or circle of friends [2]

tez complexion [3]

tía woman (coll.) [6]

tibio tepid [7], lukewarm [10]

tiburón shark [6]

Ticiano a painting by Tiziano Vecelli (1488/90-1576) [11]

tiempo weather [3], a — in time [7], de — en — from time to time [1], ganar — to save time [20]

tienda tent [5], — de campaña tent [5]

tientas: a — in the dark [16]

tiernamente tenderly [20]

tierno tender [7]

tierra region [4], — firme dry land [7], poner — en medio to put distance between [15]

tifoidea typhoid fever [19]

tijera: mesa de — folding table [11]

tijeras scissors [15]

tila lime blossom tea [1]

timar to swindle [4]

timbal kettledrum [10]

tímido timid [Ep]

tímpano eardrum [16]

tinglado shed [3]

tiña ringworm of the scalp [6]

tío guy [3]

Tío Pepe brand of sherry [19]

tiovivo merry-go-round [2]

tipo character [2]

tirante taut [21]

tirar to pull [1], —se to throw oneself [5]

tiritar to shiver [17]

tiro: hacer — to be interested [13]

tirón pull [10]

tiroteo shootout [5]

titubear to hesitate [13]

tiznado covered in smut [17]

toca de paja straw hat [21]

tocado crazy [2], doing one's hair [10]

tocador dressing table [3], one who plays an instrument [5]

tocante regarding [4]

tocar: — **a misa** to ring for mass [3], — **en** to verge on [3]

tocata toccata [19]

todo: — **se andará** all in good time [2], **a** — **esto** meanwhile [5]

tono tone [6]

tontera foolish thing [21]

tontería silly thing [3], nonsense [5]

tonto stupid [3], **hacerse el** — to play dumb [13]

toquilla shawl [16]

torcer to twist [1], to turn [18]

torear to fight bulls [10]

torero bullfighter [2]

toro bull [2]

torre tower [18]

torrente stream, flood [Ep], **a** —**s** in torrents [5]

tortícolis crick in the neck [11]

tortilla Spanish potato omelet [5]

tórtolo turtledove [19]

tortuga: a paso de — at a snail's pace [20]

tosco rough [2]

toser to cough [16]

tostada toast [3]

tostado toasted [3], tanned [16]

tostadora toaster (person) [6]

tostar to toast [6]

trabajosamente laboriously [4]

traducir to translate [3]

traer to bring [1]

tragarse to believe a lie [20]

trago drink [20]

traidor traitor [21]

traje suit [5], dress [17]

trajecito a medio paso a dress similiar to those worn by *las majas* in Goya's paintings [2]

trajín haulage [21]

tramo staircase [15]

trampa: lléveselo todo la — time wasted [17]

tranquilo calm [1]

transcurrir to go by [6]

transición transition [16]

transigir to be tolerant [2], to accommodate [15]

transparencia transparency [3]

transparentado transparent [11]

tranvía streetcar [3]

trapacería deceit [16]

trapío awnings [5]

trapisonda scheme [1]

trapo: largar todo el — to put in one's best effort [16]

trapos clothes [3]

trasatlántico ocean liner [7]

trascendencia significance [14]

trascender to be leaked [10]

trasegar to go to and fro [1]

trasero: asiento — back seat [10]

trasladar to transfer [7]

traspasar to pass through [20]

traspuesto drowsy [21]

trastear to fight [2]

trastienda backroom [5]

trasto small thing [21]

trastornar to make crazy [2]; to turn upside down [2], —**se** to go crazy [8]

trastorno disorder, upset [16]

trasudar to sweat [21]

tratar to treat [10], — **de** to try to [4], —**se de** to be about [19]

trato treatment [5], friendly association [10], dealings [16]

través: al — **de** though [10]

travesar to pass [19]

trayecto trip [18]

traza appearance [2]

trazar to draw [20]

trébedes cooking tripod [6]

trébol clover [11]

trece: estarse en sus — to persist [20]

trechos: a — by intervals [13]

tremendo dreadful [7]

trémulo quivering [6], trembling [13], shaking [15]

trepidación vibration [1]

tresillo Ombre, a game played by three people [2]

tribu tribe [19]

tribunal court [3]

trifulca squabble [16]

trincar to drink alcohol in the company of others [2], to grab [6]

tripas intestines [2]

tripudio dance [19]

tristón sad [Ep]

triunfador victorious [Ep]

trizas bits [20], **hacer (algo) —** to smash something to bits [6]

trocar to exchange [3]

trompicarse to stumble [13]

trompicones: a — on and off [19]

tronco log [7], pair of horses that pull a carriage [10]

tronera hare-brained person [2], libertine [10]

tropel crowd [3]

tropezar to bump into, to meet accidentally [3], to trip [13], **— con** to knock against [7]

tropiezo slip-up, setback [14]

trote, al in a trot [10]

truhán rogue [4]

truhanería buffoonery [19]

tugurio hut [7]

tul tulle [17]

tumba grave [9], **y — y dale** *expression of displeasure at the obstinacy of another* [16]

tumbaga ring [5]

tunanta crafty woman, mischievous girl [19]

tunante crook [5], scoundrel [10]

túnica tunic [19]

turba mob [20]

turbación upset [11]

turca intoxication [7]

turco Turkish [10]

tutelar patron [Ep]

tuteo use of the familiar *tú* form of address, as opposed to the formal *usted* form [7]

U

ufano proud [10]

ultramarinos: almacén de — grocery store [16]

umbral threshold [16]

unánime unanimous [20]

unción fervor [18]

único only (child) [9], **lo —** the only thing [2]

unido united [21]

unir to join [19]

untar to grease [20]

uña fingernail [6]

uso: hacer — de to make use of [2]

V

vaciar to empty [21]

vacilación hesitation [19]

vacilar to hesitate [19]

vacío empty [5]

vagamente vaguely [17]

vagancia roaming about [14]

vago vague [5], lazy person [16]

vagón train [21]

vaguedad vagueness [6]

vaivén swaying [6], vibration [16]

valentía bravery [1]

valer to be of use [1], to be worth [16], **— la pena** to be worthwhile [17]

válgame Dios God protect me! [3]

valiente brave [2], fine (*ironic*) [5]

valiente excessive [19]

valla barrier [4]

vallado fence [7]

valle valley [13]

vanidad vanity [5]

vano doorway [15]

vapor steamboat [7]

vaporoso sheer [12], hazily [21]

varado run aground [7]

vargueño Vargueño desk [11]

variar to vary [2]

varita wand [11]

vaso glass [1]

vaticinio prediction [5]

vaya: — por Dios for heaven's sake [1], **— si** you bet [2]

vecindad neighborhood [Ep]

vecindario neighborhood [9]

vedado forbidden [4]

vehemente vehement [16]

vehículo vehicle [18]

veintena group of twenty [19]

vejezuela old hag [20]

velada evening gathering [10], covered [11], evening [13]

velado veiled [15]

velar to mask [14], to watch over [Ep]

velas: recoger — to desist in one's effort [16]

velo veil [2], cover [21], **correr un —** to draw a veil over something [2], **— del paladar** soft palate [15]

velutina type of face powder [3]

vena vein [5]

vencer to cover up [3], to be victorious [20]

vencido defeated [3]

vendedora huckster [4]

vender to betray [11]

veneno poison [16]

venenoso poisonous [8]

venga come on! [7]

venidero future [15]

venir rodado to be the perfect opportunity [2]

ventaja advantage [21]

ventanilla window [3]

ventanuco small, narrow window [7]

ventolera wild idea [9], **soplar la —** to suddenly get a wild idea [2]

ventura happiness [9]

ver: a — let's see [3], **a la — de** next to [18], **tener que —** to have to do with [13]

veranear to spend the summer [15]

veraneo summer holidays [10], summer vacation [15]

veraniego summer [15]

veras: de — really [3]

verbena street festival [9]

verbigracia for example [3]

verdoso greenish [6]

vergonzoso shameful [14]

vergüenza embarrassment [1], shame [6]

vericueto rough and pathless place [4]

verificar to carry out [13], to check [16]

versar sobre to be about [16]

vértebra vertebra [Ep]

verter to pour [4]

vertiginoso dizzy [6]

vestido dress [3], getting dressed [10]

vestir to wear [3], to cover [20]

vez: a su — in his/her/your/their turn [4], **alguna que otra —** occasionally [9], **en — de** instead of [3]

viaje trip [3]

víbora snake [6]

vibración vibration [10]

vicio vice [16]

vicioso depraved [4]

vidriera glass window [16]

vidrio window [3], glass [5]

viejo old man [9]

vigilante vigilant [9]
vigilar to watch over [19]
vigués of/from Vigo [7]
vihuela guitar-like instrument [5]
vil despicable [10]
vilipendiado vilified [13]
vilo: en — in the air [7]
vínculo tie [13]
violencia force [20]
virtud power [16], **en — de** because of [4]
víscera organ [13]
visita visitor [8]
viso appearance [17]
víspera day before, eve [1]
vista sight [7], **perder de —** to lose sight of [3]
visto, estar to be clear [4]
vistoso showy [3]
vitalidad vitality [3]
viuda widow [1]
viudo widower [9]
viveza liveliness [2]
vivienda vivienda [3], dwelling [18]
viviente living [5]
vivo bright [3], intense [4]
vocación vocation, calling [13]
vociferación vociferation [6]
volado uneasy [6]
volandas: en — in the air [5]
volante flounce [3]
volar to fly [1]
volatines acrobatics [7]
voluntad will [14]
volver: — a hacer (algo) to do something again [3], **—se** to turn [1], to become [2], to turn around [2], to return [4]
voz voice [1], **en — alta** out loud [4], **correr la —** to have the word spread [5], **en — baja** in a low voice [5]
vuelo flight [1]
vuelta turn [19], **— de cara a** facing [1], **a —s con** with insistence [7], **a la — de** after [Ep], **dar —** to turn around [3], **dar —s** to walk around [1], **dar una —** to turn over [1], to go for a walk [6], **darle —** to turn (something) over in one's mind [1]
vueltecita: darse una — to make a short excursion [3]
vulgaridad something vulgar [2], banality [16]

Y
ya already [1], **— que** since [3]
yema fingertip [1]
yerno son-in-law [20]
yesca tinder, **color de —** dark [6]
yeso plaster [15]

Z
zafiro sapphire [5]
zahorí mind reader [4]
zahúrda pigsty [2]
zalamería flattery [4], fawning [16]
zalamero fawning [5], flattering [7]
zalema courtesy [3]
zángano idler [16], lazy [21]
zapatero shoemaker [15]
zapateta jump [19]
zarandear to come and go [18]
zarandillo one who frisks nimbly about [21], **andar hecho un —** to move around a lot [21]
zarzuela Spanish operetta or musical comedy [13]
zona area [21]
zozobra uneasiness [15]
zumbar to buzz [7], to resound [13]
zumbido buzzing [1]
zumo juice [16]

CPSIA information can be obtained at www.ICGtesting.com
Printed in the USA
LVOW041034090112

262992LV00002B/19/P